HOTELNESS

Andres
Carlos
Pizzinini

Vom Bauernkind zum Großhotelier

Die unglaubliche Geschichte des Peter Costa

2008

Spectrum Verlag
Sparkassenstraße 8
I-39100 Bozen/Südtirol
Tel. +39 0471 92 72 27
Fax +39/0471 97 68 54

Autor
Andres Carlos Pizzinini

Umschlaggestaltung
Andreas Perkmann Berger, Andres Carlos Pizzinini

Druck
Athesiadruck, Bozen

ISBN-Nr. 978-88-6011-106-7

www.athesia.it/spectrum
spectrum@athesia.it

Die Namen sind frei gewählt und jegliche Bezugnahme auf reell existierende Personen ist rein zufällig.

HOTELNESS

Andres
Carlos
Pizzinini

Vom Bauernkind zum Großhotelier

Die unglaubliche Geschichte des Peter Costa

SPECTRUM

Inhalt

ala Romy

Segment I.1

Am Fuß der bleichen Berge

Der Herr half David bei allem, was er unternahm.

2 Sam 8,14

Noch einmal zog er an der Zigarette. Noch einmal glomm sie lang und heiß zwischen seinen Fingern – ein leidenschaftlicher Wunsch vor dem Erlöschen –, zum Tode geweiht seit dem ersten Zug, starb sie schließlich kopfüber und verstümmelt in die Asche hinein.

Der Rauch qualmte vor Peters Augen in den abendlichen Himmel empor; wohl die einzige Wolke, die sich an jenem einwandfreien Augusttag ins ungebrochene Blau wagte. Er spürte, wie seine Hände und sein Gesicht noch glühten. Schließlich hatte er fast den ganzen Tag in der Küche hinter den Herdplatten verbracht. Umso mehr genoss er die kühle Luft, die sich seiner überhitzten Gliedmaßen annahm. Allmählich verstummten die Küchengeräusche in seinem Kopf und der ranzige Gestank in seiner Nase wurde von der frischen Feuchte der Luft entfettet.

Er lehnte an der hölzernen Brüstung des Balkons, blickte zu den Bergen auf und wartete auf die Dunkelheit. Der kantige Berggrat ragte in den verschwindenden Tag hinein. Die Sonne sank an der anderen Talseite und entflammte den jungfräulichen Felsen ein letztes Mal; gleich seiner Zigarette. Das Gestein lief in abendlicher Scham feuerrot an, nur kurz, und verkroch sich schließlich bis zu den höchsten Gipfeln unter dem Mantel der Finsternis.

Darauf hatte Peter gewartet. Darauf wartete er allabendlich und konnte sich am Erröten seines Hausberges, der sich immer noch nicht an seine Augen gewöhnt hatte, nicht satt schauen. Am Fuße des Berges breitete sich ein dunkles Meer von Bäumen nach allen Seiten aus. Der Wald war nur von zwei senkrechten, nahe aneinander liegenden Furchen unterbrochen. Es waren die Skipiste und nebenan der dazugehörende Sessellift, der in Sommer- und Wintermonaten Touristen in die Höhe beförderte.

Als er noch ein Kind war, verbrachte er lange Stunden damit, all seine Sinne in jenes monotone Karussell zu versenken. Meist auf einer Wiese hockend, hängte er seinen Blick an die roten Sessel des Liftes, die sich gemächlich vom Stahlkabel in Richtung Berg schleppen ließen. Jedes Mal, wenn einer der schwebenden Sitzplätze an einem Masten angelangt war, bimmelte es vier bis fünf Mal friedlich und metallen. Wer den treuen Dienst des Karussells nicht kannte, hätte die Hand ins Feuer gelegt, dass er vor Schwerkraft und der steilen Steigung resignieren würde, ehe der Fahrstuhl den eisernen Baum erreichte. Die Räder an der Spitze der Masten, über die der Henkel der Sessel hinwegschaukelte, waren die Ursache des Geklingels. Aus diesem Geläute war kaum ein menschliches Machwerk vernehmbar. Nein, nicht die Technik, sondern die im Schoß der bleichen Berge versteckten Erze spielten hier ihre Symphonie.

Peter war mit diesem Geräusch aufgewachsen. Selbst als man ihm weismachte, dass die Anlage die langsamste im ganzen Tal sei, berührte ihn das nicht im Geringsten. Ganz im Gegenteil. Das sanfte Gebimmel stellte für ihn von Kindesalter an das Geräusch der Zeit selbst dar. Er bemaß sie nicht in Sekunden oder gar Stunden, sondern durch die gleichmäßige Abfolge von einem Geläute und dem nächsten. Es war der Pulsschlag seines kindlichen Kosmos. „Un tintinnio“, hatte dereinst ein italienischer Gast das benannt, was nach seinem Dafürhalten ein Störgeräusch, doch für Peter ein lebensnotwendiges Klingeln darstellte. Doch woher hatte der Fremde diesen Ausdruck? Er war, kaum zu glauben, wie für diese Sesselbahn geschaffen, „tintinnio“. Peter kannte die meisten Sessel der Anlage einzeln, zumal sie alle durch eine fett aufgedruckte Nummer an der Rückseite der Lehne gekennzeichnet waren. Die Ziffern waren aber nicht das eigentliche Merkmal, an dem Peter sie voneinander unterschied. Vielmehr waren sie alle auf irgendwelche Weise beschädigt oder abgebraucht. Einige waren besonders verschlissen und brachten die spanartige Textur des Fieberglases ans Licht. Manche waren an den Kanten lädiert, Letztere waren zum Teil ganz abgebrochen. Bei anderen war die Kennnummer nahezu verschwunden. Keiner war dem anderen gleich und in ewigem Auf- und Abstieg trudelten die nur für einen ungeschulten Blick gleich anmutenden Touristenschlepper an Peter vorbei, der ihnen hinterherzuschauen nie und nimmer müde wurde. Dabei verspürte er eine beruhigende Geborgenheit in der Gewissheit, dass sie spätestens eine halbe Stunde später wiederkehren würden.

So wurde die Zeit, auf ihrer Flucht in die Zukunft, von den roten Immerwiederkehrern demaskiert und ihr wahres Gesicht an den kaum zehnjährigen Peter verraten. Dazu Musik: „Un tintinnio“, das Glockenspiel der ewigen Wiederkehr.

Die Vertrautheit, die er für den Sessellift verspürte, galt in noch größerem Ausmaß den Bergen. Durch diesen steinernen Rahmen war seine kindliche Welt eingefasst und bewahrt. Besonders in Sommermonaten erwanderte er die Täler und Gipfel des umliegenden Gebirges.

Es war Ende Juni, als er sich, damals achtjährig, aufmachte, jene Klamm zu erkunden, die sich tief in die Felswand seines Hausberges hineinkerbte. Der daraus entspringende Wildbach kroch vom Bergfuß behäbig ins Tal. Für solch ein pubertäres Gewässer nahm er immerhin ein zwar seichtes, doch breites Flussbett ein. Peter wieselte in kantigem Zickzack, von Stein zu Stein, den Bach empor. Er mied wohlweislich die ausgerissenen Baumstämme, die sich im niederen Was-

ser lümmelten und vorgaukelten, gute Trittflächen zu sein. Glitschig und eisglatt, waren die hölzernen Fallen jederzeit bereit, einen Sturz herbeizuführen. Auf Grund des immer steiler werdenden Gefälles, sah er sich alsbald genötigt, dem Anstieg mit den Händen nachzuhelfen. Die Möglichkeit, auf die grünen, abschüssigen Hänge seitlich auszuweichen, wurde nach und nach geringer. Die Klamm verengte sich zunehmend. Unermüdlich turnte das geschmeidige Wasser rechts und links an ihm vorbei und sprang über Steine und Felsbänke in Richtung Tal. Im Bachbett verstreut lagen die hölzernen Trümmer, vergewaltigt und liegengelassen. In den Klüften der Schlucht ragten sie aus dem Wasser empor. Wie lange mochten sie schon dort liegen, diese vom jugendlichen Übermut des Wassers geschändeten Waldgreise? Ein Dämon schien sich in ihnen verkrochen zu haben und Beulen und Buckel an die Oberfläche zu drücken.
Skurrile Naturformationen.
Peter merkte, dass seine Schuhe bereits durchnässt waren. Doch dank der unablässigen Bewegung war den Füßen noch warm und die Feuchtigkeit an den Extremitäten bescherte ihm mithin keinerlei Missbehagen. Vielmehr fühlte er sich, samt seinen knappen acht Jahren, vom dröhnenden Wasserfall eingeschüchtert. Und was, wenn er ausgerutscht wäre und sich dabei ein Bein oder sonst was gebrochen hätte? Wäre er liegengeblieben und gleich einem dieser hölzernen Wegweiser abgeschliffen worden?
Doch im selben Maße, in dem er sich ängstigte, zog es ihn immer weiter in die Schlucht hinein. Nach jedem bezwungenen Felsvorsprung versprach er sich umzukehren. Nach jedem Versprechen verlockte ihn eine neue steinerne Herausforderung zum Weitergehen. Die merkwürdigen Baumstämme – nunmehr blanke Kuppeln in obskuren Formen – köderten den Jüngling in ungeahnte Höhen. Oder Tiefen? „Hierher!“ schimmerten sie tückisch und verführerisch.

Die Sonne hatte den Himmel bereits seit einer ganzen Weile verlassen und Peters Augen hatten sich an die hereinbrechende Dunkelheit gewöhnt. Überdies vermochte das Donnern des Wassers sein Zeitgefühl auf seltsame Weise zu verwirren. Seine Furcht hatte nachgelassen und fächelte nun allenfalls noch auf das lodernde Feuer seiner Abenteuerlust. Er trieb seine inzwischen vor Kälte tauben Finger wie Pickel in den Fels und stieg ohne Unterlass, den hölzernen Irrlichtern folgend. Sich gegenseitig nicht beachtend, verrichteten Peter und die einfallende Nacht jeweils ihr Werk. Die Dunkelheit raubte schließlich Fels und Wald ihre Farben. Stück für Stück wurde jeder Teil der Landschaft langsam dunkel. Keine Widerrede: es wurde finster. Hoch oben, klamm und bibbernd, zwischen abschüssigen Felsen und bedrohlichem Wasser, sammelte er seine letzten Kräfte. Verzweifelt schleuderte er seinen Mut über die Felsen, die sich vor ihm auftürmten. Doch das Emporstreben seiner Tapferkeit perlte am Stein ab und dessen Echo fiel auf seinen kindlichen Urheber zurück. Ihm wurde schließlich angst.
Der rettende Stern schimmerte diesmal nicht am Himmel, sondern kam von unten. Durch die Schlucht sich emporwindend, hatte er die Gestalt einer funkelnden Taschenlampe angenommen und brachte Mama, Papa und einige Feuerwehrmänner mit.
Berauscht, getäuscht von Felsklüften und Baumstämmen, fühlte sich der achtjährige Peter unendlich schuldig. Selbst etliche Jahre später hatte er die vermessene Tat nicht zu erklären, geschweige denn zu rechtfertigen gewusst. Doch Mama schien die Verlockungen des Lebens zu kennen; wer weiß, war sie ihnen selbst erlegen? Sie schalt ihn jedenfalls nicht. Das war Mama. So liebenswürdig und vollkommen, wie nur eine im Keim erstickte Liebe nachträglich erscheinen kann.Frühzeitig hatte sie ihn und Papa verlassen. Zehn Jahre zählte Peter, als Mama diese Erde hinter sich zurück-

ließ, um sich in einen Stern zu verwandeln und in den Himmel aufzusteigen.
Es war Ende Oktober. Der Herbst hüllte die Wälder in seinen gelb-rot-kalten Mantel ein. Auch den Seelen von Verwandten und Freunden, die an jenem Abend in der Totenkapelle eintrafen, war es herbstlich zumute. Dort wurde Mama aufgebahrt. Die Decke des Raumes bestand aus einem schlichten Tonnengewölbe. Unter diesem steinernen Rundbogenhimmel, seine tote Mutter. Der Sarg war am Betonboden von vier brennenden Kerzen umsäumt. Einige gelb-bräunliche Blätter lagen wie vor Kälte und Schmerz in sich zusammengekauert auf dem stummen Boden verstreut herum.
Zerknitterte Sterne.
Der Herbst strömte kalt ins Gotteshaus herein und biss der Trauergemeinschaft gemein in die Gliedmaßen. Finger und Zehen verkrümelten sich so gut wie möglich in dunklen Handschuhen, Strümpfen und Schuhen.
Kälte und Schweigen.
Im Übrigen lauter Händeschütteln und dunkle Kleider. Einige Frauen tuschelten im Hintergrund miteinander, andere weinten. Fast alle nickten. Eine Dame, die Peter nie zuvor gesehen hatte, ergriff beherzt seine Hände. Laut flüsternd und immer noch die Hände bald haltend, bald schüttelnd, legte sie ihm mit heiserer Stimme einige Worte nahe. Irgendetwas über einen Weg und Güte. In jenen Tagen verschwammen seine Gedanken und Eindrücke, gingen ineinander über und lösten sich in Luft oder sonst was auf. Doch eines wusste er bestimmt: Jene Frau, deren unruhigen Augen und aufdringlichen Hände hatten ihn nicht verstanden. Peter befand sich, um es mit den Worten der Psychologen zu sagen, in einem Schockzustand. Tatsächlich zog die ganze Zeremonie an ihm vorüber, ohne ihn wirklich zu berühren.
Mit militärischen Paradeschritten stakten die Anwesenden zum Sarg und fuchtelten darüber betulich mit einem nassen

Tannenzweig. Unter den vielen Erwachsenen sah Peter plötzlich ein Kind, das sich ihm verschwommen und taumelnd näherte. Es war sein Freund Hans. Beide Hände auf Peters Schultern, küsste er ihn auf die unschuldige und bleiche Stirn.

Zur Ablenkung wurde ein unendlich langes Gedicht über Maria gesungen. Der Vorsänger war ein älterer Herr aus dem Dorf. Mechanisch und auswendig – das beeindruckte den Sprössling besonders, zumal sich die Verse gar nicht reimten – pries er die heilige Jungfrau. Zwischendurch wurden auch die Namen verschiedener Männer rezitiert, über die er ziemlich genau Bescheid wissen musste, da er auch von ihnen eine hohe Meinung hatte. Die anderen Erwachsenen ergänzten oder wiederholten seine Schmeicheleien. Das Gebet breitete sich im Raum gleichmäßig und schwer wie ein Ölfleck aus. Langsam strömten die dumpfen Laute in sein Inneres und füllten den Schlund, der sich allzu früh in seiner Knospenseele aufgetan hatte. Kindlich vertrauend überließ er sich der Führung der Erwachsenen. Das Gedicht war ihm eine zwar unverständliche, doch wirksame Medizin, um diese nie zuvor gekannte Ungewissheit auszubalancieren. Was ihm weitere Sicherheit verbürgte, war der Umstand, dass sie sich bezüglich Vers und Rhythmus alle einig zu sein schienen. Hatten wahrscheinlich oft geprobt. So viele Erwachsene konnten sich ja nicht allesamt irren. Alles in allem ein guter Einfall, meinte er schließlich, immer noch im Unwissen über den eigentlichen Zusammenhang zwischen den religiösen Schmeicheleien und seiner toten Mama.

Zu guter Letzt trat er selbst zur länglichen Holzkiste heran. Mamas Leiche lag darin mit vielfingrig verschränkten Händen auf einer weißen Polsterung. Der helle, samtartige Stoff war allenthalben von feuerroten Efeuranken ausgesternt, die wahrscheinlich jemand als Ornament beigelegt hatte. Mamas Ausdruck war unschuldig und glich dem eines schlafenden Kindes. Peter hatte das Gefühl, dass er sie in ihrem Schwei-

gen verstehen konnte. Auch ihm lag nichts daran, diese oder jene Miene aufzusetzen wie all die anderen. Er war allein mit Mama, die Leute um ihn herum zählten nicht, da sie nicht verstehen konnten. Er versuchte sein Gesicht zu entspannen und denselben Ausdruck wie Mama anzunehmen. Doch dazu hätte er auch die Augen schließen müssen, und dann wäre sie ihm entschwunden. Das wollte er nicht.
Zögernd streckte er seinen Arm zu Mama hin und stupste ihre Stirn mit einem Finger. Für die Anwesenden, besonders für die Frauen, gab das eine herzzerreißende Szene her. Doch seine Gedanken waren ganz anderer Art, als die Trauergemeinschaft – Gegrüßet seist du Maria – vermutete. Einen gummigen Widerstand leistend wies die kalte Stirn den aufdringlichen Finger von sich. Enttäuscht steckte Peter die Hand wieder in die Hosentasche. Anschließend linste er, nach einem Lebenszeichen Ausschau haltend, auf jeden einzelnen Gesichtszug der Verstorbenen mit dem gierigen Blick eines Goldgräbers.
Nichts.
Irgendetwas musste sich doch bewegen! Das Zittern einer Wimper hätte ihm genügt. Und doch; nichts rührte sich. Nachdem auch dieser Versuch gescheitert war, schien dem aufmerksamen Beobachter, ein schelmisches Lächeln auf ihren blass-bläulichen Lippen erkannt zu haben. Mama gaukelte ihnen allen was vor! Mama konnte nicht sterben. Andernfalls hätte sie ihn gewiss über den Tod aufgeklärt. Mama hatte ihm stets über die wichtigen Dinge des Lebens Bescheid gesagt. Mama hätte ihn nicht mit dieser Situation alleine gelassen. Mama hatte ihn noch nie alleine gelassen. Mama verbarg sich hinter dieser stummen Maske.
Er erwiderte seinerseits das Lächeln, das er erahnt hatte, und schnitt zögernd ein paar Grimassen, um endlich ihr unterdrücktes Lachen zum Ausbruch zu bringen.
Schließlich resignierte er auch dieses Mal. Er gestand sich ein, dass der ungewohnt breite Mund lediglich die Folge der er-

schlafften Gesichtsmuskeln war. Die saugende Schwerkraft der Erde zog sie in die Tiefe.

Er ließ folglich von seinen Versuchen ab und gesellte sich seufzend zu den Erwachsenen, die ihn – du bist gebenedeit unter den Frauen – ihrerseits seufzend aufnahmen. Nein, hier gab es nichts zu entdecken. Seine Mama, der selbst der Tod nichts von ihrer Schönheit geraubt hatte, war ein für alle Mal zu dieser mit wächsernem Lüster überzogenen, anmutigen Statue erstarrt. Gefühle und Neugierde des Kindes perlten allesamt auf ihrer stummen Haut ab. Bleich und hart, in Dolomitgestein zurückverwandelt, dem Menschen hierzulande entspringen, schwieg die schöne Leiche, wie nur Tote und Steine schweigen können.

Schließlich ließ er auch im Gedanken davon ab, beschloss, dass der Tod ein langweiliger Kumpel sei, wenn nicht sogar ein Spielverderber, wandte sich den Lebenden zu – und gebenedeit ist die Frucht deines Leibes Jesus – und kam seinen Pflichten eines heulenden Waisenkindes nach.

Sein Vater hatte sich während der nächsten Tage um den organisatorischen Teil des Todes gekümmert. Hektisch und ungelenk fuchtelte er zumeist mit Tränen in den Augen zwischen Beileidsbriefen und Adressen von Bestattungsunternehmen umher. Peter erhielt indessen eine Menge Anweisungen, die ihm entweder überzogen oder selbstverständlich erschienen. Mama hätte das ganz anders gemacht.

Das Begräbnis ging indessen in großem Stil vonstatten. Üppige Blumensträucher, wunderschön gekleidete Leute und lauter Erwachsenengespräche mit und ohne Parfüm. Peter fühlte sich angesichts des aufwendigen Trubels mitnichten als einer der Hauptdarsteller dieses Dramas. Die Zeremonie war zu groß und wichtig, als dass es ihn, den zehnjährigen Drittklässler, in irgendwelcher Hinsicht belangte. Dementsprechend war seine spätere Erinnerung an diese Parade: ein Kinofilm auf großer Leinwand.

Nach dem Begräbnis war er zusammen mit seinem Schulkameraden und Freund Hans durch den nahe liegenden Wald spaziert. Endlich konnte er ungestört an Mama denken.
Der Waldboden war mit einem funkelnden Schuppenpanzer bronziert. Tausendfach flimmerte das herabgefallene Laub von gelb bis rot. Eine unendlich vielstimmige Ode an den Tod. Besonders an den Stellen, wo die Sonne durchs Geäst bis zum Boden durchdrang, entflammten die feurigen Farben. „Memento mori", zischelte jedes der gebrechlichen Blätter unter ihren schwarzen Schuhen, als sie über den Pflanzenfriedhof stapften.
Dunkel und verhärmt ragten die Baumstämme aus dem glühenden Teppich hervor. Entblößt und edel nahmen sie sich aus, diese Märtyrer des Herbstes, nunmehr ohne Gold und Kleid. Zwischen den Blättern kam hie und da ein hölzerner Wulst zum Vorschein, ein Finger oder Rücken, der ans düstere Ineinander unterirdischen Treibens erinnerte.
So blieb er alleine mit Papa zurück, der sich fortan seiner Erziehung annahm.
Er berührte sein Kind nur, um es zu züchtigen. Ganz nach alpenländischer Sitte galten ihm körperliche Berührungen vorrangig der Verteidigung und Fortpflanzung. Peter gewahrte langsam, was zusammen mit Mama verschwunden war.
Trotzdem mühte sich sein Vater mit eifrigem Pflichtbewusstsein, dem Kind das Nötige zuteil werden zu lassen. Besonderen Aufwand brachte er beim Versuch auf, es nicht alleine zu lassen. So bekam der Zehnjährige erstmals wirklich Einblick in den Alltag des Vaters, was auch durchaus belustigend war. Während Männer und Frauen mit Papa über Erwachsenendinge diskutierten, stand der Bengel zwei Stockwerke tiefer zumeist an seiner Seite, hörte ihnen zu und doch nicht. Auch am Abend – es waren die längsten Abende, an die er sich je hätte erinnern können – bestand sein Vater darauf, dass ihn sein Sohn begleite. Besonders am allwöchentlich sich wieder-

holenden Ritual des Wattens pflegten die beiden teilzunehmen. Die beteiligten Spieler plauderten dabei ununterbrochen und setzten wichtige Mienen auf. Peter saß stets auf einem Stuhl neben seinem Vater und verfolgte mit großen Augen, wie dieser sich in kurz aufeinander folgenden Zeitabständen ärgerte und freute. Er erfuhr, wie laut eine Gesellschaft, die aus nur vier Leuten bestand, sein konnte. Nach jeder Runde wurden die Karten auf den Tisch geworfen und es überkam ihn wie eine große Welle, die aus Ausrufen, Schimpfwörtern und anderen Geräuschen bestand, die die Spieler von sich gaben. Nichts davon berührte ihn besonders. Es war wie bei einem heftigen Windstoß, wo man nur für einen Augenblick die Augen schließen und stillhalten musste. Und schon war's vorbei. Die Gespräche der Erwachsenen waren hingegen einfach und auch für ihn verständlich. Es ging stets um dasselbe, um die Schicksalhaftigkeit des Schicksals, die Zufälligkeit des Glücks im Spiel und die Wetterabhängigkeit des Wetters.
Dazu Rotwein.
Das Ganze vollzog sich in polternder Entschlossenheit. Jedem Geistesblitz, der einen Spieler dazu bewog, einen Spruch vom Stapel zu lassen, folgte eine knallende Faust auf den Tisch, wie ein Donner beim Gewitter.
Peters Vater, Giuvani, war der dritte Sohn einer achtköpfigen Bauernfamilie, die auf einem großen Hof lebten. Die von der Sonne verbrannten Bohlen waren auf dem abschüssigen Hang ein fugenreiches Bündnis eingegangen: ein Bergbauernhof, dessen krachendes Holz sich hoch über dem Tal rekelte. Hier verbrachte Giuvani samt seinen Geschwistern seine Kindheit und Jugend. Die Schräge des Gefälles übertrug sich bald auf seinen Gang, und leicht vornübergebeugt durchquerte er zuweilen das Dorf, als er ins Tal hinabstieg, um Zucker zu kaufen oder sonstige Besorgungen zu erledigen. Den Großteil seiner Zeit brachte er indessen auf den Feldern zu, rings um den Hof, indem er mit der geizigen Natur zankte. Nur ungern

trennte sich die Erde von ihren Früchten. So entwickelte sich sein Körper, den meisten Gewächsen auf dieser Höhe gleich, zu einem faserigen und zähen Drahtbündel.
Bereits im vierundzwanzigsten Lebensjahr legte er allerdings einen seiner Arbeitstentakel zu Ruhe. Den anderen bemühte er ganztägig und unermüdlich an einem der ersten Skilifte, die in der Ortschaft errichtet wurden. An der Talstation reichte er Damen, Herren und Kindern jeweils einen geschwungenen Bügel, der sie in Richtung Berg schleppte. Jedes Jahr erfreuten sich zunehmend mehr Leute seines einarmigen Dienstes. Lauter Lächeln und Winken. Und Geld! Diese Papierscheine boten ihm bisher ungekannte Möglichkeiten. Dazu wurde der ertragreiche Dienst einarmig ausgeführt. Die andere, indessen zur Trägheit erschlaffte Gliedmaße hob er nur mehr, um den Skifahrern hinterherzuwinken. Doch spürte er alsbald, dass im Tal eine umfassendere Veränderung im Gange war. Mehr Leute. Immer buntere Skianzüge, mal senkrecht, mal waagrecht gestreift. Aus exotischen Gesichtern lächelten ihn die immerzu dankbaren Bügelempfänger an.
Sein frühzeitig pensionierter Arm meinte überdies, noch arbeitsfähig zu sein, und drängte ihn zu etwas Neuem. Dazu kam es ihn insgesamt eintönig und einarmig an. Es waren schließlich bereits fünf einarmige Jahre gewesen. Der Einfall ließ nicht lange auf sich warten: Einige Monate später stellte er unweit der Talstation mit dem Ertrag seiner Arbeit eine große Blechkiste auf, um die hungrigen Skifahrer zu füttern. Weiß lackiert, geräumig und an der Vorderseite mit einer feuerroten Aufschrift versehen: *da Giuvani*.
Anfangs waren es nur Würste, die von den nicht enden wollenden Skifahrern verschlungen wurden. Später standen auch Hamburger – flache Knödel ohne Brot – zu Gebote, dicke, dünne, gerade und gebogene Würste mit Namen ferner Städte, Länder und Kontinente. Sein bislang unnutzer Arm wurde schlagartig rehabilitiert und stand dem anderen in nichts

nach. Er schleppte Kisten, reichte immer bunter bekleideten Skifahrern gleichfalls bunte Cremen, in die sie die dampfenden Würste eintauchten.
Der Ertrag seiner fleißigen Arme, die inzwischen ein geübtes Tandem bildeten, häufte sich zu einem kleinen Kapital an. Er hätte wahrlich eines dritten Armes bedurft, um die Scheine und Münzen der in fremden Sprachen fordernden, dankenden und rülpsenden Gäste entgegenzunehmen.
Zum ständigen Wandel des Landschaftsbildes im Tal gesellte sich eine weitere Neuigkeit: Auch der touristisch bislang unbedeutende Sommer zog zunehmend Scharen von Leuten an. Keine Skis, keine Handschuhe und auch kein Roboterschuhwerk mehr. Was von der kalten Jahreszeit noch verwendet wurde, waren lediglich die Sonnenbrillen. Und Cremen. Doch nicht fürs Fleisch der Würste; die entblößten Skifahrer schmierten sich selbst, die Würste nachahmend, von Kopf bis Fuß mit duftenden Fetten ein. Derart ausgerüstet – zuweilen vergaßen sie die Skistöcke abzulegen – bestiegen die Sonnenbrillenträger nach allen Seiten funkelnd Grade und Gipfel.
Giuvanis neue Lebensgefährtin, die jüngste der fünf Töchter des Nachbarhofes, arbeitete in der Blechkiste tatkräftig mit. Rund um die Uhr war sie mit dem Broteschneiden beschäftigt und musste den *mit-oder-ohne-Zwiebel*-Wünschen nachkommen. Auch Tania, so ihr Name, hätte eine weitere Hand gebraucht, um die immer flacher werdenden Hamburger auf der Herdplatte umzudrehen. Diesmal war die Lösung des Problems allerdings kein Produkt arbeitender Hände. Es war Peter. Das inzwischen zwölfjährige Kind, also der dritte Arm, war für die hektische Arbeit zwar noch ziemlich jung, aber es dauerte nicht allzu lange, bis er die simple Logik des kleinen Betriebs durchblickt hatte. Die Wiese rund um den Kiosk war überall mit Tischen und Bänken bestückt, zu denen der Sprössling eilte, um die Forderungen der immer eigenartiger sprechenden Gäste zu notieren: „Iustel con Kääschap“.

Peter hatte offensichtlich den Fleiß des Vaters geerbt. Von der Mutter lediglich das tiefe Braun der Augen. Genau diese Erdfarbe lenkte hungrige Touristen zuweilen von ihren Würsten ab. Jederzeit weit geöffnet, lugten diese beiden Bergwerke hinter den dampfenden Speisen hervor, die er zu den Tischen brachte. Mit Skifahrerlächeln und sonorem Dankeschön erwiderten die Gäste den Anblick der unbewussten Schönheit seiner Jugend. Dieser glückliche Stern, der es ihm ermöglichte, schlingende Mäuler in lächelnde Münder zu verwandeln, schien sich fest an ihn geklammert zu haben. Er erkannte es bald. Er verstand auch – bei Kindern bedeutet verstehen natürlich fühlen –, dass er sich diesbezüglich von seinem unermüdlichen Vater unterschied.
Dieser hatte in den letzten Jahren seinen Rumpf samt den griffsicheren Extremitäten zu einer nahezu perfekten Arbeitsmaschine fortentwickelt. Seine Beine erblickten indessen immer seltener das Tageslicht. Hinter dem Ausschank verborgen, waren sie nunmehr zu einem drehbaren Sockel für seine wurstverteilenden und kassierenden Hände geworden.
Den Mund hielt er meist offen. Nachlässig schlenkerte der Unterkiefer unter seinem großen Kopf hin und her. Besonders im zunehmenden Alter klafften seine Unter- und Oberkiefer weiter auseinander. Da es vermehrt Peter war, der den persönlichen Kontakt mit den Touristen pflegte, wurde seine eigene Beziehung zur Außenwelt, also zu allem, was sich jenseits der vier Blechwände befand, immer spärlicher. Seinem Unterkiefer war mithin dasselbe Schicksal beschieden, wie damals seinem linken Arm: er wurde funktionsunfähig. Den Mund stets weit aufgesperrt, schloss er ihn nur mehr, um den Preis der Speisen zu diktieren und zu danken. Damit hatte er schon mehrmals seine Klientel verdutzt, die sich folglich dahingehend bewegt fühlte, die Geldscheine direkt in den offenen Mund zu schieben. Doch war es nicht diese insgesamt harmlose Marotte, die seinen allmählichen Untergang bedeu-

tete. Nein, etwas viel Schlimmeres widerfuhr dem inzwischen Zweiundfünfzigjährigen.
Das Geld, das er in den letzten Jahren angehäuft hatte, bewahrte er in mehreren Kisten bei sich zu Hause auf. Am Abend nach der Arbeit schlich er stets so unauffällig wie nur möglich ins Unterdach, um dort den Tagesverdienst zu verstauen. Die Kisten hatte er unter den dicken Bohlen des Holzbodens versteckt, da die Bank, die sich im nächsten Dorf befand, ihm keineswegs ein verlässlicher Bewahrer seines Kapitals zu sein schien. Doch nicht so sehr der Sicherheit wegen, sondern aus einem emotionalen Grund war es ihm nicht möglich, sich von den Geldscheinen zu trennen. Er pflegte zu ihnen eine ganz auf körperliche Nähe und Zärtlichkeit fußende Beziehung. Nachdem er sie gezählt hatte, ordnete er sie in gleich hohen Stapeln, ließ das biegsame und gleichzeitig feste Papier durch die Finger gleiten und labte sich schließlich an dessen Anblick. Doch nahm auch diese Liebschaft ein jähes Ende. Wie vom Blitz getroffen fiel der Arme zu Boden, als er an einem Dienstag Abend den aufgebrochenen Holzboden ohne die Kisten erblickte.
Das große Loch im Boden und sein aufgerissener Mund.
Vom Schicksal hart getroffen, erholte sich der Imbissbetreiber nicht mehr vom Missgeschick. Ein Schlaganfall, der seine gesamte linke Seite lähmte, war die körperliche Folge der seelischen Narbe, die er davontrug. Das Ereignis sprach sich bald herum, doch wurde nicht ausfindig gemacht, wer der Dieb war, der Giuvani um sein Glück gebracht hatte.
Einige schalten ihn, leichtsinnig gewesen zu sein. Andere schoben es dem Willen Gottes in die Schuhe. Er selbst hingegen fühlte sich schlichtweg als ein Märtyrer des blinden Schicksals.
Pech.
Ein ganzes Jahr verbrachte er auf dem Rollstuhl. Er hatte, so beteuerte er zumindest nach diesem Unfall, alles verloren.

Damit behielt er aber nicht Recht. Etwas Neues drängte sich in seinem Leben auf. Etwas, dessen er stets Gebrauch gemacht hatte, doch das er nie für sich selbst beachtet hatte: die Zeit. Dicht und allgegenwärtig machte sie sich in langen Vor- und Nachmittagen breit. Ein unselbständiger Gefährte, der sich nie alleine zu beschäftigen weiß und stets einer Aufgabe bedarf. Manche Leute verändern sich angesichts solcher und ähnlicher Begebenheiten in ihrem Leben und stillen die Zeit mit einem Hobby, zuweilen sogar mit einer Mission. Für Giuvani Costa, der jener Generation angehörte, die genötigt war, Kreativität und Anschauungen in den Dienst des blanken Überlebens zu stellen, war weder das eine noch das andere der Fall.

Peter zählte inzwischen siebzehn Jahre und hatte zusammen mit seinem ehemaligen Schulkollegen Hans den Kleinbetrieb übernommen, der auch ohne Giuvanis Kapital tadellos funktionierte.
Genau in diesem Alter sollte er das Initiationsritual der Männerkaste erfahren. Er verbrachte den Abend, so wie es öfters der Fall war, im Gasthof seines Onkels Christian. An der Theke lehnend, das Bier mehr haltend denn trinkend, füllte er zusammen mit einigen Skilehrern, die an den Tischen nebenan saßen, das gesamte Lokal mit Sentenzen und Gelächter. Marta, die Barkeeperin, war ständig zwischen Tisch und Theke mit leeren und vollen Bierkrügen unterwegs. Komplimente und Skilehrerschmeicheleien folgten ihr hinterher. Doch was die Skilehrer auch hervorbringen mochten, samt ihren bunten Monturen mit und ohne Streifen, das Geblöke berührte die biertragende Marta nicht. Es gab allerdings eine Ausnahme. Nicht, dass Peters Geschäker dem seiner Mitstreiter in irgendeiner Weise überlegen gewesen wäre. Und doch kam es, wie es kam. Mit eiligem Kellnerschritt stöckelte sie an ihm vorbei und ließ jeweils ein von Parfüm verbrämtes Lächeln zurück.

Marta, einige Jahre älter als Peter, war bei Gott keine Schönheit. Klein von Wuchs, etwas beleibt und obendrauf – nicht allzu weit oben – ihr schaler Kopf, dessen einzige Besonderheit eine ziemlich große Nase war. Doch ungeachtet dieser Äußerlichkeiten war er ihr ohne zu zögern gefolgt, als sie ihn nach Lokalschluss in ihre Wohnung eingeladen hatte. Kommt es doch schließlich bei der Taufe nicht auf die Eigenschaften des Priesters an.
Es war schon länger dunkel, als sie Martas Arbeitsplatz verließen, um sich auf den Weg zu ihrer Wohnung zu machen. Als sie dort anlangten, nahm sie ihn bei der Hand und führte ihn in ihre bescheidene Behausung. So fühlte sich also die Haut eines Mädchens an, mit dem man nicht verwandt war. Sein Herz pumpte, sog und schlug was es nur konnte. Er hoffte, dass sie es nicht merke. Obzwar noch fast ein Kind, wollte er seiner Sache sicher figurieren. Sie nahm seine Bemühungen ihrerseits mit einem warmen Lächeln entgegen. Ihm schwante, dass sich an jenem Abend etwas in seinem Leben entscheidend verändern würde.
Sie bot ihm einen Drink an. Mit siebzehn trinkt man für gewöhnlich keinen Drink, sondern eben *etwas*. Das machte nichts, ganz im Gegenteil! Er fühlte sich wie in einem Film. In einem von denen, wo man eben Drinks trinkt und kurz darauf im Bett landet. So geschah es tatsächlich. Ohne weitere Zeit zu verzetteln, wälzten sie sich wenig später zwischen Federn und Plüschtieren und pressten sich abwechslungsweise ihre Zunge in den Mund. Sie zog anschließend ihre Kleider aus und forderte ihn auf, dasselbe zu tun. Er legte seine zittrigen Hände auf ihre warmen Hüften.
Die Welt schwieg und schien den Atem anzuhalten. Als er Jahre später noch in romantischem Rückblick jener Nacht gedachte, entsann er sich besonders dieses Momentes. Dieser Stern der Zärtlichkeit blieb allerdings dabei ein vereinzelter Schimmer in der Erinnerung an diese fleischig-laszive Nacht.

Trotzdem kann nicht behauptet werden, dass Peter sein Ziel erreichte. Es waren seine Ungeduld, seine Beherztheit und schließlich seine Unerfahrenheit, die ihn trotz mehrmaliger Anläufe daran hinderten, seine Jungfräulichkeit loszuwerden.
Marta nahm sein offensichtliches Versagen mit einem zwar warmen, doch resignierten Lächeln entgegen. Die Scham, die ihn in den darauffolgenden Tagen begleitete, wurde allerdings bald in den Schatten der Gratulationen gestellt, die ihm von Seiten der Bekannten und Freunde zukamen. Was vermochte die zwar empfindliche, doch fließende Grenze, die gelungene von misslungener Sexualität trennt, gegen den unumstößlichen und in seiner Eindeutigkeit nahezu brutalen Fakt, dass Peter die Nacht mit Marta verbracht hatte. Das Entscheidende an der ganzen Geschichte war der neue, natürlich höhere Status, den er nun unter seinen Schulfreunden genoss. Besonders Gleichaltrige kloppten ihm gratulierend auf die Schulter. Andere fragten ihn nach Einzelheiten aus. Wie ein erfahrener Meister zog sich Peter zumeist in eloquentes Schweigen zurück. Damit ermutigte er die Neugierigen, selbst ihr Glück zu versuchen.
Es gab allerdings eine Ausnahme: Hans. Obwohl er als Peters vertrautester Freund ausreichend Gelegenheit dazu gehabt hätte, wollte er weder Details noch strategische Tipps hören. Sogar die prickelnden Andeutungen seines Kumpanen ließen ihn offensichtlich kalt. Peter, inzwischen zum Erzähler von Sexmythen geworden, beschloss, den Job zu kündigen, überließ diese Geschichten denjenigen, die sie wirklich erlebt hatten und bekannte sich zur Wahrheit. Er erzählte Hans alles, vom Drink bis zu ihren verklebten Schamhaaren. Die Reaktion des Freundes war so unerwartet wie ehrlich: Hans errötete.
Die Leutseligkeit des heranwachsenden Knaben durchwirkte den Alltagstrott mit erfrischender Leichtigkeit. Nicht nur die

Gäste, sondern auch seine Mitarbeiter genossen seine jugendliche Rührigkeit. Zusammen mit Brot und Würsten verteilte er allerenden Witze und belustigende Sprüche. Sein Vater hatte wahrlich keinen Grund zur Sorge. Trotzdem war dem inzwischen ziemlich heruntergekommenen Familienvater nicht wohl in seiner Haut. Er wollte erneut in den Zug des Lebens einspringen. Er sah, wie die Gelegenheiten an ihm vorbeirollten und von anderen genutzt wurden. Die Zeit, sein neuer und unerwünschter Weggefährte, ermöglichte ihm, sein Blickfeld zumindest topografisch zu weiten. Vom Balkon seines Hauses aus genoss er eine gute Sicht und somit verfolgte er mit größter Aufmerksamkeit und einer Brise Argwohn jede bedeutsame Veränderung in der Gegend. Er stellte mit nicht geringem Erstaunen und etwas Scham fest, dass im gesamten Umkreis kleine Gasthäuser, bunte Geschäfte und sogar ein größeres Gebäude, das mit der Aufschrift *Hotel* versehen war, selbstgefällig das Tal besetzten. Sein Kiosk war im Vergleich dazu ein unbedeutendes Stück Blech. Selbst einige Zeit später, als er den Rollstuhl wieder verließ und Zeit durch Gehen eintauschte, pochte diese Einsicht unentwegt an seine Schädeldecke. Doch vergebens. Stumpf verbogen, wie die Schneide einer alten Sense, links verkrüppelt und den Mund so weit offen wie nie zuvor, vermochte er mitnichten, seinen Kiosk in einen größeren Betrieb zu verwandeln. Seine Karten hatte er bereits ausgespielt.

Peter warf einen Blick auf seine Armbanduhr: es war kurz nach acht. Heute war es ihm gelungen, ziemlich flott alles auszugeben. Meistens verzögerte sich die Ausgabe wegen des Nachtisches. Besonders deutsche Gäste höheren Alters, die den Großteil seiner Klientel ausmachten, nagten und sogen ausgiebig an der Hauptspeise herum, erkundigten sich nach ihrer Beschaffenheit und bestellten gar nicht selten eine zweite Portion davon. Heute wurde als Nachspeise schlichtweg eine Obstplatte serviert. Das bedeutete zwar weniger Arbeit, doch keinesfalls eine Einsparung, da sich Jung und Alt mit allem, was den Ansturm zahnloser Mäuler und pubertärer Maßlosigkeit überlebte, die Taschen füllten; die einen auf Grund der Erinnerungen an die vergangene Armut, die anderen aus Angst vor der zukünftigen.

Es war höchste Zeit für Peter, sich in die Bar zu begeben, um dort den Durst seiner Gäste zu stillen. Er wollte Hans, der tagsüber diesen Dienst verrichtete, nicht überbelasten. Zumindest abends wollte er ihn ablösen.

Noch einen Blick zu den Bergen, die binnen weniger Minuten erloschen waren, dann wandte er sich um, sprang ins Zimmer, wo er die Kochmontur ablegte und sich endlich zu dem bekannte, was allem Anschein nach seine Berufung und sein Wesen ausmachte: Wirt.

Segment I.2

Völkerwanderung

Gott, der Herr, baute aus der Rippe, die er vom Menschen genommen hatte, eine Frau und führte sie dem Menschen zu.

Gen 2,22

Saras Familie verbrachte bereits seit vier Jahren ihren Winterurlaub in Peters Gasthaus. Ihr Vater, ein blutechter Sizilianer, hatte einst an den bunt-grauen Augen einer Isländerin Gefallen gefunden und sie mitsamt ihren Augen geehelicht. Sie weidete und wärmte sich ihrerseits an seinem Schnurrbart. Feuer und Schwefel ihrer Insel überließ sie der Obhut des Odin und zog nach Süden. Doch was ihre Vorfahren in einem titanischen Kraftakt vollbrachten, war für ihr zartes Wesen zu viel: Sizilien eindeutig zu weit entfernt. Nur bis nach Bayern ließ sie sich vom Schnurrbart verlocken. Und er, der nur mehr grau und Schwefel sah, willigte ein, meinte München und ließ sich dort mit seiner Frau nieder.

Saras Vater, Francesco, alle nannten sie ihn Ciccio, war von seltener Sanftmut und wenigen Worten. Die Schweigsamkeit hatte sich auf Sizilien, von Barock, Autohupen und Gesprächen ohne Ende eingeschüchtert, in vereinzelte Individuen zurückgezogen. Francesco war ein Träger jener seltenen Eigenschaft. Tatsächlich hob er seinen Schnurrbart nur, wenn es etwas zu berichtigen gab, das von augenscheinlicher Dürftigkeit war. Den Rest machten seine Augen. Oder besser, die Falten an deren äußerem Rand. Ein tausendfaches Lächeln, jede Falte kicherte in sich hinein, entströmte zuweilen seinem Gesicht und verriet das Zartgefühl des untersetzten Südländers. Durch Gene und Liebe war die Milde seines Gemüts samt der kleinen Statur auf seine Tochter Sara übergegangen.

Ihre bunt-grauen Augen, zwei Sandkörner der isländischen Wüste, hatte sie hingegen von ihrer Mutter. Sie trug schulterlanges, braunes Haar, ein Kompromiss zwischen schwefelgelb und südlich-schwarz, meist hinter ihrem adretten Kopf zusammengebunden. Die Nase, ein äußerst liebenswürdiger und konkaver Knorpel, schaute verstohlen nach oben und schlich scheinheilig zwischen schmalen Augenbrauen hindurch, um sich zum Rund der Stirn zu gesellen. Doch mangels großer Brüste und Schlauchbootlippen fiel sie für die Männerwelt lediglich in die allgemeinste Kategorie „hübsch".

Die Sasso, so ihr Nachname, verlebten alljährlich zwei Wochen im Gasthaus. Zumeist fiel der Urlaub auf den Monat Dezember. Noch weihnachtlich gestimmt, trafen sie nie ohne irgendein Geschenk bei Peter ein. Diesmal war es der siebenundzwanzigste Dezember, als vier bunt-graue Augen und ein Schnurrbart samt üblichem Mitgebringe bei der Tür hereinschneiten. Das Orangenparfüm, für den Wirt bestimmt, sollte ein Ersatz für die echten Zitrusfrüchte sein, wo die Seele der Südländer versteckt zu sein schien. Nach ausgiebigem Händeschütteln, Umarmungen und „che piaschäre", blieb Peters Blick an Sara heften. Sie erwiderte ihn isländisch-grau und lächelte am ganzen Körper. Das konnte Sara. Dass sich die beiden gern leiden mochten, war inzwischen kein Hehl mehr. Trotzdem hatten sie es nie so weit gebracht, auch nur ein längeres Gespräch miteinander zu führen. Peters Aufmerksamkeit für Menschen war zwar ehrlich, doch fragmentarisch und knapp. Das war berufsbedingt. Ein vollendeter Wirt. Oder umgekehrt, wie sein Kumpel Hans meinte, war sein Beruf sozusagen „peterbedingt". Tatsächlich war er stets für jeden zu sprechen, doch niemandem schenkte er das, was unter Freunden als besondere Aufmerksamkeit gilt. Theresa, eine der wenigen Universitätsstudentinnen im Tal, ließ sich gerne zum Thema aus. Die Psychologiestudentin im zweiten Semester diagnostizierte kühn ein „Ton-Tschuan-Syndrom",

oder anders, Frauen kapern, um sie anschließend wieder zu verlassen. Mit „Angst vor Beziehungen“, „typisch“ und ähnlichen Parolen betitelte sie ihn foppend, wenn sie zuweilen die Küche betrat. Doch war ihr Geschäker stets von heiterer Kurzweil und mündete meistens auf beiden Seiten in ein einträchtiges Lachen. Die wirklichen Verfechter jener Meinung waren indessen einige Mädchen aus dem Tal, die sich tatsächlich von Peter benutzt gefühlt hatten.
Ausgepresste Zitronenschalen.
Seit ungefähr vier Jahren führte Peter das Gasthaus. Er hatte es von seinem Onkel Christian geerbt, der ohne Frau und Kinder frühzeitig verstorben war. Christian, sein Onkel väterlicherseits, widerfuhr vor Jahren während einer Bergwanderung ein tödliches Herzversagen. Der damals Dreiundvierzigjährige war den Aussagen seines Hausarztes und anderer zufolge kerngesund.
Und doch.
Sein Tod hatte mithin im Dorf nicht wenig Aufmerksamkeit, Kopfschütteln und medizinisches Grübeln mit sich gebracht. Das Schicksal wurde vors Laiengericht der Allgemeinplätze zitiert und schwieg wie immer vor den Beschuldigungen. Andere meinten, es lag an der Arbeit.
Kurz, jeder meinte etwas.
Peter war bereits seit Jahren in Onkel Christians Betrieb als Kellner tätig gewesen, bevor er dessen Führung übernahm. Tatsächlich hatte er an dieser Arbeit mehr Freude, als an der Würstelbude, die er nach einigen Jahren ganz fallen ließ. Schließlich erbte er das Gasthaus des Onkels und verschwendete keinen weiteren Gedanken an den Kiosk. Trotzdem trat er mit gemischten Gefühlen seine Erbschaft an. Handelte es sich dabei um einen Segen oder um einen Fluch? Es war einerlei, da die Zeit fehlte, um sich den Kopf darüber zu zerbrechen. Der Einstieg in den Betrieb war ihm jedenfalls kein Leichtes. Zunächst einmal weil er seinem Onkel sehr zugetan

gewesen war. Eine Vater-Sohn-Beziehung im weitesten Sinne verband die beiden: Was Peter in seiner Familie nicht erleben durfte, versuchte sein Onkel Christian wettzumachen. Dieser hatte ihn in allerlei Fertigkeiten unterwiesen, die sich besonders später, als er selbst der Wirt war, als sehr nützlich erwiesen.

Christians auffälligste Eigenheit war sein Stottern. Hauptsächlich im Januar, also bei Hochkonjunktur, wenn der Arbeitsrhythmus und die Nervosität am größten waren, traf den Armen jener seltsame Fluch und verhexte ihm die Zunge. Gleich seinem alten Lieferwagen, der zuweilen zwar hechelte und immer wieder Anlauf nahm, doch nie und nimmer anspringen wollte, stockte Christians innere Schallplatte und verharrte an derselben Zeile. Peter stand in solchen Situationen verlegen und regungslos vor ihm. Den Blick auf den Boden oder sonst wohin gerichtet, verkniff er sich dabei Wort und Miene und wartete wie ein Mönch auf Gnade, bis der Bann gebrochen war. Er ließ es schlicht über sich ergehen, dazu meist bereits im Vorwissen, worüber ihn sein Onkel unter Qualen unterrichten wollte.

Peter war sechsundzwanzig, als er den Betrieb übernahm und nach einigen Startproblemen in jeder Hinsicht ein Wirt genannt werden konnte. Besonders im Umkreis seiner Gemeinde wurde er, gleich seinem stotternden Vorgänger, alsbald von allen mit diesem Titel angesprochen. Nichtsdestotrotz verbrachte er den Großteil seiner Zeit nicht hinter dem Schanktisch, sondern in der Küche bei den Töpfen. Er hatte im Laufe der Jahre erkannt, dass der kulinarische Bereich in seinem Betrieb eine dermaßen wichtige Rolle spielte, dass er ihn selbst besetzen wollte. Diesen Beruf hatte er allerdings nie eigens erlernt, und tatsächlich fehlte ihm eine professionelle Ausbildung. Doch alle Kenntnisse, die ein Laie zu diesem Thema erwerben kann, hatte er sich binnen weniger Jahre zu eigen gemacht. Es reichte jedenfalls für das Gasthaus. Darüber hinaus standen täglich eine beträchtliche Anzahl verschiedenster Aufgaben an, die er zu verrichten hatte. Das Gasthaus war ein ziemlich altes Gebäude und bedurfte, ähnlich wie bei alten Leuten, seiner ständigen Aufmerksamkeit und einer Pflege, die fast als Dauerreparatur bezeichnet werden konnte. Peter sprang von Zimmer zu Zimmer, um Jalousien, Steckdosen, Gardinen, Heizung u. a. zu reparieren. Nur bei technischen Feinheiten oder größeren Arbeiten bat er einen Handwerker zur Hilfe herbei. Doch bereits seit Jahren trug er sich mit dem Gedanken, irgendwann wieder einen Koch anzustellen, da die täglich anstehende Arbeit kaum von einer Person alleine bewältigt werden konnte. Er hatte inzwischen genug Erfahrung erworben, um einem Küchenbediensteten genaueste Anleitung über die Zubereitung und Ausgabe von Speisen geben zu können. Vorübergehend versuchte er alleine die Situation zu deichseln, indem er den ganzen Tag durchbüffelte.

Peters Rückzug in die Küche hatte weiter zur Folge, dass sich eben dort die Leute am liebsten versammelten. Hier befand sich also der eigentliche Schank. Selbst Tungo, ein Alkoholiker im Dorf, ließ sich zuweilen, angekündigt und gefolgt von einer Bierwolke, in der Küche nieder. Er meinte ein paarmal „Päatr“ und schlief anschließend an einem Seitentisch in der Küche ein. Den wirklichen Namen des Armen kannten nur mehr einige wenige von seinen früheren Schulkameraden. Doch diese, anstatt ihm Spezies und Namen ins Gedächtnis zurückzurufen, zogen in weiten Bögen an ihm vorbei. Tungo war eben Tungo. Da gab es nichts mehr zu ändern, allenfalls zu meiden.

Nicht so in Peters Küche. Wer immer bei der Tür hereinspazierte, egal zu welcher Tageszeit, Peter fand stets ein paar Worte für seine Besucher.

Auch sein Vater frequentierte treu diese gastliche Einkehr. Punkt siebzehn Uhr stand er startbereit am Herd. Peter blieb

nichts anderes übrig, als ihn mit irgendwelchen Tätigkeiten zu beschäftigen. Giuvani war durch den Schlaganfall nicht nur ein für allemal der Funktionsfähigkeit seines linken Armes verlustig gegangen. Das Unglück hatte seinen gesamten Leib in Mitleidenschaft gezogen. Seine linke Hand, verknotet und zerfurcht wie der Balken eines alten Bauernhofes, ballte er zuweilen zur Faust zusammen, stützte sich damit auf einer Anrichte ab und kroch die Küchenzeilen entlang. Peter wieselte flink – ein Skifahrer mit Kochmütze – rechts und links an ihm vorbei. Doch das wirkliche Verhängnis stellte seine andere Hand dar. Mit Kübel und Wasser ausgerüstet, wischte er Tische, Anrichten und alles ab, was in der Küche funkelte. Das Problem lag daran, dass das Wasser, das er benutzte, bereits zu irgendeinem Zweck verwendet worden war und alles andere als sauber war. Weiter verteilte er Geschirr, Gemüse und was immer mit fünf Fingern verstellt werden konnte nach Zufallsprinzip im Raum.
Alzheimer.
Andererseits verrichtete er einarmig durchaus wertvolle Dienste. Die Aufgaben, mit denen ihn Peter beauftragte, führte er mit größter Gewissenhaftigkeit und Präzision aus. Leider wusste er nicht, wann genug war. Wenn sein Arm sich einmal einer Sache angenommen hatte, wollte er nicht mehr davon ablassen. Sobald Peter vergaß, ihn abzustellen, wurden Berge von Kartoffeln, Äpfeln oder sonstigen Pflanzen geschält, teilweise ganze Gemüsegärten in kleine Stücke zerhackt. Insgesamt hoben sich allerdings verrichteter Dienst und angerichteter Schaden gegenseitig auf. Außerdem wusste Peter, dass für seinen Vater die Arbeit nicht eine Möglichkeit unter anderen war, wie man die Zeit verbringen konnte, sondern eine notwendige Existenzbegründung.
Ich arbeite, also bin ich.
Doch was beim ehemaligen Imbissbetreiber nur mehr im übertragenen Sinne Arbeit genannt werden konnte, hatte die-

ser auf verdichtete Weise seinem Sohn vererbt. Mit der einen Hand eine Pfanne schwenkend, mit der anderen Schnitzel aufspießend, dirigierte er gleichzeitig mit mächtiger Stimme die beiden Kellnerinnen. Am Abend, während des Services, waren in der Küche nur Peter und die große Spülmaschine zu hören.
Besonders an diesem Tag schien er von einem Arbeitsdemon besessen. War's Sara? Er wusste es nicht. Er spürte aber, dass diese Kraft nicht so schnell von ihm weichen würde.
Ein Auswuchs der Mutter Erde, die sich in seinen Adern verflüssigt hatte und sich dabei selbst eine Ode sang.
Er hatte bereits alles ausgegeben und half nun der Spülmaschine auf die Sprünge. Durch kreisförmige Bewegungen schabte er eine schwere, fetttriefende und angeschwärzte Pfanne sauber. Mit der Linken umklammerte er fest den eisernen Stiel und wütete mit der anderen so lange, bis das schwarze Rund schließlich resignierte und sich zu funkelndem Metall bekannte.
Es war genau einundzwanzig Uhr und zwanzig Minuten, als der elektrische Strom das Gasthaus verließ, um andernorts seinen Zirkus aufzuführen.
Dunkelheit und Stille.
Sogar Peter und die Spülmaschine verstummten gleichzeitig. Dann, die ersten Stimmen. Erst einige Minuten später wurden Kerzen herbeigetragen. Als das erste Schweigen vorüber war, die Gäste und das Personal sich der eigenen Unversehrtheit erfreuten, begann man den Vorfall zu kommentieren. Jeder hatte etwas zu sagen. Auch wer es ansonsten vorzog zu schweigen, fühlte sich nun berufen, seine diesbezügliche Meinung zu äußern. Weil Finsternis und Stille am allerliebsten zu zweit gastieren, wurde jegliche Wortmeldung mit einigen Sekunden Schweigen honoriert. Niveau und Sorte spielten dabei keine Rolle. Dazu gesellte sich die Tatsache, dass der Urheber der Meinung anonym blieb. Deklamatorische Phrasen

aller Art tönten zunehmend aus der Dunkelheit. Von Politik bis Sexualität, Letzteres besonders, kein Thema wurde ausgespart. Italiener und Holländer, die sich tags zuvor gleichgültig gegenübergesessen waren, unterhielten sich nun prächtig. All das in einem Englisch, das nur bei Dunkelheit salonfähig war. Das machte nichts, ganz im Gegenteil, das Kauderwelsch der Italiener, „ken iu ihr mi?", wurde vom brachialen Gelächter der Holländer übertönt. Ein Responsorium aus Parolen und Zoten. Jeder fühlte sich angesprochen, niemand beleidigt. Einige Rheinländer, die lange auf ein solches Publikum gewartet hatten, priesen lauthals den wirtschaftlichen Aufschwung Deutschlands und beichteten mitten in der Dunkelheit, stolz auf ihr Land zu sein.

„Und de Waibr!", ächzte es südtirolerisch aus der Finsternis. Es wurden Schnaps, Wein und Kerzen bestellt. Das Eis war gebrochen und man debattierte, nunmehr in zivilisierter Form und neuformierten Gruppen, über *de Waibr* und Politik.

Selbst Juan, der bolivianische Hausmeister, gesellte sich zu den Gästen, um einige lateinamerikanische Volkslieder zum Besten zu geben. Das war wahrlich eine Seltenheit. Hinter einer brennenden Kerze sitzend sang er laut und tief. Das Kerzenlicht brachte seine stolzen Gesichtszüge samt ihren verschatteten Furchen zur Geltung. Je mehr Bier er verschlang, desto steiler fielen ihm die Augenbrauen in die kantige Visage. Ohne ein Wort hinzuzufügen, ging er von einem Lied zum anderen über und verwandelte unablässig Sauerstoff in Musik. Namentlich einer vollfleischigen Holländerin mittleren Alters blies er aus skandalöser Nähe den von Poesie und Bier durchsetzten Atem ins Gesicht.

„Estos son los cantos, pues", meinte er abschließend, indem er mit dem Unterkiefer zu seinen Nasenlöchern emporschaufelte.

Peter hatte derweilen die Funktion eines Kerzenträgers übernommen und leistete damit für die heitere Gesellschaft sei-

nen Beitrag. Doch schließlich verließ er den Speisesaal und fasste den prometheischen Beschluss, das Licht wieder ins Haus zu bringen.
Der Stromverteiler befand sich im Untergeschoss. Er kannte den Weg und brauchte somit keine Taschenlampe, um den Sicherungsschalter ausfindig zu machen und den Tag noch um einige Stunden künstlich zu verlängern. Zwei Stufen auf einmal nehmend, sprang er nach unten. Schon stand er mitten im dunklen Gang.
Er hörte plötzlich, wie sich vor ihm vorsichtig eine Tür öffnete. Schüchtern schlürfte es über den Fliesenboden. Es musste die Türe des WC's sein.
„Hallo?", klang es süd- und isländisch zugleich.
Stille.
„Hallo, ich war auf der Toilette und plötzlich ..., wer sind Sie?"
Nichts.
Nur Schnauben aus der Finsternis.
Sofort hatte Peter erkannt, dass es sich um Sara handelte. Trotzdem schwieg er. Zwar nicht willentlich, aber er schwieg. Die Situation überforderte ihn hoffnungslos. Er und Sara alleine. Von der Dunkelheit in ein Reich enthoben, in dem nicht mehr „hallo, wie geht's?, tschüs und alles Gute" und dergleichen galt, verschlug es ihm die Sprache. Wie erstarrt. Sein Atem, der inzwischen wieder eingesetzt hatte, war so unregelmäßig wie der eines Kranken am Sterbebett. Er hatte das Gefühl, dass sich sein Magen zwischen die beiden Lungenflügel eingeschoben hatte. In diesem Zustand wollte er verweilen, nichts sollte sich je wieder ändern. Alleine in diesem finsteren Gang mit Sara. Ein Gefühl von innerem Frieden und Ewigkeit überkam ihn. Doch Letztere wurde ihrer selbst bald überdrüssig und meinte: „jetzt!" Jetzt musste er handeln und Sara alles gestehen, was er in den letzten Jahren – Jahre des Kochens und Schweigens – über sie gedacht und für sie

empfunden hatte. Ohne sich bewusst dafür entschlossen zu haben, merkte er auf Grund der skurrilen Geräusche, die er mit der ursprünglichen Absicht sich zu räuspern, ausstieß, einem umgekehrten Husten gleich, archaische Ansätze der Botschaft „hallo, hier bin ich“, dass er sein Schweigen gebrochen hatte.
„Peter?“, klang es aus der Dunkelheit. Peter wurde zum Kind. Und das Kind stand auf einem schwindelerregenden Turm und sah nach unten. Das Wasser funkelte türkisblau. Schwefeliger Dampf qualmte zu ihm empor. Es war der Krater des isländischen Vulkans Hekla, den einige das Tor zum Walhalla nannten und andere den Eingang zur Unterwelt. Himmel oder Hölle? Von dort oben konnte man es jedenfalls nicht rauskriegen. So fasste er den ganzen Mut zusammen, den er aufbringen konnte, meinte endlich türkisblau und lieferte sich mit der Ruhe eines Selbstmörders der physikalischen Notwendigkeit des Fallgesetzes aus.
Er sprang.
„Sara?“
„Peter?“
„Ja, Sara.“
„Ja, Sara.“
„Peter.“
„Hm.“
„Mh.“
Stille. Zweistimmiges Atmen im Dunkeln.
„Peter?“
„Ja?“
„Ach so, bist du noch da?“
„Ja. Und du a ...“
„Ja.“
„Äh ...“
„Hast du was gesagt?“
„Na, das heißt fast.“

„Was hast du fast gesagt?"
„Dass es do finster isch. Ja, ober Bledsinn, des siehscht du jo von selbst."
„Was sehe ich?"
„Nichts. Eb'n, gor nichts. Es isch dunkel hier. Ich wollt nur des sogn."
„Ja, pechschwarz. Total finster."
„Das Licht isch ausgefolln. Desholb. Des isch ebn so eine Sache, wenn es Licht ausfollt."
„Ganz genau. In Akureiri, wo meine Mama zu Hause ist, in Island meine ich, da dauert die Finsternis sechs Monate lang."
„Oh jo! Die Schtoutn vom Norden. Die wolln's immer am beschtn wissen. Der Stout, der Stout! Auf den soll man vertraun. Und donn isch pletzlich das Licht weg. Und wer isch donn verontwortlich? Niemand. Wie immer. In Dänemark, schtell dir vor, da geben die Leute siebzig Prozent ihres Einkommens dem Stout ab. Siebzig Prozent! Loss dir des mol auf dr Zunge zergehen. Glaub's mir, ich hob's im Fernseher gesehen. Schauscht du nie fern?"
„Ja, doch. Am liebsten Dokumentarfilme über Tiere. Bienen beispielsweise, die mag ich besonders gern."
„Oh ja, es isch wirklich interessant, wie de Tiere zielsicher fliegn und ... die Forben ... Schwarz und Gelb, einfach schön."
„Im letzten Jahr sollen besonders viele Bienen gestorben sein."
„Des tut mir besonders load, ja, auch fir dich, ich meine, du mogsch sie jo so gern."
„Ja, obwohl sie stechen, das heißt, nicht mich, mich haben sie noch nie gestochen. Ich glaube, sie spüren das, wenn sie jemand mag."
„Oh ja! Und ob sie des spiren, und ob! Meine Tante behauptete dasselbe von ihrem Hund. Auch der spirt das."

„Bei Tieren ist das eben so, sie spüren einfach gewisse Dinge."
„ Genau wie du sogsch, gewisse Dinge."
„Gewisse Dinge ..."
„Und stell dir vor: Hunde hören siebenmal so viel wie mir Menschen."
„Unglaublich."
„Und der Penis von einem Blauwal wiegt bis zi zwei Tonnen."
„Stell dir vor."
Ohne es beabsichtigt zu haben – oder doch? – berührten sich ihre beiden Zeigefinger und begannen sich ganz langsam gegenseitig abzutasten.
Peter hätte sich noch viele Jahre später an diese Begegnung im Dunkeln erinnern können und an den Walzer, den ihre Finger in jenem Untergeschoss tanzten.
Sie standen sich gegenüber ohne sich zu sehen. Peter fühlte ihren lauen Atem, der über seinen Hals zum Kinn empor kroch. Sein Herz trommelte indessen ein Solo. Ihre Finger, manieristisch umschlungen, wollten nicht mehr voneinander lassen. Saras Hand suchte seine Schulter. Sie tat es ihren Fingern gleich und umrankte ihn. Dann schmiegte sie sich sanft an ihn. Ihren Kopf zwischen seiner Schulter und dem Hals, lauschte sie, was sich in ihm tat. Heimelig überkam es sie. Mit einer saugenden Bewegung zog sie ihn noch näher zu sich heran. Ihre Lippen streiften seinen strammen Hals und fühlten, wie es im Inneren flutete und pumpte. Orgiastisches Brodeln seiner Blutbahnen. Doch ihr war nicht bange zumute. Ganz im Gegenteil. Sie kannte die chtonische Melodie und wollte mehr davon. Es waren Detifoss, Gulfoss und all die übrigen isländischen Wasserfälle, die genau in diesem Mann ihr Meer gefunden hatten. Geysire spritzten sein Blut in ungeahnte Höhen. Und dort, ganz oben, sein Haupt. Es dürstete nach Treibstoff, um Visionen und Träume in die Wirklichkeit umzusetzen. Hätte er jenes ungebändigte Orchester jemals

dirigieren können? Wäre nicht vielmehr ihre Beziehung von unvorhersehbaren Fluten und jähen Vulkanausbrüchen hinweggerafft worden? Doch Sara schmunzelte zufrieden, da sie erkannt hatte, wonach sie bis zu diesem Tag gesucht hatte. Angst und Zweifel überließ sie der Nacht und spürte, dass sie in Peter ihre Kindheit und Heimat wiedergefunden hatte.

Er neigte den Kopf, entriss ihren Lippen den Hals und bot ihnen stattdessen ihresgleichen an.

Rafting der Münder.

Zwei Schlauchboote, zuerst einander nur stupsend, doch bald stülpten sie sich übereinander und drehten sich im Kreis. Keiner war seiner Schläuche noch Herr, mehr getrieben denn gesteuert, weit entfernt vom Festland des Alltags, auf den Wogen der Wollust, tauschten die Passagiere das Boot und schlichen feucht aneinander vorbei.

So wurden die warmen Fleischwände ihrer Zungen einander froh und tummelten sich alsbald in kindlichem Spiel. Gegenseitig köderten sie sich in den jeweiligen Mund, liefen sich hinterher, schubsten, zankten und versteckten sich, mit Muskelkraft und Speichel sich plusternd.

Schließlich trennten sich die zwei Liebenden wieder. Nur noch mit den beiden Zeigefingern, den Vorboten der Liebe, hingen sie aneinander. Peter strich mit seinem Handrücken über Saras Wange.

Zwischen ihnen und um sie herum, Finsternis.

Trotzdem sahen sie sich in die Augen, beide gewiss, den Blick des anderen auf der Haut zu spüren.

„Ich liebe dich“, sagte Sara bestimmt und zum ersten Mal in ihrem Leben. Sie umarmten sich nochmals und verweilten umschlungen.

Peter trat nach einer Weile einen Schritt nach hinten. „Ich komm gleich zurück“, meinte er, nun wieder in einem gefassteren Ton, und entfernte sich, um den Stromverteiler aufzusuchen. Doch war’s umsonst. Er erkannte, dass der Strom

nicht nur in diesem Haus, sondern in der gesamten Ortschaft ausgefallen war. „Holb so schlimm“, sagte er gleichgültig und kehrte zu Sara zurück.
„Wollen wir wieder nach oben? Ich glaube, sie werden dich schon vermissen“, flüsterte sie ihm ins Ohr. Hand in Hand tappten sie also durch den dunklen Korridor zurück. Doch nun, keiner der beiden hatte es bisher bemerkt, schimmerte es zittrig an seinem Ende. Als sie dort angekommen waren, sahen sie erstaunt, dass die Stufen zum Parterre mit brennenden Kerzen gesäumt waren. Die italienischen Gäste hatten, nachdem über Politik und Fußball alles gesagt war, Säle und Treppen mit Kerzen, „candols“, versehen. Sie ließen also die Finsternis des Untergeschosses hinter sich zurück und stapften wieder zum Erdgeschoss empor. Das Halbdunkel des Kerzenlichtes reichte vollauf, um jeweils dem Gesicht des anderen ein Lächeln abzulesen. Rechts und links von ihnen flackerten und zuckten die kleinen Flammen. Nur ein Altar hätte noch am oberen Ende der Treppe gefehlt. An seiner Statt erschien eine schwankende Schattengestalt. „'ello“, versuchte sich die Figur in Englisch und wies sich mithin unmissverständlich als ein italienischer Gast aus. Weitere drei Leute scharten sich taumelnd um ihn. Es waren die Holländer. Allesamt betrunken, hatten sie nun weiteren Gesprächsstoff gefunden. Bis zu später Stunde dauerte die Zecherei noch an. Man sang, rülpste und feierte, wenn auch unbewusst, das neue Pärchen.
Für den nächsten Tag hatte Peter einen Ausflug auf eine nahe liegende Alm geplant. Er selbst war natürlich der Gruppenleiter. Besonders seine Stammkunden eiferten in kindlicher Vorfreude dem Ausflug entgegen, den er seit Jahren wöchentlich organisierte. Es war schließlich der einzige Tag, an dem Peter mehr als zehn Minuten am Stück fand, um sich seiner Gäste anzunehmen.
Selbstverständlich war auch die Familie Sasso mit von der Partie. Besonders mit ihnen unterhielt er sich während des ge-

mütlichen Aufstiegs. Saras Vater, ein Mann von Welt, brachte Peter darüber Kunde, weswegen sich die Erdenbewohner momentan zankten. Der Wirt nutzte seinerseits die Gelegenheit, um sich über Dinge zu informieren, wofür er auf Grund seiner Arbeit selbst keine Zeit fand. Mit adeliger Unwissenheit hörte er dem südländischen Minnesänger zu. Sara schwieg an seiner Seite. Das war üblich, wenn Francesco sprach. Doch heute schwieg sie anders. So erlebte es zumindest Peter.
Von der Alm aus war fast das ganze Tal sichtbar. Rechts und links, in der Ferne sich farblich abstufend, die bewaldeten und abschüssigen Hänge. Auf ihren Anhöhen waren kleine Dörfer zu sehen, dicht und kompakt wie Vogelnester. Jeweils ein Zwiebeltürmchen zum Schutz und Geleit. Es war bereits später Nachmittag und die sinkende Sonne zog die dunklen Schatten in die Länge. Büsche warfen Schatten wie Bäume, Bäume wie Kirchtürme. Die Sonne zeichnete die Rücken der Hänge im Tal durch eine schmale und lichte Linie nach. Ein friedfertiger Wind verbreitete den würzigen Duft der Lärchen, während die Grillen laut im hohen Gras zirpten. Die Gruppe war vorangegangen und Peter und Sara waren alleine zurückgeblieben. Sie schlenderten den Schotterweg entlang in Richtung der untergehenden Sonne. Keiner der beiden verspürte das Bedürfnis zu sprechen. Endlich konnte man schweigen. Ab und zu kamen sie an einer kleinen Holzscheune vorbei. Kastanienbraun, fast gelb, leuchtete das dunkle Holz im warmen Licht. In der Ferne, am Ende des Tales, funkelte es zittrig im Dunst.
Die Stadt.
Saras Haut war von der Sonne leicht gerötet; besonders die Nase, die in ihrer konkaven Form einen gastfreundlichen Winkel zu den daraufscheinenden Strahlen bildete. Der Wind vertrieb gemächlich die letzten Wolken am Himmel. Ein Rabe huschte über ihnen lautlos vorbei und verließ den blauen Schirm, auf dem wenig später ein makelloser Sonnenunter-

gang inszeniert wurde. Nur manche der Feiernden des Vorabends hatten es geschafft, zu früher Stunde aus den Federn zu springen und die Wanderung in Angriff zu nehmen.
Das gemeinsame Verschwinden von Peter und Sara am Vorabend hatten die meisten, die an der Wanderung beteiligt waren, durchaus zur Kenntnis genommen.
Lauter schmunzelnde Münder.
Manche wagten sogar eine leichte Anspielung. Schließlich war Peter ja der Wirt und erst in einem weiteren Sinn eine Privatperson. Insgesamt freute man sich jedenfalls.
Während sie nun durch den schattigen Nadelwald zockelten, dachte Peter an Hans. Es war seine Aufgabe, ihn im Gasthaus zu vertreten, wenn er mit den Gästen unterwegs war. Doch war ihm sein treuer Kumpel an diesem Morgen missmutig erschienen, als er sich aufmachte, das Gasthaus zu verlassen. Er sprach von sich aus kein Wort, gab höchstens auf Peters Fragen eine knappe, teils sogar unwirsche Antwort.
„Das ist nicht seine Art“, dachte Peter grüblerisch. Hans erging sich zwar oft in rhetorisch- verschnörkelten Antworten und lachte dabei alleine, doch selten hatte er sich ihm von dieser Seite gezeigt. Manchmal hätte Peter sogar gewünscht, dass sein Mitarbeiter etwas mehr Widerborstigkeit an den Tag gelegt hätte. Doch das war nicht Hans. Wenn er beleidigt wurde, verkroch er sich wie ein verwundetes Tier. Ein Motorradfahrer aus Hamburg, der dereinst im Gasthaus logierte, hatte ihn einmal beschimpft, da er zu lange auf seinen Knödel hatte warten müssen. Peter bekam es zu Ohren und lud den Goten umgehend ein, sich auf sein Motorrad zu schwingen und seine Migration fortzusetzen. Nein, über Hans ließ er nichts kommen. Bereits in der Grundschule hatte er den empfindlichen Knaben des Öfteren in Schutz genommen. Dieser, seit eh und je ein besserer Schüler als er, half ihm dafür bei Schularbeiten und Prüfungen auf die Sprünge. Hans verhielt sich in Gruppen, die aus mehr als aus drei Leuten

bestanden, eher zurückhaltend. Nur wenn er alleine mit Peter oder mit anderen vertrauten Kumpels war, entfaltete sich sein graziles Wesen. Er spielte Querflöte, war ein talentierter Zeichner und Maler und auch sprachlich ziemlich bewandert. Tatsächlich hob er sich stets im Deutschunterricht von seinen Mitschülern hervor, indem er zungenflink die alpenländische Mundart umging. Doch das brachte ihm gerade im Frühmittelalter der Entwicklung, der blutigen Pubertät, alles andere als die Wertschätzung seiner Kameraden ein. Er hatte tatsächlich wenig Freunde, und es war ihm stets fremd gewesen, sich in einer Clique umzutreiben.
Je älter Peter wurde, desto lieber verbrachte er seine Zeit mit Hans, dessen Inneres sich zunehmend als eine Wunderkammer erwies. Sobald Peter mit der Gruppe ins Gasthaus zurückgekehrt war, stand Hans just auf dem Balkon im ersten Stock und wässerte die Geranien. Peter legte die schweren Wanderschuhe ab und ging sofort zu ihm.
Als er sich einfühlsam nach dem Befinden des Kumpels erkundigte, zuckte dieser nachlässig mit den Schultern und gab eine vage und knappe Antwort. Unbeirrt zupfte er an den Geranienblüten herum, als ob es die Konzentration einer chirurgischen Operation erforderte. Doch spätestens als Peter Saras Namen aussprach, veränderte sich seine Miene. Hans' Hände und Blick galten allerdings noch ganz der Gesichtspflege der roten Blumen. Tatsächlich bedurfte es Peters lautes „Hons!", um ihn wachzurütteln und ihm jenes Geständnis abzugewinnen, das Peter bereits vermutet hatte: Hans war eifersüchtig.

Segment I.3

Schneepartikel

Der Herr sprach zu Abraham: Zieh weg aus deinem Land, von deiner Verwandtschaft und aus deinem Vaterhause in das Land, das ich dir zeigen werde.

Gen 12,1

„Fast nur Hirschgulasch“, konstatierte Peter zufrieden, während er das Küchengeschirr zur Spülmaschine stellte. Er war über den Umstand erfreut, dass der Großteil seiner Klientel Wildfleisch bevorzugte, da es für ihn sowohl ertragreich als auch zeiteinsparend war. Ein Teil des Wildgulaschs war nämlich seine eigene Beute. Peter war Jäger aus Leidenschaft. Der andere Teil bestand aus Rindfleisch. So viel zur Einsparung. Mehrmals die Woche sprang er schon um fünf Uhr morgens aus dem Bett, um sich an die schmackhaften Waldbewohner heranzupirschen. Doch auch wenn er nichts schoss, genoss er stets die morgendliche Stimmung unter den feuchten Tannen.
Nachdem er die letzten Küchengeräte in einer Schublade unter der Anrichte verstaut hatte, taumelte er wie benommen zum Küchenausgang. Schlichtweg müde. Oder war er der Routine der Arbeit langsam überdrüssig? Er war jedenfalls zu erschöpft, um die Frage bis auf den Grund auszuloten. Vielmehr drängten seine schweren Augenlider, diesem Akt ein Ende zu bereiten; Bühnenwechsel: meinten die fleischigen Vorhänge; Zimmerstunde: meuterten all seine Glieder. Ein alles überdeckender Schleier von Müdigkeit breitete sich über ihn aus.
Wie dem auch war, Verdruss oder Verausgabung, dieser Zustand überkam den jungen Wirt – obgleich immer noch als

Koch tätig, blieb er im Dorf weiterhin der Wirt – in den letzten Monaten des Öfteren. Er hinkte dabei seinen Pflichten hinterher und hielt es mit Pünktlichkeit und Genauigkeit immer großzügiger. Seine Stimme, ein friedlicher Bass, war zuweilen von einer metallenen Schärfe durchzuckt, die ihr früher nicht angehaftet hatte. Ähnlich scharf hatte er vor einer Stunde seinen verwirrten Vater getadelt. Damit hatte er ihn aus der Küche verwiesen. Besonders mittags und abends, wenn am meisten Arbeit war, stand der Veteran wie ein erratischer Felsbrocken umher und wartete auf Anweisungen. Nichtstun war nach wie vor eine Untugend.

Doch letztendlich lag in Peters Äußerungen weniger Ernst und Böswilligkeit, als man als Außenstehender vernommen hätte. Das wusste Peter und das wusste – wissen heißt auch bei Greisen, ähnlich wie bei Kindern, natürlich fühlen – sein Vater.

Er legte seine schweißdurchtränkte Kochmütze auf einen Sims nahe am Küchenausgang, als plötzlich die Holztüre aufsprang und es ihn beinahe isländisch-grau überrumpelt hätte.

Sara.

In olympischem Galopp gondelte sie an ihm vorbei.

„Müde, mein Schatz?“, fragte sie, während sie flink die Teller neben dem Waschbecken auftürmte.

Es war etwas mehr als ein Jahr seit dem Lichtausfall, ihrem ersten bedeutsamen Zusammentreffen, verstrichen. Gar nicht lange hatte es gedauert, bis das Licht auch in ihren beiden Köpfen wieder aufleuchtete und sie sich öffentlich zu ihrer Verliebtheit bekannten. Zunächst hatten sie noch einiges an Briefpapier bemüht, dann das Telefon. Irgendwann erkannten sie, dass auch Letzteres eine Chimäre war, die gegenseitige Nähe nur vortäuschen konnte und den Liebesdurst mitnichten stillte. Nein, keiner der beiden wollte weiterhin die eigenen Süßigkeiten in Strom verwandeln, um in des anderen Ohr zu kriechen. Schon gar nicht mit hausbackener Sütterlinschrift

Kästchen und Zeilen ausfüllen; Peter hatte sich nämlich seit der Grundschule nicht mehr dermaßen seiner Schönschrift befleißigt. Nachdem er ein Blatt vollgeschrieben hatte, überprüfte er es nach der Geradlinigkeit der Ränder und las seine Geständnisse ein zweites und ein drittes Mal durch. Das hatte zur Folge, dass ihm derweilen die Gewissheit der Formvollendetheit seiner Komposition abhanden gekommen war. Er begann also von vorne. Damit verbrachte er seine Zeit im Bett vor dem Einschlafen, manchmal sogar von Bauchschmerzen begleitet – oder besser, einem Mittelweg zwischen der Empfindung einer Darmverstopfung und Demenz. So erlebte er sich zumindest selbst in jenen Monaten. Trotzdem hätte er niemals auf diese seltsame Erkrankung verzichtet, zu der er sich vor Sara brieflich unter dem Namen „Verliebtheit" bekannte.

Die Leidenschaft verlangte definitiv nach mehr und war des sterilen Plastiks des Telefonhörers und des trockenen Briefpapiers ein für alle Mal überdrüssig. Die Sehnsucht verlangte danach, den Atem beim Sprechen zu vernehmen und die Wärme eines Körpers zu spüren.

Es verstrichen insgesamt knappe drei Monate, ein Stapel Briefumschläge und kirchturmhohe Telefonrechnungen, bis Sara vor seinem Gasthaus erschien. In Begleitung von zwei weiteren isländisch-grauen Augen, einem Schnurrbart und etlichen Koffern, war sie gekommen, um zu bleiben. Ihre Eltern hielten sich zwei Tage lang auf. Bei deren Abreise schwieg der Schnurrbart ganz und gar und sah Peter mit dem kaum zu überbietenden Ernst eines Sizilianers in die Augen, der gerade seine einzige Tochter der Obhut eines anderen Mannes übergeben hatte. Dann nickte er einmal. Doch das reichte vollauf: Er war einverstanden.

Anders bei seiner Gattin. Diese weinte dicke Tränen der Freude und des Abschiedes. Vor der Abreise nahm sie ihre Tochter nochmals bei der Hand und legte ihr alles nahe, was sie dem

Erfahrungsschatz ihrer eigenen Ehe zu entnehmen wusste. Dem Pärchen wurde noch mehrmals das Wort *Hochzeit* nahegelegt, bis endlich das Mädchen Peter und den Bergen überlassen wurde.

Die Hochzeit ließ tatsächlich nicht lange auf sich warten. Das ganze Dorf wurde mobilisiert, um das neue Paar zu feiern. Einige Zungen raunten unzufrieden, dass es Peters Hochmut angemessen sei, eine Braut von jenseits des Hausberges gefunden zu haben. Man feierte also, trank und mäkelte angesichts der neuen Liierung und freute sich zumindest darüber, den Wirt unter Dach und Fach gebracht zu haben. Ironie des Schicksals, dass es gerade Hans war, der, nachdem er mit Sara unter dem Motto *„Wir hegen dieselbe Leidenschaft"*, Frieden geschlossen hatte, sich der Vorbereitungen und Clownerien des Festes angenommen hatte. Seine Miene verriet allerdings während des Festes eine gewisse Traurigkeit, die etwas von einem Abschied hatte und dem Gesichtsausdruck von Saras Mutter nicht unähnlich war.

Sara hatte ihren Beruf als Zahnarztassistentin in München aufgegeben und arbeitete sozusagen als Wirtin im Gasthaus. Entgegen ihrer eigenen Befürchtung, war es für sie ein Leichtes gewesen, sich einigermaßen in die Dorfgemeinschaft zu integrieren. Natürlich genoss sie den entscheidenden Vorteil, die Lebensgefährtin des Wirtes zu sein und mithin in einem Hafen zu wohnen, in dem allerlei an Land gespült wurde: Handwerker, noch in ihrer Arbeitsmontur, die bis Mitternacht Bier meinten und von Heimkehr nichts wissen wollten, Bauern, Gäste aller Art und Herkunft und nicht zuletzt die üblichen Alkoholiker samt ihren prallen Bäuchen und aufgedunsenen, spröden Visagen, aus deren wässrigen Augen aus unendlicher Ferne ihre eingeschüchterte Seele herauslugte. Am Vormittag waren es besonders die sonntäglichen Kirchgänger, die sich das Blut Christi am Schanktisch einverleibten.

Sara war bald in aller Munde und überall gern gesehen. Das verdankte sie allerdings nicht nur ihrer Arbeit im Wirtshaus und der Popularität ihres Gatten, sondern auch dem Erbe ihres Vaters: Die wohlwollenden Lachfalten am äußeren Ende ihrer anmutigen Augenlider vermittelten ihrem jeweiligen Gesprächspartner ein warmes Gefühl voller Zärtlichkeit.
In ihrer Funktion als Wirtin schien ihr dasselbe Schicksal beschieden wie ihrem Gatten. Sie verbrachte folglich den Großteil ihrer Zeit im Betrieb selbst und konnte sich mithin nur selten um die Ortsgemeinschaft samt ihren Mythen kümmern.
Peter arbeitete länger am Abend und sie stand hingegen früher am Morgen auf. Wenn er abends erschöpft ins Bett fiel, schlief sie bereits meistens. Manchmal lagen sie noch umarmt, ineinander verschlungen, wie beim ersten Mal. Ihr Kopf, in dem noch das Echo der letzten Bestellungen widerhallte, ruhte nie auf dem Polster selbst. Vielmehr fand sie stets zwischen Peters Schulter und Schlüsselbein eine warme Senke, wo sie sich allnächtlich mit ihren Träumen tummelte. Er strich gewohnheitsmäßig, doch niemals ohne Gefühl, mit seiner Hand durch ihr Haar, das auf seine nackte Brust zurückfiel und sie kalt bepinselte.
„Ich werd mich kurz hinliegen. Kimmsch du dann noch?“, fragte er beiläufig, während er die Küche verließ.
„Nein, es sitzen noch ein paar Leute am Tisch“, hörte er sie noch antworten, als er sich bereits an der Treppe zum Obergeschoss befand und ihm die Türe hinterherwinkte.
„Pardon“, klang es unerwartet vom anderen Ende des Flurs, wo sich der Eingang befand. Peter wandte sich um, nachdem er bereits die erste Stufe in Angriff genommen hatte. Der offene Eingang leuchtete im hereinströmenden Tageslicht wie eine helle Nische am Ende des dunklen Ganges. Auf der Schwelle, nur als Silhouette erkennbar, stand eine Person. Der Stimme nach handelte es sich um einen Mann. In sei-

ner Rechten, sich als ein längliches Rechteck ausnehmend, wahrscheinlich eine Aktentasche. Die andere Hand stützte er auf die Hüfte auf. Sein angewinkelter Arm bildete die einzige Schräge an dieser Figur, die ansonsten nur aus Senkrechten und Waagrechten zu bestehen schien.
„Pardon“, hieß es erneut.
„Jo, bitt'schen, treten Sie ein“, antwortete Peter etwas verspätet. Die Gestalt trat aus dem Licht des Eingangs heraus, durchschritt den Flur und hielt Peter die rechte Hand entgegen.
„Mein Name ist Beeler. Sie sind wahrscheinlich nicht nur der Koch, sondern auch der Wirt des Hauses“, sagte der Fremde. Obwohl der Mann nun vor ihm stand und aus der Verdunkelung des Gegenlichtes herausgetreten war, war er nicht viel heller geworden. Seine Hautfarbe war seltsam braun. Ein Inder, dachte Peter bei sich. Der Mann maß höchstens einen Meter und siebzig Zentimeter und musste schätzungsweise ein Alter von fünfunddreißig Jahren haben. Er trug einen schwarzen Paletot und einen gleichfarbigen, fein linierten Nadelstreifenanzug. Seine Schuhe, ebenfalls schwarz, hatten einen blauen Schimmer. Sie waren knapp oberhalb der Sohle von einer waagrechten, roten Linie eingefasst und folgten fügsam der Form seiner Füße. Insgesamt gab er eine vortreffliche, wenn auch zwielichtige Erscheinung ab. Der leichte Haken am Ansatz seiner Nase verlieh seinem anmutigen Äußeren überdies eine gewisse Strenge.
„Peter, genau. Der Wirt, wenn man so sogn will“, erwiderte er etwas dösig und schüttelte dem Herrn die Hand samt ihren fünf ungemein gepflegten Fingern.
„Ich schätze, die Dame im Restaurant ist Ihre Frau. Ich hab sie vom Eingang aus beobachtet. Sie sprang von Tisch zu Tisch, ein Gummiball, würde man fast meinen. Bemerkenswert, voller Ressourcen. Na ja, wer seiner Sache mit Hingebung nachgeht, der scheut wohl keine Mühe, nicht wahr? Und wie ist

es um Sie bestellt, Herr Costa? Ich kam schließlich, um mit Ihnen zu sprechen."

Verdutzt, doch nicht ohne Neugierde, schüttelte Peter den Kopf.

„Wieso wissen Sie, dass ich Costa heiß', und wos wolln Sie eigentlich?", ereiferte sich Peter leicht befremdet.

„Ihr Name steht auf der Tafel am Eingang geschrieben. Doch das ist unwichtig. Ich komme sogleich zur Sache: Ich will nichts, was Sie nicht selbst wollen, Herr Costa."

Peter runzelte verblüfft und nicht ohne Argwohn die Stirn, obwohl ihm auf Grund einer unerklärlichen Betroffenheit war, als ob der undurchschaubare Fremde irgendeinen Schleichweg zu seinem Inneren entdeckt hatte.

„Ich weiß nicht, was für Sitten Sie ansonsten hierzulande pflegen, doch glaube ich mir nicht allzu viel zu erbitten, wenn ich wünsche, mich mit Ihnen an einen Tisch zu setzen und fünf Minuten Ihrer wertvollen Zeit zu beanspruchen", gab sich Herr Beeler nun unbefangen und auflachend.

Peter kam wieder zu sich, schüttelte Erschöpfung und Argwohn ab und entsann sich, ein Wirt zu sein. Im üblich wohlwollenden Ton erwiderte er: „Natürlich, Herr Beeler, nicht wohr, so Ihr Nome? Entschuldigt meine Verschlofnheit, ich bin momentan nicht gonz auf der Höhe. Die Küche, wissn Sie, de nimmt einen ganz schön her. Ober kemmen Sie, bitt'schen, setzten Sie sich und trinken wir a Glasl."

Er wies dem Gast einen Platz an einem Tisch und schenkte mit dessen Einverständnis zwei Gläser Rotwein ein. Dieser stupste mit seinen Lippen den Rand des Glases und sah sich schweigend um. Mit einer langsamen und gleichmäßigen Kopfbewegung durchmaß er den Raum von links nach rechts. Bei Jagdtrophäen, Pokalen und anderem lokaltypischen Zierrat hielt er kurz an, zwinkerte zwei- bis dreimal mit den Augen, ohne dabei irgendeine Gemütsregung zum Vorschein zu bringen, und setzte anschließend schleichend den

Lokalaugenschein fort. Als ob er etwas Bestimmtes suchen würde. Links von ihm hing an der Wand eine mittelgroße, etwas hausbackene Ölmalerei, die das Wirtshaus in mühsamen Pinselstrichen nachbildete. Ein schwerer, goldfarbener Rahmen fasste das Bild ein. Beeler strich mit seinem dunklen Mittelfinger übers funkelnde Material und erkundigte sich lakonisch: „Blattgold?"
„Keine Ohnung was das isch, wirklich nicht. Man hat es mir zum Geburtstag geschenkt. Ein Künstler aus dem Tol. Ober Sie meinen den Rahmen, nicht wahr? Von dem weiß ich noch weniger", lachte Peter sonor und ausgiebig, ganz nach der Art eines Wirtes.
Am Fenster erschien plötzlich eine Frau und salutierte theatralisch im Vorbeispazieren. Peter hob seine Augenbrauen und schickte sich an, den Gruß zu erwidern, doch die Dame war bereits aus der gläsernen Bildfläche verschwunden.
„Die Leute lieben Sie, Herr Costa, da braucht man keinen besonderen Scharfsinn, um das zu verstehen. Der Wein ist übrigens gar nicht schlecht, aber nun genug mit dem Palaver."
Er stellte das reichlich ziselierte Glas bedächtig, doch entschieden auf den Tisch, lehnte sich nach hinten und fügte seine Hände unter dem Kinn aneinander. Derart, dass sich nur die Spitzen seiner Finger, die aussahen wie Mahagoniholzstäbe, berührten. Langsam schloss er die Augen. Dann riss er sie plötzlich wieder auf. Lediglich die oberen Augenlider hoben sich, sodass nur die Hälfte der Pupille sichtbar war.
Ein Pantherblick.
„Herr Costa", begann er mit veränderter Stimmlage. „Man hat mich entsandt, um Ihnen einen Vorschlag zu unterbreiten. Es ist ein wichtiger Vorschlag, den ich Ihnen nahe legen will. Wo jetzt Ihr Gasthaus steht, werden Sie ein großes Hotel bauen, einen Palast werden Sie errichten. Behalten Sie vom Gasthaus lediglich das Notwendige und lassen Sie sich zusammen mit Ihrer Familie auf dieses Abenteuer ein. Doch

haben Sie keine Angst, Sie werden nicht alleine sein. Fürchten Sie sich nicht, Herr Costa, zusammen werden wir diesen Traum verwirklichen. Ich arbeite für ein großes Managementunternehmen, das sich mit Beratung, Entwicklung, Planung und der konkreten Realisierung von Projekten im Tourismus beschäftigt", erklärte Beeler feierlich.

Er schob eine Visitenkarte über den Tisch zu Peter. *Legio* stand in schwarzen, schlanken Charakteren auf dem Kärtchen geschrieben. Darunter ein Zeichen, einem horizontal gelegten S ähnlich; eine stilisierte Welle, die in der Mitte etwas breiter war und an beiden Enden spitz zulief.

Peter musterte das Billett einige Sekunden lang. Dann richtete er den Blick wieder auf Beeler, sinnierte kurz vor sich hin, während seine tanzenden Mundwinkel das ausgelassene Lachen ankündigten, das er anschließend seinem Gast geradewegs ins Gesicht schleuderte. Er schüttelte den Kopf, trank einen kräftigen Schluck Wein und verstummte allmählich, immer noch schnaubend und aus der Nase lachend.

„Hm, ein großes Hotel soll ich bauen. Des isch jo eine schöne Vorstellung. Jo, und wer soll des bezohlen? Und wie kemmen Sie überhaupt auf die Idee, dass ich ein Hotel bauen will?", entgegnete Peter schließlich achselzuckend. Doch selbst wenn er sich nach außen ablehnend zu Beelers Vorschlag zeigte, hatte sich in seinem Inneren etwas getan. Er trank den Wein aus, versuchte seine Seelenregungen zu zähmen und spülte die Gedanken wieder nach unten, die seinen Rachen in einer bedrohlichen Seilschaft emporgeklettert waren. Doch köchelten seine Gefühle weiter, wogten schäumend in die Höhe, bis ein umgekehrter Wasserfall nach oben spritzte und über den fügsamen Damm seiner Lippen strömte. Er fuhr fort: „Ich glaube, Herr Beeler, Sie iberschätzen mein Kapital und meine Fähigkeiten. Ich bin ein Wirt, kan Hoteldirektor."

„Es kommt nicht auf Ihr Kapital an. Letzten Endes auch nicht auf Ihre Versiertheit im Hotelleriewesen. Doch wir haben Sie

ausgesucht. Sie sind ein Teil einer umfassenderen Veränderung, die hier stattfinden wird", verdutzte Beeler den Wirt.
„Es stimmt, dass ich schon seit längerem das Goschthaus ausbauen wollte. Do hob'n Sie jo Recht, ober a neues bauen, das wird woll ibertrieben sein."
Herr Beeler ließ nach Peters Erwiderungen einige Sekunden verstreichen. Schließlich hob er seine pechschwarzen Augenbrauen und fuhr fort: „Ich verstehe Ihre widerwillige Reaktion. Ich würde fast meinen, Ihre Zurückhaltung ist obligat. Das ist vollkommen normal. Doch weiten Sie Ihren Horizont: Wenn diese ideengeschwängerte Zeit bereit ist, eines ihrer Kinder zu gebären, dann gibt es keine Macht auf Erden, die diesen Fortgang aufzuhalten vermag. Erst recht nicht ein gewöhnlicher Kleinunternehmer wie Sie. Wie ich bereits erwähnte, tut sich hier im Tal seit geraumer Zeit was. Das wissen Sie besser als ich. Das ist das Wesentliche. Wir werden noch ausreichend Gelegenheit haben, um über den finanztechnischen Aspekt und den ganzen Rest zu reden. Selbstverständlich verfügen Sie sozusagen über kein Eigenkapital, oder fast. Anfangs werden Sie nur zu einem kleinen Prozentanteil daran beteiligt sein. Ihr Beitrag ist zunächst nur der Baugrund selbst, den Sie zur Verfügung stellen. Wir werden Ihnen die Möglichkeit einräumen, nach einigen Jahren mit einem größeren Anteil ins Geschäft einzusteigen. Dann werden Sie der Hauptanteilseigner oder zumindest einer der Hauptbeteiligten am Geschäft sein. Sie verstehen. Wir stehen in bester Verbindung zu mehreren Unternehmerbanken. Dort werden Sie ein Darlehen aufnehmen und eine beträchtliche Zinsvergünstigung erhalten, sofern Sie sich natürlich an unsere Pläne halten. Das bedeutet für die Bank nämlich eine weitere Garantie. Mit Hotel meinen wir ein mittleres Unternehmen mit einer Belegschaft von hundert bis hundertfünfzig Leuten und einem Jahresumsatz von vierzig bis siebzig Millionen Euro. Wenn wir in diesem Rahmen bleiben, können Sie seitens der Region

mit einem Fördersatz von bis zu zwanzig Prozent rechnen. Dieses Tal ist touristisch kaum entwickelt. Es wird uns nicht schwer fallen, den maximalen Fördersatz zu erhalten. Dasselbe gilt auch für die Zuschüsse auf kommunaler Ebene. Wie bereits gesagt, Sie werden darüber ausführlich von unserem Team informiert werden.
Damit Sie eine Ahnung haben, worüber wir eigentlich sprechen, haben wir eine kleine Skizze unseres Vorhabens anfertigen lassen. Sie haben Recht, sie ist peinlich. Aber sie ist der erste Ziegel im Bau."
Er zog ein Blatt aus seiner ledernen Mappe heraus und überreichte es dem immer erstaunteren Wirt. Darauf war eine Zeichnung zu sehen, mit einem dunklen Stift ausgeführt, die das zukünftige Gebäude darstellte. Vier breite Flanken fassten einen großen Innenhof ein, ein etwas plattgedrückter und ausgehöhlter Kubus, dessen vier Flügel allenthalben mit Fenstern bestückt waren. Das war alles.
Die Linienführung im Bild war durch eine messerscharfe Schraffur, die von der oberen, rechten Ecke des Blattes quer hereinschnitt, gekennzeichnet. Insgesamt lieferte die Skizze ein sehr plastisches Bild der geplanten Konstruktion. Die hintere Ecke des Gebäudes war nur durch eine auslaufende, doch sicher platzierte Linie angedeutet. Bei genauerem Hinsehen löste sich jeder Strich dieser furchtbar einfachen Komposition stillschweigend ins Weiß des Blattes auf, war nicht zu Ende geführt, und das, was eigentlich abgebildet werden sollte, war nur suggeriert, lediglich eine Vorahnung oder ein Versprechen; wie die Worte des Herrn Beeler, die in Selbstverständlichkeiten schwelgten und jegliche ausführlichere Explikation und erst recht einen möglichen Einwand als Banalität oder Stilbruch erscheinen ließen. Über der Zeichnung stand in ungezierten Charakteren das Wort *Hotel* geschrieben.
„Hotel", sprach Peter aus, ohne seinen Blick von der Skizze abzuwenden.

„Genau, das weist nicht nur auf die Funktion des Gebäudes hin, sondern wird der Name unseres Vorhabens sein; einfach *Hotel*, nichts mehr und nichts weniger“, fügte Beeler hinzu.
Das Lachen hatte sich längst von Peter verabschiedet, war über den Tisch gesprungen, geradewegs in Beelers Gesicht. Sein dunkler, bogenlippiger Mund verharrte in einem unbeweglichen Lachen, das seine Lippen als Geisel gefangen zu halten schien.
Peter holte tief Luft. Noch tiefer. Erst dann entgegnete er mit nunmehr schleppender Leichtigkeit: „Wos Sie sog'n isch interessant, ober ich glaube nicht, dass ich ein solches Hotel führen kannt. Do misst'n Sie schon mit jemandem reden, der in solchen Dingen mehr Erfahrung hot. Der Betrieb am Onfong der Straße zum Beispiel, der Nochbor hot sicher mehr Erfahrung als ich. Mein Betrieb do isch nur sehr klein, ich glaube nicht, dass ich für Ihre Idee der geeignete Monn bin.“
„Und ob Sie das sind. Was Sie tun, das tun Sie mit Leichtigkeit und haben die Gabe, allem, was Sie umgibt, Ihren Stempel aufzudrücken. Das gilt auch bei den Leuten, mit denen Sie zu tun haben. Herr Costa, wir haben uns bereits umgesehen und Sie sind genau die Person, die wir suchten. Wir werden Sie ausbilden, das versteht sich. Auch Ihr Mitarbeiter, der junge Geck, der sich zuvor mit den Gästen auf der Terrasse unterhielt ...“
„Sie meinen den Hons, des isch ein guter Freund von mir.“
„Mag sein. Er ist servil, das merkt man, und doch nicht ohne Stil. Und sicherlich lernbereit, wenn Sie es nur fordern. Sie denken an Ihre Lebensgefährtin, nicht wahr? Ich hab sie sprechen gehört, das klingt nach weit weg, zweifelsohne nicht von hier. Wenn sie diesen langen Weg bis hierher zurückgelegt hat, dann wird es sicherlich einen Grund geben. Dieser Grund sind Sie, Herr Costa. Sie wird Ihnen überall folgen, wo immer Sie auch hingehen, das wissen Sie selbst. Wie ich bereits sagte, bei Ihnen fügen sich Dinge und Leute, aus

Liebe oder Notwendigkeit, das spielt keine Rolle. Doch meine ich, dass wir vielleicht ein paar Schritte in die frische Luft machen sollten, da werden auch Ihre Vorstellungen etwas klarer werden. Dazu brauchen Sie aber Schuhe, werter Herr Costa, Sie sind ja barfuß unterwegs."

„Oh, die Sandalen hob ich der Küche liegngelossen", antwortete Peter erstaunt, als er nach unten sah und gewahrte, dass seine Füße nur von Socken und nicht von Schuhen bedeckt waren.

„Ich zieh sie immer dort aus, wissns', der gonze Tog in den Sandalen isch anstrengend. Aber gian mir ein Stück spazieren. Des isch keine schlechte Idee. Ich hole meine Schuhe", sagte er abschließend, während er schon zurück in die Küche eilte.

Sie verließen das Hotel und stiefelten dem schneebedeckten Gehsteig folgend durchs Dorf. Es war ein lichter Januarnachmittag und der kräftig blaue Himmel hatte die Wolken in Schnee verwandelt und auf die Erde verbannt. Kalt und windstill belagerte die Winterluft jeden freien Hautfleck der Spaziergänger und marterte ihn eisig.

Peter erzählte über die finanzielle Lage des Betriebs, dessen Profil durchaus ein gediegenes Bild hergab, und schließlich über Sara. Er staunte selbst über den Inhalt seiner Worte. Es klang eigentlich nach einem ziemlich erfüllten Leben; ein solches, das von mehreren seiner Bekannten stets als erstrebenswert angesehen worden war. Beeler schwieg.

Nachdem er Verschiedenes gesagt hatte, was es über eine gelungene Existenz zu berichten gab, überkam ihn das Gefühl, dass für Beeler sein Leben trotzdem schal und langweilig klingen musste. Er begann folglich über jenes komische Unbehagen zu quengeln, das seit einigen Monaten in seinem Herzen eingekehrt war. Der Asiat schwieg erneut, doch diesmal anders. Je nach dem, was Peter von sich gab, schienen sich jeweils Grund und Art seiner Stille zu ändern.

Sie verließen das Dorf und schlugen einen Weg ein, der sich in großen Schleifen den Wald emporwand. Die Forststraße war vollkommen schneebedeckt. Weiß, hart und plattgedrückt, trug der Schnee an seiner Oberfläche die waagrechten Narben der darübergefahrenen Schneekatze. Was zuvor noch klumpig an ihrem Schuhwerk pappte, raunte nun krachend unter ihnen.
Fichten und Tannen säumten den Weg und versperrten ihnen während des Anstieges die Sicht ins Tal. Peter äußerte seine Bedenken darüber, ob Beelers Schuhe für solches Gelände geeignet waren. Beeler schien von seiner Bemerkung allerdings nicht weiter beunruhigt und wollte weitergehen. So erreichten sie eine Abzweigung, von der aus ein kleiner Steig nach rechts abbog. Nach einer letzten Nachfrage bei Beeler bezüglich Schuhe und Schnee begann Peter, den Steig hinabzustapfen, während er erklärte, dass er zu einem lieblichen Belvedere führe. Beeler folgte ihm.
Rechts und links von ihnen funkelte ein dicker Überzug jungfräulichen Schnees.
Allmählich lichtete sich der Wald ein wenig und luftig verstreut ragten dunkle Nadelbäume aus dem Weiß hervor. In stoischer Vertikalität verharrend, schwiegen die schwerbeladenen Bäume. Die Stummheit der hölzernen Gefährten ermutigte Peter, sein Herz ohne jegliches rhetorische Zutun auszuschütten. Irgendwie sind Stumme schließlich auch taub.
Beeler schwieg, wie einer der vielen Bäume. Gab es denn nichts, was diesen Menschen aus der Fassung bringen konnte? Warum staunte er bei Peters Geschichten nicht, und weshalb klagte er bei seinen Empörungen niemanden an? Peter fuhr in seinen Schilderungen fort. Was eingangs nur ein sporadisches Genörgel über das und jenes war, hatte sich inzwischen in eine einzige Moritat verwandelt. Stets mit der Absicht, eine Rückmeldung zu erheischen. Die Klage fand bis zum Schluss keinen Träger, klammerte sich an Leute, Geld, Arbeit, Familie,

meinte alles und nichts, irrte wie ein verrückter Kreisel durch Peters Alltag, eckte da und dort an und überzog schließlich jeden Lebensbereich mit elegischer Schwermut. Beeler schwieg und schien alles schon zu wissen.

Sie stapften zwischen Fichten und Tannen den Steig entlang zum Ort, den Peter angekündigt hatte, während sich der Schnee nur unter widerspenstigem Raunen ihr Schuhprofil aufdrücken ließ. Wo sich keine Bäume befanden, malten graublaue Schatten schlanke Dünen in den glitzernden Schnee. Diamantenwüste.

Obwohl es windstill war, stoben von den überladenen Ästen winzige Schneepartikel herunter. Mickrige Irrlichter, die nur dann erkennbar waren, wenn man nicht im Schatten eines Baumes stand. Zuweilen fielen von den Bäumen hingegen schwere Klumpen in den Neuschnee und versanken in vollkommener Stille.

Sterben ohne niemandes Klage. Das kalte Grab des Winters.

Peter verfolgte mit dem Blick eine der winzigen herabfallenden Flocken. Obwohl nicht der leiseste Windhauch ihren Segelflug zu beeinflussen schien, stieg und fiel sie, änderte launisch ihre Flugrichtung, verwinkelt, als ob sie von unsichtbaren Kräften gezerrt und geschoben würde. Schließlich verschwand sie, zumindest in Peters Augen, im Schatten eines Baumes.

Zu ihrer Rechten tat sich plötzlich eine kleine Lichtung mitten im Hang auf, an deren Ende sich eine Anhöhe befand. Peters Anweisung folgend, stiegen sie zu ihr hinauf. Von hier aus konnte man das gesamte Dorf und einen Teil des Tales überblicken.

Der Schnee auf den Dächern der Häuser verlieh ihnen etwas Pilzartiges. Irgendwie vertraut und drollig, wie eben Gegenstände mit zu großem Haupt. Allesamt von funkelnd weißer Wolle bedeckt, schien die Hand voll Häuser ins Tal gewürfelt und nach Zufallsprinzip verteilt. Scheinheilig hüteten die

weißen Dächer die Intrigen, Lieb- und Leidenschaften ihrer Bewohner.
Unbarmherziges Insektendasein unter winterlichem Frieden.
Beeler trat einige Schritte nach vorne, bis an den abschüssigen Rand der Anhöhe. Er streckte seine Rechte aus und zog damit einen großzügigen Bogen, als ob er den Schnee von den Dächern fegen wollte.
„Schauen Sie doch selbst, Herr Costa, die Versuche und Mühen dieser Leute. Kleine und große Häuser aller Art, ein vielfältiges Nebeneinander. Manche haben es sogar zu einem kleinen Prachtbau geschafft, zu einem kleinen Reichtum haben sie es gebracht. Wie dieser Zwiebelturm, der alles andere überragt. Bemerkenswert. Trotzdem bleibt es ein wirrer Haufen, ein buntscheckiges Durcheinander bleibt es. Jeder wird einen Teil des hereinströmenden Reichtums für sich beanspruchen, ein paar Krümel Gold wird sich jeder unter den Nagel reißen wollen. Dabei werden sie aber übereinander herfallen und sich gegenseitig vernichten. Doch so wird man sich die Möglichkeit zu etwas Großem versperren, den Weg zur Einheit wird man sich verbauen. Doch Sie, Herr Costa, werden mit erhobenem Arm vorangehen, und ohne zu zögern wird man Ihnen folgen. Sie können von hier aus Ihr Gasthaus sehen, ja? Ein großes Hotel werden Sie dort errichten, wie ein funkelnder Jaspis wird er über alles andere hinwegscheinen. Viele Leute werden für Sie arbeiten, so zahlreich wie die Sterne am Himmel wird Ihre Belegschaft sein."
„Ich stells mir vor, konn mir ober nicht denken, dass der quadratische Block gut in die Londschoft passt", antwortete Peter kritisch.
„Das gehört zu unserer Philosophie. Ein starkes Erscheinungsbild brauchen die Leute, Corporate Identity ist vonnöten. Die Welt leidet zunehmend an postmoderner Unentschlossenheit, wir bieten hingegen Sicherheit. Was ich sagen will, ist, dass wir hier Geschichte schreiben werden, Herr Costa, große

Geschichte meine ich. Und Sie haben die Möglichkeit, einer ihrer bedeutsamen Akteure zu sein", erwiderte Herr Beeler, nachdem er sich Peter zugewandt hatte.
„Postmodern?", erkundigte sich der Wirt, der dieses Wort zum ersten Mal in seinem Leben hörte.
„Vergessen Sie's, das ist irrelevant. Wir werden Sie unterrichten, wie man solche Wörter verwendet. Was ich sagen wollte, ist, dass wir den Kunden geben werden, was sie brauchen. Top Quality Management wird die Devise im Hotel sein, oder besser: den Kunden ihre Wünsche von den Lippen ablesen. Und wenn sie nicht wissen, was sie wollen sollen, werden wir sie beraten. Sicherheit, Entwicklung, Wohlstand, Wellness, Gourmetküche vom Feinsten und Wunder, Herr Costa, vergessen sie niemals die Zauberstücke. Einen Hightechtempel werden wir aufstellen, mit Intelligent Rooms ausgestattet. Eine französische Firma führt derlei Kunststücke im großen Stil aus. Wir hatten bereits ein solches Projekt in der Schweiz ..."
Peter schwieg und ließ seinen Blick übers Tal schweifen, über die Bäume, Felsen und Menschen, deren Wachstum, Zahl und Art er seit Kindesalter an mitverfolgt hatte. Seltsam, irgendwie befremdlich, dass dieser Exot, der von weiß Gott woher kam, über das, was ihm so vertraut war, so genau Bescheid zu wissen schien. Sie machten sich auf, ins Dorf zurückzukehren. Der Pfad mündete wenig später wieder in die Forststraße ein, auf der sie einigen Spaziergängern begegneten, die ebenfalls in die Stille des Winters eintauchen wollten.
„Sie werden bald von uns hören, Herr Costa", schloss Beeler ohne irgendeine weitere Bemerkung, als sie wieder vor dem Gasthaus standen.
„Dorf ich Ihnen Sara, meine Frau, vorstellen?", meinte Peter noch zögernd, bevor Beeler, der dankend ablehnte, in seinen dunklen Wagen stieg und verschwand.
Peter verbrachte den restlichen Nachmittag wie gewöhnlich bei Töpfen und Pfannen. Seine Hände arbeiteten allerdings

aus reinem Automatismus, ohne die Aufsicht seiner Aufmerksamkeit. Diese war noch bei Beeler, seinen Vorstellungen und nicht zuletzt bei dem erratischen Schneepartikel hängen geblieben.
Trotz der Müdigkeit, die sich in ihm angestaut hatte, konnte er sich nicht von diesen Gedanken trennen, die ihn vielstimmig bedrängten.
Sogar als er spät am Abend im Bett lag, konnte er nicht davon ablassen. Er versuchte sich zu überzeugen, dass dieser Mann größenwahnsinnig sei, dass ihm nicht die Mittel zur Verfügung stünden, um seine Pläne zu verwirklichen usw. Überdies hatte er nur einen Teil von dem verstanden, was Beeler ihm deklamatorisch vorgetragen hatte.
Mit aufgerissenen Augen stierte er zur Decke empor, als ob in den verzierten Bohlen eine Antwort zu finden sei. Und eine Antwort worauf? So hamsterte er weiter Argumente zusammen, die Beelers Worte als Hirngespinste abtaten, zählte sie, türmte sie auf und betrachtete sie nochmals, bis er sie zu einer durchdachten Meinung aneinandergefügt hatte. Diese stürzte schließlich wie ein Kartenhaus in sich zusammen und er begann wieder von vorne. Nochmals, und nochmals.
Sara, die schon seit einer Weile schlief und deren Kopf wie üblich an ihm lehnte, drückte ihm plötzlich einen Kuss auf die Brust; als ob sein inneres Gedankengefecht sie ihren Träumen enthoben hätte. Er fuhr ihr mit der Hand durchs Haar. So leise wie nur möglich entglitt er anschließend den Federn und zockelte auf Zehenspitzen zum Balkon.
In der Finsternis flammte sein Feuerzeug auf und er steckte sich eine Zigarette an.
Die Berge waren nur als dunkler, langgezogener Schatten erkennbar. Ein schlafender Riese. Zwar konnte er von seinem Hausberg keine Antworten auf seine Fragen erwarten, doch bescherte ihm diese steinerne Kulisse das unersetzliche und behagliche Gefühl der Geborgenheit.

Der eisige Wind streifte schmerzlich seine Haut und fühlte sich an wie Glaspapier. Doch konnte er höchstens die Oberfläche seines Körpers kühlen, während es innerlich in ihm weiterkochte und brodelte.
Peter fühlte sich von jenem seltsamen Herrn nicht nur verstanden, sondern dieser schien an ihm etwas entschlüsselt zu haben, was ihm selbst noch verborgen war. Eine bisher unbekannte Melodie stieg aus den Tiefen seiner Seele empor, ominöse und verführerische Töne, die in den Blutgefäßen seines Körpers widerhallten und ihm Ruhe und Schlaf verwehrten.

Segment II.1

Der Komet

Wo warst du, als ich die Erde gegründet? Sag es denn, wenn du Bescheid weißt.

Ijob 38,4

„Kometen-Party auf der Terrasse, heute Abend um einundzwanzig Uhr“, stand auf zwei großen, dunkelgrünen Anschlagtafeln bei der Rezeption angeschrieben. Der nach einem amerikanischen Wissenschaftler benannte Komet Johnny sollte an jenem Abend ab zwanzig Uhr auch mit freiem Auge sichtbar sein. Sara hatte den Einfall gehabt, in diesem Sinne eine Party für die Hausgäste zu organisieren. Obwohl sie bei der Planung und dem Aufbau des Hotels kaum beteiligt gewesen war, hatte sie stets mit ihren ausgefallenen Ideen dem Betrieb einen frischen Anstrich gegeben. Es geschah zumeist morgens, wenn sie noch einige Minuten im Bett verweilte, dass es im Mikrobereich ihrer neuronalen Verschaltungen zu einer Art Kurzschluss kam. Plötzlich war die Idee da, wacker und neu, und verlangte nach Umsetzung.

Die Terrasse des Hotels war ein quadratischer Rundgang, von dem aus man eine schöne Aussicht auf die darunter liegende Hotellobby genoss. Die große Empfangshalle war samt der Rezeption sozusagen vom gesamten Gebäude, im oberen Teil von der Terrasse, eingeschlossen.

Was von hier oben als ein langer, weißer Balken erschien, war das Pult der Rezeption. Es bestand schlichtweg aus zwei jeweils drei Meter langen unbearbeiteten Marmorblöcken, die längs nebeneinander auf dem Boden lagen und von einem Glaskasten eingefasst waren. In der Mitte der Empfangshalle stand ein putziger Rundbau, das Weinlokal *il Tempietto*. Auf

den Seiten der Halle war das Hotelfoyer, eine umlaufende Wandelhalle, angelegt, in dem sich auch die Hausbar befand. Von seifenglattem, dunkelbraunem Leder überzogene Sofas, Sitzpolster und Schemel gewährten hier einen komfortablen Aufenthalt. Auch Musikabende, größere Empfänge und allerlei Umtrünke fanden hier statt.
Von der Terrasse aus beeindruckte besonders das zur Mitte hin abfallende Glasdach, das die gesamte Eingangshalle überdeckte. Zehn Stahlträger hatte man in die Mauern des Tempiettos zur Entlastung des Daches eingebaut, auf die das große Gerüst in der Mitte abstützte.
Eine architektonische und bautechnische Höchstleistung, die von einem Team von Kanadiern in Zusammenarbeit mit einem indischen Architekten ausgeführt wurde. Das Dach folgte einem Radius von dreißig bis fünfundvierzig Metern an den Außenwinkeln und radial laufende Rechteckrohre spannten vom Tempietto zu den Seitenwänden. Die großen Einheiten des Stahltragwerks hatte man in der Werkstatt vorgeschweißt, anschließend mit einem Kran über das Gebäude gehoben und aufgelegt. Ein Aufsehen erregendes Ereignis, das das ganze Dorf für einige Tage in Atem gehalten hatte. Trotz der Versicherung der Ingenieure war man sehr erleichtert, als diese Operation vorüber war.
Die durchsichtige Überdachung bestand insgesamt aus zweitausendsiebenhundert Isolierglasscheiben, die mit weißen Punkten bedruckt waren, um das Sonnenlicht zu filtern. Die Glaskonstruktion war insgesamt eine an die etwas kleineren Verhältnisse angepasste Wiedergabe der Glasüberdachung des British Museums. Peter wurde einmal von einem weltläufigen Gast darauf hingewiesen, dass er mit dieser Glasüberdachung ein alpenländisches Pantheon errichtet hatte.
An den vier Ecken der Lobby türmten sich indessen vier zylinderförmige Aufzüge in die Höhe. Der die Kabine umfassende Schaft bestand zum Teil aus Glas, sodass auch von

hier aus eine schöne Aussicht auf die Halle gewährt wurde. Fast alle Gäste erschienen am Abend auf der Terrasse. Saras Einfall erwies sich als ein Erfolg. Herr Bleekenwarf, ein einflussreicher flämischer Kaufmann, war zusammen mit seiner Frau, einem bekannten Model von den Philippinen, einer der wichtigsten Gravitationspunkte des Abends. Weitere nennenswerte Prominenzen waren der äthiopische Botschafter, ein hoher Finanzbeamter aus Petersburg mit seinem Porsche, eine entfernte Verwandte des irischen Frontmanns Bono Vox und schließlich eine polnische Pornodiva der Achtzigerjahre, die nach einer ungelenken Entfernung ihres Brusttumors eine leichte Verstümmelung davongetragen hatte und nun zu den Promis zweiter Ordnung gehörte.

Allesamt betucht, doch niemand, mit dem man sich wirklich hätte brüsten können. Die Marketingexperten der Firma Legio nannten diese Ebene der Klientel prophetisch eine Vorstufe zu höheren Etagen.

Weiter traten die üblichen Komparsen auf: Anwälte, Zahnärzte, hie und da ein Richter, mittlere Unternehmer, neugierige Hoteliers, bis ganz hinunter zu den gewöhnlichen Ärzten. Allesamt in kleinen Grüppchen versammelt, süffelten sie Aperitife, Cocktails, Rot- und Weißweine. Italienische Damen zogen in ihren schlicht taillierten, zumeist dunklen Gewändern ihre Kreise.

Man zeigte sich.

Der Astrophysiker Heinrich Jakobson gehörte auch mit zur Partie. Man kann schwerlich behaupten, dass er zu den Notorietäten des Abends gezählt werden konnte. In wissenschaftlichen Kreisen waren allerdings seine Forschungsergebnisse durchaus rezipiert und seine Artikel viel gelesen. Für diesen Abend war er außerdem wie vom Himmel gefallen. Es ging ja schließlich um einen Kometen.

Herr Jakobson war zweiundfünfzig Jahre alt, klein von Wuchs, mit ziemlich breitem Rumpf und leicht krötenbäuchig. Arme und Beine waren im Verhältnis dazu sehr dünn. Das Haupt glich dem einer Echse. Insgesamt hatte er das Aussehen einer Kartoffel, in die vier Zahnstocher eingesteckt waren. Von Kindesalter an war er mit den Abläufen der Natur vertraut. Heinrichs Vater war ein namhafter Wissenschaftler gewesen, oder genauer gesagt, ein Wissenschaftsphilosoph. Als entferntes Mitglied des Wiener Kreises hatte er es in den dreißiger Jahren zu beträchtlichem Ruhm gebracht. Den Zenit seiner Karriere erreichte er mit einem Vortrag, den er bei einem Symposium über Wissenschaftsphilosophie in Salzburg hielt. Der Vortrag wurde einige Monate später in der Zeitschrift *Wissenschaft* publiziert. Es ging dabei um die so genannte *Bindestrichdebatte*. Er vertrat darin die Meinung, dass das Wort *Metaphysik* durch einen Bindestrich getrennt geschrieben werden sollte, also *meta-Physik*. Durch die Konsequenzen dieser Veränderung, er nannte sie namentlich eine „Wende", beanspruchte er, kniffelige Grenzprobleme der Metaphysik und der Naturwissenschaften in den Griff zu bekommen.

„Meta-Physik als solche bringt schließlich nur mehr den Willen einiger nostalgischer, als Philosophen verkappter Theologen zutage, Engel und andere Himmelswesen ausfindig zu machen." So die abschließenden Worte des Artikels.

Doch sein Stern begann alsbald zu sinken. Der österreichische Philosoph Moriz Schlick bewies in einem etwas späteren Artikel, dass es keines Bindestrichs bedürfe und dass der Begriff schlichtweg in zwei Wörter aufgetrennt werden konnte, ohne dass sich hiermit irgendwas verändere.

Peter und Sara wussten über den Beruf von Herrn Jakobson Bescheid und hatten ihm tags zuvor nahegelegt, dass sie über seine Teilnahme an der Party sehr erfreut wären.

Unverzüglich rückte der Astronom ins Zentrum der Aufmerksamkeit. Eine kleine Schar von sektglashaltenden Gästen hatte ihn umringt, um zu hören, was er über den Kometen zu sagen wusste. Der schwach leuchtende Himmelskörper kroch inzwischen träge und gleichgültig seine Bahn entlang; die Show wurde ganz und gar dem Wissenschaftler überlassen. Ein erstes und allgemein geteiltes Staunen wurde an den Tag gelegt, als Heinrich die tatsächliche Geschwindigkeit des Kometen bekannt gab, die bei weitem die Einschätzung der Betrachter übertraf. Doch wenn auch alle Ohren der Runde auf Heinrich ausgerichtet waren, so fühlte sich dieser doch nicht wohl in seiner Rolle. Als ihm eine Frage gestellt wurde, krauste er wie angeekelt seinen Insektenmund und legte dabei die oberen Schneidezähne frei, bevor er sich zu antworten entschloss. Trotzdem herrschte eine kurzweilige, angenehme Stimmung. Die wissenschaftliche Diskussion verebbte allmählich und es wurden zunehmend Witze über das Thema gerissen, von der Art „... wir bleiben lieber mit den Füßen auf dem Boden". Peter stieg in die Unterhaltung ein und verwob Witz und Ernst zu einem Gesprächsmuster, dem jeder etwas abgewinnen konnte. In der Tat war er ein Wirt geblieben, obwohl sein Auftreten nun eine andere Form angenommen hatte. In den vergangenen Jahren hatte er tatsächlich durch die Firma *Legio* eine vorzügliche Ausbildung genossen. Das betriebswirtschaftliche Know-how, das er erworben hatte, war schließlich nur eine systematische Fortsetzung dessen, worin er sich bereits im früheren Gasthaus geübt hatte. Kulinarisches Wissen, die mystische Welt des Weinkultes und allgemeine Kenntnisse über Hotellerie höheren Grades wurden ihm außerdem auf seinen Reisen zuteil. Es war ihm auf kaum zu überbietende Weise gelungen, gänzlich in die neue Rolle zu schlüpfen. Etwas anders verhielt es sich bei Sara. Zwar hatte sie zusammen mit ihm den Großteil der Fortbildungen besucht und der generelle Umstandswechsel widerstrebte ihr insgesamt nicht. Es konnte auch nicht behauptet werden, dass sie die Arbeit schlicht über sich ergehen ließ. Nein, nichts von alledem. Trotzdem schien das Ganze nichts mehr als ihre Arbeit zu sein; eine solche, die jederzeit mit einer an-

deren ausgetauscht werden konnte. Sie war ein Glied in der Kette. Arbeit gehörte eben zum Leben auf diesem Planeten dazu. Selten überschritt sie dabei den Grad an Höflichkeit, der allgemein als freundlich bezeichnet werden konnte. Was darüber hinausreichte, wollte sie für Peter aufbewahren. Sie war sich allerdings durchaus bewusst, dass dieser Überschuss an Zuneigung von ihrem Partner nicht auf dieselbe Weise erwidert wurde. Peter verteilte Lächeln, Schmeicheleien und jede Art von Aufmerksamkeit zwar oft und gerne, doch wurde dabei niemand bevorzugt. Auch nicht Sara. Wenn sie abends zusammen im Bett lagen, versuchte sie sich zu entsinnen, ob es früher anders um sie stand. Doch die Umwälzungen waren in den vergangenen Jahren dermaßen groß gewesen, dass die zwei Situationen kaum miteinander vergleichbar waren.
Außerdem schien Peter tatsächlich zur vollen Blüte und Entfaltung seines Wesens gekommen zu sein. Mit der gleichen Selbstverständlichkeit, mit der er damals Anekdoten über die Jäger des Dorfes erzählte, tummelte er sich nun in kulinarischen, international politischen und anderen Themen. Worüber er nicht Bescheid wusste, verstand er es, zu lachen. Was ihm allerdings einige Mühe gekostet hatte, war, seine Bergsprache zu einem allgemein verständlichen Kommunikationsmittel zu veredeln.
Mit dem Import neuer Speisen, Möbel und anderer Güter waren auch neue Wörter ins Tal gelangt, die nur darauf warteten, ausgesprochen zu werden. Doch was französische, britische und sogar transatlantische Kehlen im Verlauf der Geschichte gedrechselt hatten, konnte nicht ohne weiteres von den schaufelnden Unterkiefern des Alpenlandes wiedergegeben werden. Die unwirtliche Natur der Berge hatte diesen Körperteil unter größter Mühe der Evolution zu einem Werkzeug zum Zerkleinern von Speck und Schüttelbrot geformt. Nun sollte der Mund plötzlich vorrangig zum Sprechen dienen. Peter konnte trotz seiner Schwierigkeiten zweifelsohne als ei-

ner der Pioniere in diesem Kulturkampf gegen die Natur angesehen werden.
Die Firma *Legio* hatte auch hinsichtlich des finanziellen Aspektes ihre Versprechen zum allergrößten Teil eingelöst. Peter hatte sich zwar einen großen Schuldenberg aufgehalst, doch schien das Geschäft in die vorgesehene Richtung zu laufen. Wenn es in diesem Rhythmus weiterging, wäre es lediglich eine Frage von wenigen Jahren gewesen, die Rechnung mit der Bank zu begleichen.
Dann hätte er endlich einer der Hauptaktionäre des großen Unternehmens werden können.

Nicht für alle Gäste war das Vorbeiziehen des Himmelskörpers Anlass zu kurzweiliger Unterhaltung. Sieben Etagen tiefer, im unterirdisch angelegten Wellnessbereich bereitete sich die Jogi Herta Karz samt einer Gruppe von neun Personen auf andere Weise auf das Ereignis vor. In stiller Meditation saßen sie alle mit verschränkten Beinen im Kreis und atmeten bedächtig und langsam, wenn überhaupt. Herta war die Abteilungsleiterin des Wohlfühlbereiches im Hotel. Insgesamt zehn Mädchen waren hier tätig und fügten sich vestalisch ihren Befehlen. Herta war ziemlich groß und hatte ein vorteilhaftes Äußeres samt den gebührenden Kurven. Als sie einundzwanzig Jahre alt war, hatte sie ihre Lippen chirurgisch vergrößern lassen. Doch ihre Seele machte ihr einen Strich durch die Rechnung und wollte die Veränderung nicht wahrhaben. Sie stürzte in eine „karmische Krise", um es mit ihren späteren Worten zu sagen. Es verschlug sie nach Indien. Hier lernte sie einen Jogi kennen und verbrachte einige Wochen in einem Ashram. Der alte Meister überzeugte sie, dass es auch ihre Aufgabe sei, die Kunst des Joga zu lehren und anderen zu helfen, Körper und Seele in Einklang zu bringen. So kam es, dass sich ihre „Chakren öffneten" und sie ein Lebensziel fand, das sowohl ihre karmischen Knoten als auch die der anderen ausbügeln sollte. Im Hotel bot sie verschiedene Arten von Wohlfühl- und Heilpraktiken an: Ayurveda-Stirngüsse mit verschiedenen Ölen, Relax-Massage, Antistress-Massage, Sport-Massage, Hot-Stones-Massage u. a., Heubäder, Kräuterbäder mit Almblumen, Kräuterbäder ohne Almblumen, verschiedenste Arten von Peeling, Fußreflexmassage, Lymphdrainage usw. Dazu kam noch die gesamte Kosmetikabteilung, die zwar von ihr beaufsichtigt, aber nicht direkt geleitet wurde.

Herta hatte den Mitgliedern der versammelten Gruppe und Empfängern ihrer heilsamen Eingriffe nahegelegt, sich zusammen mit ihr auf diesen besonderen kosmischen Anlass des vorbeiziehenden Kometen vorzubereiten.

„Wir spüren die Energie“, unterbrach ihre Kräuterteestimme sanft und gedehnt die Stille. Marcel Laurent, ein französischer Gast, schien an diesem Abend besonders in seiner Meditation versunken zu sein. Er atmete tief und langsam. Seine Lippen vibrierten und er stieß ein kaum vernehmbares, genüssliches Grunzen aus. Herta lächelte selig. Wenn er meditierte, trug er an seiner Stirn stets ein weißes Band, das hinterm Kopf zusammengeknöpft war.

Der Raum, in dem sie sich befanden, war rund und ziemlich groß. Der Boden bestand aus geschliffenem Föhrenparkett. Die Decke war ein großes Kreuzgewölbe, das aus Fertigbauteilen aus Glasfaserbeton zusammengesetzt war. In den Kreuzrippen des Gewölbes leuchteten putzige, zu einer Kette aneinandergereihte Strahler. An den Seitenwänden waren in gleichmäßigen Abständen zueinander halbrunde Nischen eingebaut. Diese waren mit einem kobaltblauen Stoffbelag ausgestattet und am Boden der Nischen lag ein gleichfarbiges Kissen. Darauf saßen die Meditierenden. Die Nischen waren jeweils von einem Kranz von kleinen, runden Lautsprechern konturiert, denen eine sanfte Musik mit tiefen und wogenden Klängen entströmte. Eine italienische Firma hatte diese

aufwendige Installation geliefert und montiert. Durch einen Sensor an der Schwelle der Nischen wurde die Musik automatisch angemacht, sobald sie jemand betrat.
Zwischen diesen Hightech-Hohlräumen waren große, weiße Steinplatten an der Wand befestigt, die nur an ihrer Vorderseite geschliffen waren. Darin waren jeweils Sprüche eingemeißelt, von Buddha, Laotse, Tagore und anderen fernöstlichen Weisen.
Herta verteilte an jeden der Beteiligten einen bunten Stein, der jeweils eine andere Farbe hatte: Rosenquarz, Tigerauge, Opal, Granat, Türkis u. a.
Die Adepten nahmen ihn mit einer leichten Verneigung zu sich.
„Haltet den Stein, als ob er ein Teil von euch wäre", sagte sie inbrünstig und begleitete ihre Worte mit großzügigen, schwenkenden Gebärden, als ob sie die Worte aussäen würde. Dann ließ sie den Kopf langsam in den Nacken fallen, atmete tief durch und schloss die Augen.
„Jedes Chakra in unserem Körper ist durch eine Farbe gekennzeichnet. Wie ihr seht, hat jeder von euch einen Stein mit einer bestimmte Farbe erhalten." Sie hielt inne und ließ den Kopf wiederum gemächlich in den Nacken fallen. Dann nickte sie und blinzelte mit den Augen.
„Wir verbinden uns nun mit dem Stein, den wir halten. Wir werden ganz das Chakra dieser Farbe. Wir atmen jeweils die Farbe ein und blasen unser Atman raus."
Die Beteiligten, insgesamt sechs Frauen und drei Männer, rückten auf ihren Polstern hin und her, suchten eine angenehme Sitzposition, schlossen die Augen und folgten Hertas Anweisungen. Während sie allesamt bereits seit einigen Minuten Farbe ein- und Atman ausatmeten, führte sie die Jogi in die zweite Stufe der Erhebung ein.
„Wir sind uns jetzt selbst nah und fern", dann eine kurze Pause, „und doch nicht, wir fühlen das Chi und lassen es fließen,

Ying und Yang finden sich wieder. Denkt an nichts. Seid. Wu Wei. Pranajama. Swami Sivananda. Tao. Wir erheben unseren Astralleib und vereinen ihn zu einem kosmischen Körper. Die Sterne sind mit uns."

Ein Herr aus der Gruppe, Giuseppe Barbieri, ein Bankdirektor aus Mantua, war in seinen dreiundvierzig Jahren niemals des Genusses teilhaftig geworden, mit seinem Astralleib Bekanntschaft zu machen. Er nahm Hertas „Erhebung" also beim Wort und stand kurzerhand auf, ohne dabei die Augen zu öffnen. Vor seiner Nische stehend und sanfte Atemzüge schlürfend hielt er den roten Stein in seinen Handflächen, die er zu einer Schale aneinander gefügt hatte. Ganz wie ein Weihnachtsengel.

Niemand hatte es bemerkt, da jeder ganz in sich gekehrt war. Nur Herta gewahrte es nach einer Weile. Anfangs ein wenig erstaunt, verstand sie aber alsbald, wie es dazu gekommen war. Sie machte also kehrt, bog von der Milchstraße links ab und versuchte, das zurückgelassene Schäfchen von seiner Unwissenheit zu befreien.

„Es ist wichtig, dass wir uns wohl fühlen. Ganz gleich ob wir sitzen, stehen oder eine andere Haltung annehmen. Wir verharren weiterhin im Brahman."

Herr Barbieris karmische Schleusen öffneten sich augenblicklich, das Chi schoss ihm direkt in den Kopf und riss ihm die Augen auf. Peinlich berührt, beschloss er nun trotzdem stehen zu bleiben, in der Hoffnung, dass der Vorfall unbemerkt bleibe. Wie die Jogi soeben beteuert hatte, kam es ja schließlich nicht auf die körperliche Haltung an, sondern auf Brahmans Geduld. Als Herta sich abschließend bei den Beteiligten für ihr Mitmachen bedankte, schlug sie gleichzeitig vor, gemeinsam an der Party auf der Terrasse teilzunehmen. Die Vorstellung, als geschlossene Gruppe aufzutreten, begeisterte sofort die Teilnehmer, die darin ein äußeres Zeichen sahen, das ihre gemeinsame geistige Versenkung zum Ausdruck brachte.

Man legte fest, sich in einer Stunde in der Hausbar im Foyer zu treffen, um anschließend zur Terrasse hochzufahren.
Die Meditationsgruppe befand sich schon an Ort und Stelle, als Herta mit geschmackvoller Verspätung im Eilschritt die Hall durchquerte und der Bar zusteuerte.
„Pardon."
Sie war ganz in Weiß gekleidet und eine matte Baumwollhose honorierte Becken und Hintern. Eine elfenbeinfarbene Perlenkette konturierte überdies ihren geschmeidigen Hals, und ihr schwungvolles Haar tanzte lebendig über ihre Schultern herunter. Zweifelsohne war sie die auffälligste Erscheinung unter den übrigen fünf Frauen, nicht zuletzt wegen ihrer hellen Kleidung. Sobald sich die Jogi bei der Gruppe nach ihrem Wohlbefinden und der Wirkung der Meditation erkundigt hatte, wurden in Form von gegenseitigen Komplimenten die Kräfteverhältnisse unter den Frauen ausgemacht. Schließlich machte man sich in Richtung Aufzug auf.
Kurz darauf erschien Herta Karz samt ihrer Gefolgschaft auf der Terrasse. Es war ziemlich kühl und der Himmel sternenklar. Die besten Voraussetzungen, um einen Kometen zu beobachten. Inzwischen waren die meisten Gäste eingetroffen und standen in kleinen Grüppchen versammelt herum, schwatzten über Kleider, Kometen, die Temperatur im Juli im Alpenland, über den Sinn solcher Gespräche u. a. Die größte Gruppe hielt sich am südlichen Flügel der Terrasse auf. Von weitem erkannte Herta darunter den gestikulierenden Peter. Neben ihm standen Sara und der sternenkundige Heinrich Jakobson. Sara schenkte inzwischen den Geschichten vermasselter Liebschaften des ehemaligen polnischen Pornostars Gehör, wobei sie reichlich von ihrer Langmütigkeit – einer bei ihr besonders ausgeprägten Tugend – Gebrauch machte. Auf derselben Seite der Terrasse spielte auch eine kleine ungarische Band, bestehend aus Klavier, Saxophon und Kontrabass, einen mehrheitsfähigen Jazz.

Dorthin ließ sich auch die Jogameisterin treiben. Hinter ihr, ähnlich wie beim Kometen, ein kleiner Schweif aus ihren Gefolgsleuten. Peter foppte sie wegen ihres theatralischen Auftritts mit einer leichten Verneigung. Herta schüttelte ihr luftiges Haar und lächelte friedlich.
„Wir haben uns zum Anlass vorerst miteinander in Einklang gebracht", erklärte sie feierlich. „Herr Jakobson, darf ich Ihnen Herta, unsere kleine Hexe, vorstellen?", wandte sich Peter an den Wissenschaftler. Man lachte. „Scherz beiseite, Herta ist die Abteilungsleiterin des Wellnessbereiches." Eine von Peters ausgeprägtesten Fähigkeiten bestand darin, seinen Bediensteten das Gefühl zu vermitteln, von entscheidender Wichtigkeit für den Betrieb zu sein. Die Firma Legio sprach diesbezüglich von Humankapital. Doch für Peter handelte es sich dabei nicht um betriebswirtschaftliches Kalkül, sondern diese Wertschätzungen entsprangen schlichtweg seiner angeborenen Großzügigkeit. Der Wissenschaftler ließ ihr zögernd seine blasse Hand entgegenwachsen. Diese wurde von ihren beiden heilkundigen Extremitäten warm umschlossen und begrüßt.
„Oh, der Astronom", anscheinend wusste sie bereits Bescheid, „eine Ehre, es ist mir ein große Ehre. Wissen Sie, wir beide, es mag dem ersten Anschein nach ganz anders anmuten, aber wir haben vieles gemeinsam. Diese Dinge, so fern und doch so nah. Den Blick stets ins Unendliche gerichtet, auf das Unsichtbare, das Unfassbare ...", deklamierte Herta begeistert. Herr Jakobson hatte inzwischen seine Hand zurückgezogen. In der anderen hielt er ein Glas mit Sekt. Die Art, wie er es hielt – den Arm nach vorne ausgestreckt – erweckte den Eindruck, als ob er damit sein Körpergewicht ausbalancieren wollte. Schließlich begann er die Lippen hin und her zu bewegen und lichtete dabei seine Schneidezähne. Gespannt wartete man auf seine Antwort.
„Das Verb. Es fehlt das Verb in Ihren Ausführungen", bemängelte er schließlich zaudernd und schmatzte klebrig mit der

Zunge. Herta nahm eine stramme Haltung ein. Sie richtete den Blick zum Kometen und fuhr fort: „Es gibt unsichtbare Dinge, die unserem Verstehen verschlossen sind. Auch dieser kleine, unbedeutende Himmelskörper birgt in sich ein Geheimnis, das wir Menschen nicht wahrnehmen können."
Sie holte wieder Luft und senkte den Blick erneut zu den übrigen Sterblichen. Herr Jakobson befeuchtete seine Lippen mit der Spitze der Zunge. Dann ließ er die Unterlippe hinter seine Schneidezähne verschwinden.
„Äh, unsichtbare Dinge sagen Sie ... die äußere Schicht der Koma dieses Himmelskörpers ist mit freiem Auge tatsächlich nicht sichtbar. Das stimmt. Wir wissen aber, dass sie aus Wasserstoff und einigen anderen neutralen Atomen besteht. Sie kann eine Ausdehnung bis über zehn Millionen Kilometer erreichen", antwortete der Astrophysiker mechanisch. Einige waren bereits bei der Hälfte seiner Ausführung abgesprungen und machten sich auf, eine andere Unterhaltung aufzusuchen. Andere wiederum nahmen eine wichtige Miene an und nickten interessiert. Sara hatte sich von ihrer polnischen Gesprächspartnerin abgewandt und verfolgte aufmerksam das Gespräch. Dabei lächelte sie genüsslich. Sie schien etwas an der Diskussion entdeckt zu haben, was allen anderen entging.
„Ein großer Wissenschaftler! Wahrhaftig, welche Ehre. Sie beugen das Knie vor Ihrer Unwissenheit. Es adelt Sie, dass Sie auch Unsichtbares zulassen. Ich weiß, dass ich nichts weiß. Wu Wei. Sie haben genau den Nagel auf den Kopf getroffen. Genau das ist der Moment der Erkenntnis, wenn wir von unserem Bestreben nach Wissen ablassen. Ein Paradox! Erst dann kann sich unser Ajna Chakra öffnen, der sechste Sinn, und uns zu höherem Bewusstsein erheben. Darum geht es. Bewusstsein, bewusst ..." Nach einer kleinen Pause schloss sie noch zögernd den Satz, indem sie das Verb „leben" hinzufügte, um dem erwünschten grammatikalischen Niveau Fol-

ge zu leisten. Die Gruppe der Meditierenden stimmte zu und nickte. Einige wiederholten sogar Teile ihres kleinen Vortrags, doch in etwas abgewandelter Form, mit eigenen Worten, um es nach der Art der Lehrer zu sagen. Andere verwandelten ihre Worte in Mantras und murmelten sie leise vor sich hin. Obwohl niemand antwortete, ließ sie das Gesagte im Raum stehen und übergoss es mit seriösem Schweigen. Doch schon knisterte es feucht in Herrn Jakobsons Mund. Man richtete die ganze Aufmerksamkeit auf ihn, da nun sein Ajna Chakra, der Wasserhahn des Kundalini, anscheinend aufgedreht war, und man wartete auf das Emporsprudeln der Weisheit.

„Wenn unser Bewusstsein umfassender wäre, als es tatsächlich ist, dann würden wir sogar die molekularen Veränderungen im Mikrobereich unseres Körpers wahrnehmen. Folglich wäre unser Gehirn hoffnungslos überfordert. Diesen Zustand identifiziert man im klinischen Bereich mit Wahnsinn."

Ausdruckslos und unbestimmt sah er zu Boden, als ob er sich des Gesagten wegen schäme, und tänzelte von einem Bein zum anderen. Wie vom Blitz getroffen, fuhr die Jogi beim Wort „Wahnsinn" zusammen. Sie bekundete Betroffenheit, indem sie ihre Stirn runzelte, was allerdings nur eine kleine, liebliche Falte hergab.

„Wahnsinn, oh ja, auf dieses Wort habe ich gewartet, Sie haben es mir von den Lippen abgelesen. Was ist schon Wahnsinn, ist das nicht die allerhöchste Form der Erkenntnis? Wie schön, dass wir auf so verschiedenen Wegen zu derselben Wahrheit gelangen. Kann das denn ein Zufall sein, dass wir gerade heute an derselben Einsicht teilhaben, wo dieser Komet der Bürge unserer Wahrheit ist? Wie Sie sehen", sagte sie, indem sie sich nun an die ganze Gruppe wandte, „die Dinge im Kosmos sind auf eine Weise aufeinander abgestimmt, die sich uns Menschen erst im Nachhinein erschließt. Es braucht Geduld. Erst jetzt wissen wir, dass es kein Zufall ist, dass Sie, der Komet und ich heute hier sind."

Es schien das Ende des Gesprächs. Hertas Worte hoben sich gegenseitig, ein jedes war des anderen syntaktischer Flügel, zu einem rhetorischen Höhenflug empor. Die Gegensätze waren hiermit begraben und folglich verschwand auch die Falte aus ihrer Stirn. Tatsächlich war es ihr gelungen, allgemeine Zustimmung, zum Teil sogar Begeisterung, bei der Zuhörerschaft auszulösen. Doch wie vom morgendlichen Schrillen eines Weckers abrupt aus dem Schlaf gerissen, unterbrachen Heinrichs Worte den Beifall: „Wir kennen diesen Zeitpunkt nicht erst im Nachhinein. Wir konnten schon seit langem prognostizieren, wann der Komet an der Erde vorbeifliegen würde. Anhand von nur drei Positionsbestimmungen können wir die Bahn eines Kometen ziemlich exakt beschreiben", widersprach ihr der Wissenschaftler mit selbstverständlicher Gleichgültigkeit, als ob es darum ginge, ihre Rechtschreibfehler auszubessern.
Herta ließ der Aussage des Wissenschaftlers nicht die Zeit, sich zu entfalten, und fuhr sogleich fort: „Herr Jakobson, wie gut, dass es Wissenschaftler wie Sie gibt, die immerfort nach der Wahrheit fragen und sich nie zufrieden geben. Aber vor dem Geheimnis des Kosmos resignieren letztendlich alle unsere Versuche. Nur durch die Entfaltung des siebten Chakra, das Sahasrara, gelangen wir zur Quelle der Welt, dem mystischen Ort, aus dem alles entspringt."
Hertas Worte hatten die vorherige Geschmeidigkeit verloren. Ein etwas erzwungener Nachdruck begleitete ihre Bemühungen.
„Dieser Ort ist uns bekannt. Es ist sehr wahrscheinlich, dass der Entstehungsort des Kometen zwischen der Saturn- und Uranusbahn liegt", erwiderte Herr Jakobson, der nun seine Mundwinkel nach unten hängen ließ und dabei seine ganze obere Zahnreihe freilegte.
„Ein Ort, der fliegt, ist das nicht ...", wiederholte Herta unsicher seine Worte.
„Liegt! Ich habe liegt gesagt ..."

Während er sprach, stieß ihm plötzlich die Kohlensäure vom Sekt hoch, was zur Folge hatte, dass er das letzte Wort seiner Antwort rülpste. Herta linste verlegen in die Runde, nach einem Gesicht Ausschau haltend, das ihr über Herrn Jakobsons unverständlichen Einwand Aufschluss gegeben hätte. Die Leute sahen aber vage in die Luft oder warteten auf ihre Erwiderung, um die peinliche Situation hinter sich zu bringen. Endlich fasste sie Mut und fuhr fort: „Ich schlage vor, dass wir es einfach so stehen lassen. Damit ..."
Sie warf ihr dunkles Haar über die Schulter und trank einen Schluck von dem Cocktail, der vor ihr auf dem Tisch stand. Doch die gesamte Gruppe sah ziemlich verblüfft drein. Stille.
„Damit? Damit was ...?", ächzte endlich der Astrophysiker verblüfft, dem ganz und gar nicht wohl war in seiner Haut. Herta malte sich ein Lächeln ins Gesicht und prustete einvernehmlich, als ob man nach einer längeren, kniffligen Auseinandersetzung endlich zu einer Lösung gekommen wäre. Anschließend ließ sie ihren Blick durch die Runde gleiten. Doch niemand sah sie an. Einige blickten in ihr Glas, andere zwickten an ihren Nägeln herum und wieder andere sahen interessiert zum Kometen hoch.
Schweigen.
Herta versuchte zu lachen, zumindest zu lächeln. Ein unentschlossenes Schnauben mit dem Beigeschmack eines Lachens war das Einzige, was zustande brachte. Niemand rührte sich. Hatten sie es nicht verstanden, dass es ein Lachen sein sollte, oder empfanden sie es als fehl am Platz?
„Warum lachen Sie?", fragte Herr Jakobson endlich, der kaum etwas von dem verstanden hatte, was Herta in den letzten zehn Minuten gesagt hatte. Die Stagnation des Gespräches hatte inzwischen die Grenze der Erträglichkeit bereits überschritten. Hertas Gesicht war in seiner Verzerrung eine Mischung aus Verzweiflung und Verwirrung. Sie hob ihren Kopf und blickte zum Kometen empor. Mit geschlossenen Augen

brummelte sie etwas vor sich hin. Es war eine Bitte, die sie an den Himmelskörper richtete. Seit Menschengedenken wiesen diese fliegenden Brocken den Erdenbewohnern den einzuschlagenden Weg. Warum sollte gerade er sie im Stich lassen? Sie bat, und tatsächlich wurde ihr gegeben.
„Herr Jakobson!", eröffnete sie mit wiedergewonnener Selbstsicherheit. Sie näherte sich ihm bis auf einen Schritt. Der Wissenschaftler taumelte leicht nach hinten.
„Erlauben Sie mir", fuhr sie fort. Sie legte ihre beiden Handflächen auf seine Brust, knapp unterm Hals. „Hier!", stieß sie ergriffen hervor. „Visshuddha, das Hals-Chakra. Ich bitte Sie! Erlauben Sie mir, diesen Knoten zu öffnen. Die angestaute Energie kommt nicht frei. Das ist das Zentrum unserer rationalen Tätigkeiten. Spüren Sie es auch? Spüren Sie, wie sich diese Kräfte auf meine Hände entladen?"
Sein Gesicht hatte sich schlagartig verändert. Mit zusammengepressten Lippen und aufgerissenen Augen umklammerte er sein Sektglas, als ob sein Leben davon abhinge.
„Bhmh ...", brabbelte er unverständlich. Doch Herta Karz war eine höhere Einsicht zuteil geworden. Wie ein Jagdhund, der seine Beute gewittert hat, tastete sie aufgeregt an seinem Brustkorb herum, um energetische Verstopfungen aufzuspüren.
„Auch im Herz-Chakra, spüren Sie? Sagen Sie mir bitte, ob Sie auch diese Wärme wahrnehmen", fragte die Heilerin inbrünstig, nachdem sie ihre Hände unter seine Brust gelegte hatte. Mit veränderter Miene, man konnte es im weitesten Sinne als ein Lächeln verstehen, nickte er eifrig. Doch wollte sie ihren Sieg durch einen weiteren übertrumpfen und beschloss, sein Nabel-Chakra zu bemühen. In den Sternenhimmel schauend, als ob sie der Führung des Kometen blind vertrauen würde, schob sie ihre Hände einen Stock tiefer, direkt unterhalb seines Nabels.
„Das ist Manipura, das Nabel-Chakra. Spüren Sie?", fragte Herta. Im vollsten Sinne der Bedeutung kann von Herrn

Heinrich Jakobson, der seit Jahren nur mehr durch Fernrohre und Teleskope hindurch fühlte, behauptet werden, dass er spürte. Wo nun alle drei Wasserhähne aufgedreht waren, schoss sein Kundalini von ganz unten, genauer, beim Wurzel-Chakra ansetzend, in die Höhe und riss mit dem Druck einige seiner Glieder mit nach oben.

So viel zum Nirvana.

Auch der übrige Kreis der Zuhörer sah in dieser Annäherung durchaus einen einvernehmlichen Abschluss des längst verstockten Gespräches. Herta Karz erinnerte nach Abschluss der kurzen Behandlung wohlweislich, dass es mit einem Mal nicht erledigt sei. Sie lud ihn ein, sich am nächsten Abend in die Massageabteilung des Wellnessbereiches zu begeben, um ein für alle Mal die rationalen Verkrustungen seiner seelischen Rohrleitung zu beheben. Heinrich lächelte zufrieden und versprach, ihrem Angebot nachzukommen.

Die ungarische Band hatte inzwischen einige Evergreens intoniert, wodurch sie die Leute erfolgreich zum Tanz ermutigt hatte. Man winkte Kellner herbei, wünschte sich das und jenes, trank, aß, lachte und schwelgte in jovialer Geselligkeit. Auch Heinrich Jakobson schien sich zu bestens unterhalten. Er befand sich in einem Kreis von gleichaltriger Frauen, trank Sekt, lachte ab und zu und knabberte emsig an kleinen Garnelenbrötchen.

Peter und Sara überließen es Hans, sich um die letzten Feiernden zu kümmern, sodass das Hotelierehepaar ausnahmsweise gemeinsam zu Bett ging. Normalerweise zog sich Hans etwas früher zurück, doch da er ganz vertieft in einem Gespräch mit zwei finnischen Hockeyspielern war, bat ihn Peter, ob er an seiner Statt bis zum Schluss der Feier bleiben könne. Hans stimmte bereitwillig zu.

Ab und zu tauschte sich das Ehepaar im Turnus ab, wenn es darum ging, bis spät wach zu bleiben, doch trug es sich üblicherweise so zu, dass Sara abends früher zu Bett ging und

morgens als Erste aufstand. Peter blieb indessen manchmal bis spät in die Nacht bei den Gästen.
An den wenigen Abenden, an denen sie sich zur selben Zeit zur Ruhe legten, hatten sie allerlei Gesprächsstoff. Auf Grund ihrer ziemlich verschiedenen Arbeitszeiten, wusste der eine von der Tätigkeit und den Erlebnissen des anderen erstaunlich wenig. Dass Peter um ein Vielfaches redseliger war als Sara, war allgemein bekannt und störte keinen der beiden. Er war auch derjenige, der den Überblick über die Finanzen hatte. Sara wusste darüber nur insofern Bescheid, als er ihr davon berichtete. Von außen betrachtet, gaben ihre Diskussionen folglich ein Bild her, als ob einer der Referent wäre, und des anderen Aufgabe schlicht darin bestünde, Kritikpunkte und Schwachstellen des Vortrags offen zu legen. Was die innere Spannung ihres Austausches allerdings ausmachte, war die Tatsache, dass Saras Einwände stets gediegen und scharfsinnig waren. Zumeist waren es gar keine Einwände, sondern Lösungsvorschläge für irgendwelche Komplikationen, die allgegenwärtig waren und insgesamt den Mörtel bildeten, der das gesamte Universum der Hotellerie zusammenzuhalten schien.
Sara rückte ganz nahe an Peter heran und strich mit ihrer warmen Hand über seine Wange. Den Kopf legte sie seitlich auf seine Brust und hörte auf seinen Herzschlag. Dabei versuchte sie, aus diesem organischen Morsealphabet Einsicht in seine seelischen Regungen zu gewinnen. Wenn sie sich abends nicht über irgendein Thema unterhielten, schmökerte Peter zumeist noch in irgendwelchen Zeitschriften, suchte Nachrichten im Fernseher oder sah gedankenschwer beim Fenster hinaus. Letzteres war heute der Fall. Er lugte auf die dunkle Silhouette der Berge, als ob er etwas entdeckt hätte. Es war derselbe Ausblick, den er auch im früheren Gasthaus von seinem Zimmer aus hatte.
„Peter?“, fragte sie behutsam, als ob sie ihn gerade aus dem Schlaf reißen würde.

„Ja, mein Engel, sag mir …"
Doch Sara schwieg, als ob er an der Reihe gewesen wäre, etwas zu sagen. Peter lag an der Seite des Fensters, Sara an der des Eingangs. Das Zimmer war, wie ihre gesamte Wohnung, ziemlich geräumig. Sara hatte es selbst eingerichtet. Obwohl sich mehrere Freunde von Peter, die als Designer arbeiteten, angeboten hatten, das Interieur ihrer Wohnung zu entwerfen, hatte Sara das Angebot von Beginn an zwar höflich, doch dezidiert abgelehnt. In ihrer Wohnung hatte sie das Sagen.
Sie ließ zwei Suiten zu einer einzigen Wohnung verbinden. Darin war sogar ein Gästetrakt samt einer kleinen Küche, einem Bad und einem eigenen Balkon enthalten. Besonders Saras Freunden, die von weit her anreisten, wurde damit nicht das entfremdende Gefühl zuteil, gleich wie irgendein anderer Gast schlichtweg in ein Zimmer abserviert zu werden. Auch das war ihr Einfall gewesen, und Peter war davon sofort begeistert gewesen. Das große Schiebefenster war einen Spalt weit geöffnet und eine kühle Sommerbrise schlich sich ins Zimmer herein. Dahinter zeichneten sich die dunklen Berge unter dem wolkenlosen Sternenhimmel ab.
Aus der Ferne hörte man ein vorbeifahrendes Auto.
Ansonsten war es still.
„Wo bist du gerade?", fragte sie ihn sanft.
„Ich fragte mich gerade, ob Juan und die anderen es schaffen, bis morgen früh die Terrasse sauber zu bekommen. Du weißt ja, dass Frau Fleischmann uns gebeten hat, ob sie morgen ein Geburtstagsfrühstück für ihre Tochter, wie heißt sie …?"
„Betty."
„Genau, Betty. Ein hübsches Kind, nicht wahr? Nun, ist ja alles nicht so tragisch, aber vielleicht sollte ihnen jemand unter die Arme greifen, ansonsten wird es etwas knapp, nicht?"
Sara schwieg und sah ihm in die Augen. Peter seufzte und kniff die Lippen zusammen. Er schüttelte den Kopf und lächelte anschließend.

„Ja, ich weiß. Wir sollten mal etwas Zeit finden, um über was anderes zu sprechen. Andererseits weiß ich nicht, wer sich um diese Dinge kümmert, wenn ich es nicht tue."
„Hans", warf Sara unvermittelt ein, als ob die Antwort absolut augenfällig wäre.
Peter seufzte erneut und ließ sein Haupt hin- und herpendeln, den Wellengang des Alltags nachahmend, der ihren Vorschlag ins Wanken bringen sollte. Dann drückte er ihr einen langen Kuss auf den Mund. Seine rechte Hand packte sie dabei kräftig an der Hüfte und zog sie zu sich heran. Mit langsamen und wogenden Bewegungen schmiegte sich sein Becken zwischen ihre Schenkel. Er lag nun auf ihr. Beide schliefen sie nackt, das war von Anfang an so gewesen. Sie spürte sein hartes Glied. Sein Atem liebkoste sie hinter ihrem linken Ohr und strömte in ihr Haar über.
„Ich will jetzt aber nicht", unterbrach sie plötzlich seine Mühen.
Er sprang von ihr ab und warf sich auf den Rücken. Dann zuckte er mit den Achseln.
„Gar nicht so leicht, zu erraten, was ihr Frauen so von einem erwartet", sagte er schnaubend, doch ohne Bosheit. Er stupste mit seinem Zeigefinger ihre Nase, entschuldigte hiermit das, was nach seinem Dafürhalten spitzbübische Winkelzüge ihrer Laune waren, und sprang vom Bett auf. Dann huschte er zum Fenstersims, nahm Zigaretten und Feuerzeug und betätigte den Schalter an der Wand, um die Schiebetüre zu öffnen. Er trippelte auf den Balkon hinaus und steckte sich eine Zigarette an.
Die Kühle der Sommernacht.

Segment II.2

Im Schlund des Drachens

Du sollst nicht morden, du sollst nicht Ehe brechen.

Dtn 5,17–18

Das Restaurant mit Showküche in der vierten Etage erfreute sich allabendlich nicht nur des regen Zuspruchs der Hausgäste, sondern auch gutgestellter Einheimischer und anderer Touristen. Insgesamt hielten sich hier mehr Leute als im Grill-Restaurant im Parterre auf. Keines der beiden Restaurants war ausschließlich für Hausgäste bestimmt. Überdies aßen hier alle à la carte. Finanziell gesehen ein kluger Einfall.

Mehrere Computerterminals ermöglichten den Kellnern, von verschiedenen Orten im Hotel aus direkte Bestellungen an die Küchen zu schicken. Nach dem Leitmotiv *gewisse Dinge ändern sich nie* wurden allerdings die Bestellungen an den Tischen stets mit Kugelschreiber und Notizblock aufgenommen. Jung und Alt verfolgten amüsiert das rege Treiben der acht Köche im Restaurant des vierten Stockes. Allesamt mit purpurfarbenen Kochmützen bedeckt, sahen sie stets nach unten, auf Pfannen, Schneidbretter und Töpfe. Nur der Chefkoch, der die übliche weiße Mitra trug, blickte mit dem unruhigen Auge eines Feldherrn in die Ferne und hielt nach Kellnern Ausschau.

Leuchtturmblick.

Die Wände der Küche waren von Glasmosaikfliesen bedeckt, die in etwa dieselben Farbtöne hatten wie die Mützen der Köche, nur etwas abgeschwächter. In der Mitte stand eine lange Kochinsel. Alle Anrichten, Arbeitsplätze und Schränke bestanden aus poliertem Edelstahl. Die Oberflächen waren mit massiven, beigen Natursteinplatten bedeckt. Nur am Arbeitstisch

des Chefkochs leuchtete eine weiße Carraramarmorplatte, auf der ein noch weißeres, längliches Leinentuch ausgebreitet war. Am Ende der Marmorplatte lag ein kleines Messingglöckchen, dessen Klingeln den Kellnern mitteilte, dass das Gericht bereit auf dem Pass stand. Hier wurde jeder Teller von seinen fachkundigen Augen ein allerletztes Mal untersucht, bevor er in den Speisesaal gelangte. Einen Meter über den Anrichten hingen Halogenstrahler, damit die Speisen auch während des Prozesses ihrer Zubereitung von den Gästen betrachtet werden konnten. Nach der Devise *größtmögliche Durchsichtigkeit* bestanden sogar die Türen der Kühlschränke aus gehärtetem Glas und anstelle von Plastikschüsseln verwendete man schöne Schalen und ziselierte Vorratsgläser.
Große Glasscheiben waren über einer Eichenholztheke in einer langen, großzügigen Kurve aneinandergereiht und bildeten die Trennwand zwischen Speisesaal und Küche. Weder Gerüche noch Geräusche drangen von einem Bereich in den anderen. Das Küchenpersonal erschien vom Speisesaal aus betrachtet betriebsam und still wie Ameisen an der Arbeit. Der Großteil der Kocherei wurde allerdings nicht hier verrichtet, sondern anderswo. Die eigentliche Küche befand sich in einem dahinter liegenden Raum und war für die Gäste nicht sichtbar. Dorthin verschwand auch das gebrauchte Küchengeschirr samt den vielen Pfannen, die zur allgemeinen Belustigung den Omeletten und anderen Gerichten als Trampolin zu kulinarischer Luftakrobatik verhalfen.
Im hinteren Küchenbereich hausten auch die dunkelsten Wesen, die sich im gesamten Gebäude aufhielten: die sechs Geschirrspüler aus Senegal. Langgliedrig und gleichmäßig schaufelten sie alles, vom kleinsten Besteck bis zu den voluminösen Stahltöpfen, in Geschirrspülen und Waschbecken. Dampfende Tümpel schwarzer Rieseninsekten.
Ab und zu hießen sie die Ableger des Geschirrs, ihr Mitgebringe in einer bestimmten Reihenfolge abzustellen. Ansonsten

ließen sie selten etwas verlauten. Nur den gebührenden Gruß beim Verlassen und Eintreten in die Küche. Was sie unter sich sprachen, interessierte niemanden. Außerdem wurde es kaum von jemandem verstanden und überdies noch vom Gepolter der Spülmaschinen übertönt.

Der Unterschied zwischen den zwei Arbeitsbereichen war auf allen Ebenen beträchtlich: Im hinteren Bereich wurde geflucht, gelacht, teils gesoffen und geraucht, im anderen war der gesamte Stab einer strengen Disziplin unterworfen. In der Tat war es keineswegs eines jeden Wunsch, in der Showküche zu arbeiten. Der ausschlaggebende Grund war schließlich das erhöhte Gehalt.

Leicht nach vorne abgewinkelt, den Kopf geschrägt und nach unten blickend – Mater Dolorosa – stierte der chinesische Koch auf das Ei, das er zwischen seinen ausgestreckten Mittel-, Zeigefinger und Daumen eingeklemmt hielt. Mit der anderen Hand langte er nach einem kleinen Messer, dessen Klinge nach innen gekrümmt war und den Schnitt seiner Augen wiedergab. Den Blick stets auf das Ei.

Mit chirurgischer Akribie bohrte er die Spitze der Messerklinge ins ovale Rund. Hinter ihm erteilte der Chefkoch indessen gebieterisch Befehle, so wie „Paillard ab!", oder „Medaillons raus!"

Links von ihm zischelten einige Pfannen um die Wette. Rechts zwei gestresste Beilagenköche mit Ballerinalächeln. Vor ihm, seine Zukunft in Form eines grauen Stapels Eierkartone, der ihn knapp an Höhe überragte. Messer in der Hand, begann er mit unerträglicher Langsamkeit eine sägende Kreisbewegung auszuführen, mit der er das Ei enthauptete. Nachdem er es gekappt hatte, trennte er den Dotter vom Eiweiß. Was ihn am meisten interessierte, war allerdings das einknochige Skelett, das er mit größter Sorgfalt auf ein breites Tablett legte, wo allmählich ein Eierschalenfriedhof entstand. „Flambiertes Dotternest auf Ananascarpaccio", hätten etwas später die Kellner

an den Tischen verkündigt. Oder, um es mit des Chefkochs Worten zu sagen: „Eier raus!"
Das Restaurant war, dem Gesamtkonzept des Hotels folgend, nach einem unmilitanten Minimalismus eingerichtet. Klare Linien, wenige und deutliche Elemente, nackte Tische und Stühle; Vertäfelung und Mobiliar bestanden aus warmem, karamellfarbenem Nussholz. Oberhalb der Tische hing jeweils eine zylindrische Röhrenlampe aus mattiertem Acryl, die wie eine makellose, freischwebende Lichtsäule wirkte.
Designerstolz.
Familie Fleischmann aus Chicago, die seit Jahren im Hotel ihren Urlaub verbrachte, saß auf Wunsch der sechsjährigen Betty wie gewöhnlich nahe an der Theke. Vater, Mutter und Tochter hatten allesamt asiatische Gerichte bestellt: gebratener Red Snapper mit Ingwersauce, Fischfilet mit grüner Currysauce und gebratenem Gemüse, Papayasalat und, um die Neugierde des Kindes zu befriedigen, eine Bananen-Chili-Suppe.
Der Chinese wurde mithin von seinen Eiern erlöst und begann, die nämlichen Speisen zuzubereiten. Interessiert sah ihm Familie Fleischmann beim Kochen zu. Besonders Betty. Bereits seit einer Woche waren sie im Hotel und logierten in einer der neuen Suiten, die unlängst eingerichtet worden waren.
Insgesamt war die Zahl der Luxuszimmer um ein Drittel erhöht worden.
Trotz der Zweifel, die Peter am Anfang hegte, waren gerade die teuersten Zimmer sowohl im Sommer als auch im Winter durchwegs ausgebucht. Sie wurden besonders von Briten und Nordamerikanern bezogen. Nicht nur die Anzahl, sondern auch die Qualität der Ausstattung der Suiten wurde erhöht. Beelers hochfahrendes Projekt der Intelligent-rooms war bereits seit einer Saison in Betrieb gegangen. Der Gast hatte die Möglichkeit, entweder an der Rezeption oder im Zimmer

selbst auf einem Touchscreen seine Wünsche zum Ausdruck zu bringen. Der Computer speicherte sie ab und beim Betreten des Zimmers gingen Musik, Licht, Klimaanlage u. a. von selbst an. Nur die Schlösser der Zimmertüren wurden noch mechanisch, durch einen Schlüssel mit einem abgegriffenen Holzanhänger betätigt. Auch das der Romantik wegen, wie Hans meinte. Der Gast sollte das Gefühl haben, in ein Schloss einzutreten. Peter schaltete sich in Sachen Inneneinrichtung und Ästhetik im Hotel immer seltener ein, wenn Hans etwas verfügte. „Ein gut funktionierendes Team", beteuerte Sara des Öfteren. Peter hatte in Hans jemanden gefunden, dem er in jeder Hinsicht vertrauen konnte, was für ihn inzwischen längst keine Selbstverständlichkeit mehr war. Besonders seit Sara die Funktion der Personalleitung erfüllte, bekam er seine Belegschaft immer seltener zu Gesicht, und es wurde allerlei über ihn gemunkelt. Nur mit größter Vorsicht äußerte er sich seinen Bediensteten gegenüber hinsichtlich persönlicher Dinge. Selbst Juan, der von Anfang an, also seit der Zeit, als er noch der Wirt im Gasthaus war, in seinen Diensten gestanden war und mit dem er gerne kurzweilig über Gäste und Betrieb geplaudert hatte, konnte er sich nicht mehr so frank anvertrauen wie früher. Seit dieser den Posten als Abteilungsleiter der Hausmeister, den Peter ihm angeboten hatte, zurückgewiesen hatte, hatte sich eine weitere Hürde in die Kommunikation der beiden eingeschoben. Peter hatte gehofft, durch diese Beförderung weiterhin mit seinem Freund und treuen Bediensteten auf derselben Ebene einen Austausch zu finden, wie es auch bisher gewesen war. Mit einem Abteilungsleiter müssen schließlich gewisse Dinge besprochen werden, dagegen konnte niemand was einwenden. Doch mit Juans ablehnender Entscheidung hatte er nicht gerechnet.
Das Mädchen wurde von ihrer Mutter aufgefordert, die Bananensuppe aufzuessen, oder besser, sie zumindest zu kosten und den riesigen Porzellanlöffel endlich aus ihrem Mund zu

nehmen. Langsam manövrierte Betty den Rumpf des Löffels vom fleischigen Hafen hinaus, schenkte Mama aber keine weitere Beachtung. Ihr Blick war fest auf den asiatischen Koch gerichtet, der inzwischen alle Hände voll zu tun hatte, um weiteren Bestellungen nachzukommen.

Allabendlich schaute sie ihm andächtig bei seiner Tätigkeit zu. Die Eltern empfanden es als eine Erleichterung, dass das ansonsten so rührige Kind sich ruhig verhielt.

Wang, so der Name des Kochs, hatte derweilen eine rote Paprikaschote in der Zange. In der üblichen, nach vorne abgewinkelten Haltung begann er dem Stück Gemüse langsam die Haut abzuziehen. Dabei ließ er es niemals aus den Augen. Säbelförmige Folterknechtaugen.

Ohne sich zu rühren, hob er plötzlich seinen Blick und sah zu Betty auf. Sie winkte ausgiebig. Dann kniff er seine Augen zusammen, was durchaus als Vorbote eines Lächelns verstanden werden konnte. Als er sie so weit zusammengekniffen hatte, dass sie nur mehr zwei durchhängende Fäden waren, kam das erwartete Lächeln, das eigentlich nur ein Schmunzeln war. Dabei nickte er weich. Er öffnete wieder die Augen und begann mit der kleinen Vorführung.

Lasch lag die rote Paprikaschote auf dem massiven Hackholz ausgestreckt. Wang nahm das breite Küchenmesser zur Hand. Mit der anderen Hand rückte er das Gemüse in die erwünschte Position und hob darüber die funkelnde Klinge. Dann ein letzter Blick in Bettys Gesicht. Diese starrte ihn mit offenem Mund an, bis ihr schließlich ein Lächeln den Mund in die Breite zog. Cäsarisch schimmerten ihre Augen und mit jener Unbarmherzigkeit, die nur Kinder zustande bringen, nickte sie erwartungsvoll. Es war das Zeichen. Tod der Paprikaschote. Blitzschnell ratterte das Messer übers Gemüse, das in gleichmäßige Streifen zerfiel. Mit einem sicheren Griff drehte er die Paprika um neunzig Grad und hackte sie nochmals durch. Die roten Würfel, die daraus entstanden, leerte er in eine Pfanne, die auf dem Herd nebenan stand. Schon flog das Gemüse mit wogender Bewegung in die Höhe. Betty war entzückt. Auch ihre Eltern grinsten zufrieden beim Anblick des begeisterten Kindes.

Ein beleibter Kellner schickte sich indessen an, den Tisch abzuräumen. Mit einem Silberschäufelchen strich er zunächst da und dort über den Tisch, um die Brosamen aufzulesen, die er dann in das zum Schäufelchen gehörende Tellerchen fallen ließ. Nachdem er die großen Teller auf seiner Linken aufgetürmt hatte, blickte er schräg zu Betty hinunter und entfernte nach einer unterwürfigen Bitte um Erlaubnis die unberührte Suppe. Dann erkundigte er sich nach weiteren Wünschen der Gäste und schlug dabei einen thailändischen, süßen Klebreis mit Mango als Dessert vor. Umsonst.

„Ma-chi-a-tou", wuchtete Herr Fleischmann die italienischen Silben über die Lippen, was der freundliche Kellner als einen Espresso mit wenig Milch entzifferte. Herr Fleischmann nickte erschöpft.

Bettys Mutter rang derweilen nach ihrer Aufmerksamkeit. Sie wollte wissen, ob die Kleine einen Nachtisch wünsche.

„What about an icecream, darling?"

Keine Antwort; das Kind lag ganz im Banne des orientalischen Zaubers und sein Blick war unbeirrt auf den Koch gerichtet. Die Mutter ließ schließlich von ihrem Versuch ab, setzte ein Sekundenlächeln auf und verschickte den eunuchenartigen Bediensteten. Wang jonglierte inzwischen immer wieder neue Zutaten in die Pfanne. Er hatte gerade zwei kleine Tomaten in der Hand. Geschmeidig ließ er sie darin kreisen, ohne dass sie sich dabei berührten. Plötzlich schleuderte er eine davon in die Luft, ergriff flink das Messer und die Tomate fiel auf die waagrecht gehaltene Klinge, mit der er ihre Landung abfederte.

Bettys Augen zwinkerten Beifall.

Nun begann er mit einer Gabel auf zwei unterschiedlich großen Glasschalen herumzuklimpern. Zwischendurch schlug er

mit dem Besteck auf den Deckel eines riesigen Kupferkessels. Er nahm auch einen Löffel zur Hand und fand weitere Behälter, die ihm als Trommeln dienten: Flaschen, Gläser, Pfannen, die Friteuse und andere Maschinen. Er beschleunigte die Bewegungen so sehr, dass Bettys staunendes Haupt wie der Pendel einer Uhr zwischen Topf und Pfanne hin- und herschwenkte. Trotzdem hörte sie keinen einzigen Ton dieses kulinarischen Schlagzeugsolos. Doch was ihr die Sinne verwehrten, machte sie durch kindliche Vorstellung wett.
Kurz darauf stampfte der Kellner mit knallenden Schritten um die Ecke. Ganz in Schwarz gekleidet, kahlköpfig und geradeaus schauend trug er seinen mächtigen Wanst vor sich her. Eine Sonnenfinsternis, wenn vor den verzweifelten Knöpfen seiner Weste nicht die kleine, weiße Kaffeetasse aufgeleuchtet hätte.
Einziger Stern in der Nacht.
Behutsam hielt er die mickrige Schale mit seiner rechten Hand umschlossen, die so groß war wie eine Schaufel, und trampelte damit selbstbewusst durch den Saal.
Hundertundzwanzig Liter Luftverdrängung für zwanzig Zentiliter Kaffee.
Mit einer wichtigen Bewegung stellte er den Macchiato auf den Tisch. Den anderen Arm streckte er schräg nach hinten. Betty zuckte irritiert auf ihrem Stuhl hin und her, da ihr der Riese die Sicht versperrte. Dieser wurde aber sogleich von Frau Fleischmanns unmissverständlichem *wir wollen nichts mehr bestellen*-Lächeln entlassen. Die Show ging also weiter.
Wang schwang noch einige Male die große Pfanne und leerte schließlich die Speise in einen großen, flachen Teller. Bunt und kantig wie ein kleiner Spielzeughaufen türmte sich das angebratene Gemüse in die Höhe. Danach begann er seinen Arbeitsplatz sauber zu machen. Die anderen Köche verließen inzwischen einer nach dem anderen gemächlich den Arbeitsraum. Die Lichter wurden ausgemacht, nur mehr die Ein-

baustrahler, die sich oberhalb der halbkreisförmigen Theke befanden, leuchteten schwach die Küche aus, sodass Geschirr und Maschinen nur mehr als Schattenrisse erkennbar waren. Nun hatten alle Bediensteten den Raum verlassen. Außer Wang. Selbst das steil von oben herabfallende Licht der Strahler vermochte nicht einen einzigen wirklich dunklen Schatten in sein flaches Gesicht zu werfen. Die Mimik des Chinesen war auf einige wenige Elemente reduziert, was allerdings seine Ausdruckskraft nicht verringerte, sondern ihre elementare Deutlichkeit zum Vorschein brachte. Gleich einer Comicfigur.

Wangs Mitarbeiter vermuteten stets, dass sich das wahre Befinden des Chinesen hinter dieser Maske verberge, und sie deuteten seine nur scheinbar einfache Mimik mal so, mal anders. Nicht so bei Betty. Diese erwiderte Lächeln mit Lächeln, Ernst mit Ernst und Gruß mit Gruß.

Im Speisesaal hielten sich nur mehr vereinzelt an einigen Tischen Gäste auf. Ein automatischer Dimmer hatte die Beleuchtung gedämpft und den ganzen Raum in ein zartes Halbdunkel getaucht. Das Holz der Theke wurde von den nach oben gerichteten Wandflutern, die unscheinbar im Boden versenkt waren, elegant belichtet. Der Klavierspieler gewann seinen Tasten noch ein letztes, etwas dösiges Stück von Mozart ab.

Es war genau der Augenblick, als sich Herr und Frau Fleischmann anschickten, sich vom Tisch zu erheben, als drei schattige Gestalten am Eingang der Küche erschienen. Niemand hatte sie bemerkt. Auch Wang nicht, der sich gebückt hatte, um die letzten Küchengeräte in einer Schublade verschwinden zu lassen.

Nur Bettys starrer Blick war auf sie gerichtet.

Alle drei waren sie nur als Silhouetten erkennbar und standen einfach da und bewegten sich nicht. Den breiten Schultern zufolge mussten es Männer sein. Die Figur an der linken

Seite war die kleinste von allen, die in der Mitte war etwas größer und die rechte überragte die beiden um mehr als einen Kopf. Dem Kind wurde bang zumute. Warum rührten sich diese Herren nicht? Der Musiker schlug die letzten Töne des Stückes an. Herr und Frau Fleischmann standen schon vor dem Tisch.
„Lets go, darling“, sagte Bettys Mutter.
Diese rührte sich nicht. Sie sah, wie die drei Gestalten jeweils ein großes Messer aus einem Holzwürfel auf einer Anrichte herauszogen, in den sie schräg eingeschoben waren. Bettys Augen weiteten sich.
„Betty!“, hieß es nun etwas lauter.
Plötzlich erhob sich Wang. Er lächelte die Kleine ein letztes Mal an und machte sich auf, die Küche zu verlassen. Sie saß wie versteinert auf ihrem Stuhl.
Ihre weit aufgerissenen Augen.
Zwischen Kind und Koch die Glaswand. Nun verfinsterte sich auch Wangs Ausdruck. Er kniff die Augen zusammen und lugte durchdringend in ihr Gesicht. Eine Visage des Schreckens, kein Kindergesicht. Im Spiegelbild ihrer großen Pupillen erkannte er, dass er nicht alleine in der Küche war. Wang witterte die Gefahr. Mit einer nachlässigen Bewegung öffnete er eine Schublade, die sich auf Beckenhöhe befand. Den Blick stets auf das Kind gerichtet, zog er ein Messer mit breiter Klinge heraus, derart, dass man von hinten nicht erkennen konnte, was er tat.
Langsam wandte er sich von ihr ab, ein letztes Zwinkern und schon war er nur mehr von hinten zu sehen. Er trat einen Schritt nach vorne und tauchte somit ins zwielichtige Halbdunkel der Küche ein. Nun zählte auch er zu den Schattengestalten. Vor ihm, von rechts nach links abfallend, formten die drei eine bedrohliche Orgel.
Er erkannte sofort, um wen es sich dabei handelte. Es waren Fatosh und seine beiden Freunde, mit denen er das Zim-

mer teilte. Fatosh stand in der Mitte. Er war zweifelsohne der Grund dieses Auftrittes. Albaner, einunddreißig Jahre alt und arbeitete seit zwei Jahren in diesem Betrieb.
Wangs Finger krochen langsam um den Knauf des Messers und umschlossen ihn fest. Er musterte die drei Gestalten von links nach rechts. Alle waren sie mit derselben Waffe ausgerüstet wie er. Dann richtete er erneut den Blick auf Fatosh. Er suchte seine Augen. Fatosh schleuderte mit einer plötzlichen Bewegung das Messer geradewegs auf Wang. Es traf ihn mitten ins Gesicht. Genauer, der hintere Teil der Klinge verkeilte sich zwischen den vorderen Schneidezähnen von Unter- und Oberkiefer, während deren Spitze seine Gurgel durchbohrte.
Wang Tsaiming Lü war neunundzwanzig Jahre und sechs Monate alt, als ihm dieses Missgeschick widerfuhr, das seinem Leben ein Ende bereitete. Als ältester Sohn einer fünfköpfigen Reisbauernfamilie im Nordosten Chinas wurde er vom Vater damit beauftragt, Geld ins Haus zu bringen. Zehn Jahre lang hatte er zuerst als Tellerwäscher und später irgendwann als Koch auf einem Kreuzfahrtschiff gearbeitet, um seiner Aufgabe nachzukommen. Einmal im Monat schickte er die Hälfte seines Gehaltes nach Hause. Seit drei Jahren war er wieder aufs Festland zurückgekehrt. Die Tatsache, dass er lange auf See gearbeitet hatte, brachte ihm bei seinen Mitarbeitern eine sonderbare Form von Achtung ein. Es ging die Rede, dass man ihn auf keinen Fall anbrüllen und auch nicht laut ansprechen sollte. Manche munkelten, dass er auf See einmal einen Matrosen erstochen und in die Tiefen des Indischen Ozeans gestürzt hätte. Hier an Land war er indessen ein gewöhnlicher Hilfskoch. Da er aber seine Pflichten penibel und sauber verrichtete, respektierte man im Allgemeinen seine Schrullen. Die Leute rückten stets nahe an ihn heran, wenn sie mit ihm sprachen. Jeder war bemüht, aus Scheu oder Achtung, seine Stimme dabei nicht allzu sehr zu erheben.

Doch nicht auf hoher See, sondern mitten im Alpenland hatte er das verwegenste Abenteuer seiner kecken neunundzwanzig Jahre unternommen. An diesem Tag hatte es ihm das Leben gekostet. Wie es sich seit Menschengedenken zuträgt, war es auch in diesem Falle eine Frau, die den Helden zur Strecke brachte. Luana, so ihr Name, stammte aus Albanien und arbeitete als Zimmermädchen im Hotel. Sie war ihrem Mann Fatosh gefolgt, nachdem dieser bereits ein Jahr hier verlebt hatte. Um sie drehte sich die ganze Geschichte.

Luana war voller Träume. Als Kind glaubte sie noch daran, doch alsbald wurde sie mit der misslichen Lage ihrer Familie und insgesamt ihres Landes konfrontiert. So verwandelte sich der Prinz ihrer Träume in einen Frosch – Fatosh – zurück. Sie hatte ihn aus finanzieller Notwendigkeit geheiratet. Er war ein resoluter, einigermaßen aufrichtiger Mann, an dessen Seite das Überleben wahrscheinlicher war, nicht zuletzt wegen seines beträchtlichen Brust- und Hodenumfangs, die ihn aus dem Rudel seiner Artgenossen hervorhoben.

Tatsächlich war es ihr dank Fatosh gelungen, ein Arbeitsvisum fürs Ausland zu erhalten. Seit einigen Monaten war sie also in der Waschküche des Hotels tätig.

Sie hatte von zu Hause eine Musikkassette von Laura Pausini mitgenommen, die nun ununterbrochen in ihrem Arbeitsraum zu hören war. Die übersüßen Töne verliehen ihren Vorstellungen etwas mehr Plastizität. Während sie sich über die großen, weißen Bettlaken ausstreckte und mit den Händen darüberstrich, damit sie möglichst faltenlos von den Rollen der Bügelmaschine verschlungen werden konnten, projizierte sie darauf ihre Tagträume.

So inszenierte sie in ihrer Phantasie Träume, die auch nur zu träumen sie sich sehnte; konnte dabei sogar erröten. Liebesgeschichten. Vergangene Geschicke von vorvergangenen Liebschaften, unerfüllten Begierden, verbotenen Leidenschaften, unmöglichen Liierungen, inzestuösen Kühnheiten, Begegnungen der Vergangenheit und Zukunft zugleich, die die Wirklichkeit scheuten wie Fledermäuse das Licht. Sie wäre gerne Modedesignerin geworden; Röcke für Ehebrecherinnen, Nonnenkutten und Sandalen für verliebte Geschwister. Wang hatte sie kennengelernt, als er wie gewöhnlich nach der Arbeit seine Kochweste in der Waschküche zur Reinigung abgelegt hatte. Ihre schwarzen Zöpfe samt dem zuckerigen Schmollmund hatten dem schweigsamen Asiaten einige Worte entlockt.

Luana war ziemlich klein von Wuchs und schaffte es nur unter größter Anstrengung, die gebügelten und gefalteten Laken auf die hochstehenden Regale zu hieven. Jedes Mal, wenn sie einen Stapel des gefalteten Stoffes an das ihm zustehende Regal hob, musste sie ihren Körper dermaßen durchstrecken, dass sie dabei einen bitteren Schmerzenslaut von sich gab. Sie wusste, dass nicht zuletzt ihre Arbeit davon abhing, ihretwegen hätte man nämlich die Regale gewiss nicht tiefer gestellt. Die anderen Frauen und Mädchen der Waschküche machten indessen keine Anstalten, ihr dabei behilflich sein zu wollen. Das Emporheben und Transportieren der Bettlaken war schließlich der anstrengendste Teil der Arbeit und es wäre kaum akzeptiert worden, dass sie, als neu Dazugekommene, diesen Teil der Arbeit von anderen hätte ausführen lassen. Dazu begleitete sie ständig die Angst, dass eines der weißen Stofftürmchen zu Boden fiel und sich dabei beschmutzte. In ihrer Verzweiflung trug sie sich insgeheim mit der Hoffnung, dass sie auf Grund des vielen Streckens ihres kleinen Körpers einige Zentimeter dazuwachsen werde.

Als Wang gewohnheitsmäßig nach der Arbeit die Waschküche betrat, um seine Kochmontur reinigen zu lassen, bemerkte er, wie die kleine Luana verzweifelt mit Längenmaß und Schwerkraft zankte. Eine Woche später brachte er ihr chinesische Damenschuhe vorbei, die mit einem besonders hohen Absatz versehen waren und es ihr ermöglichen sollten, den weißen

Himmel zu erreichen, der sich einen halben Meter über ihrem Kopf ausbreitete. Die Schuhe passten wie angegossen auf ihre Füße und sie zwitscherte ihm das süßeste Lächeln zu, das ihr Zuckermund zustande brachte.
Danke.
Von nun an gönnten sie sich stets einige Minuten heiteres Geplauder, bevor er sich in sein Zimmer zurückzog und sie die Bettwäsche und die Arbeitskleider der Bediensteten weiterbügelte. In Gedanken blieben sie allerdings beieinander. Selbst wenn er nur vor der Waschküche in Eile vorbeihuschte, errötete sie mitten im ganzen Weiß der Bettlaken. Vor einigen Monaten trafen sie im dunklen Gang aufeinander, der von der Waschküche zum hinteren Ausgang des Hotels führte. Es war fast Mitternacht, sie hatte ihren Turnus beendet und zockelte gerade zu ihrem Zimmer; er war indessen seinen Körpersäften gefolgt. Ohne zu zögern zog er sie in den anliegenden Heizraum, hob den Rock ihrer Montur und tummelte sich darunter samt seinen gelben, pummeligen Gliedmaßen. Auch sie wurde seiner froh und konnte nicht mehr davon ablassen, sich allwöchentlich zusammen mit dem gelenken Asiaten der Kunst des Liebens hinzugeben. Der Ort war stets der Heizraum, zwischen dampfenden Rohren, Thermostaten und Barometern der Leidenschaft.
Bald hatten Luanas Mitarbeiterinnen ihre Gefühlsaufwallungen erkannt, wenn Wang sich in ihre Nähe begab. Der Hühnerstall verrichtete pflichtgemäß seinen Dienst und so war das Gegacker irgendwann auch ihrem Mann zu Ohren gekommen. Dieser entbrannte in balkanischer Leidenschaft, Rachsucht, talionische Gefühle albanischen Bauernfaustrechtes überkamen ihn. Er behielt sie stets im Auge, folgte ihr, wann es nur möglich war, bis er eines Nachts das zu sehen bekam, was er befürchtet hatte. Seitdem war es nur mehr eine Frage der Zeit und der Strategie, bis der Asiate sich zu seinen Ahnen gesellen sollte.

Das Messer traf ihn mit derartiger Wucht, dass es ihm den Kopf links nach hinten drehte. Ein langer, vom Speisesaal aus gesehen von links nach rechts schräg ansteigender Blutstrahl wurde durch die Drehung auf die Scheibe gespritzt. Das Blut rann sofort in vielen zittrigen Rinnsalen nach unten und hinterließ so gut wie keine Spur. Das war den besonderen Eigenschaften dieser Trennscheiben zu verdanken. Es handelte sich um ein monolithisches, thermisch vorgespanntes Sicherheitsglas, das sich auch bei Erhitzung nur wenig ausdehnt. Der Designer, der die Küche entworfen hatte, bestand auf größtmögliche Durchsichtigkeit dieses Arbeitsbereiches. Tatsächlich wurde lediglich für die Trennscheibe eine schwindelerregende Summe ausgegeben. Sie war auf beiden Seiten mit einer Easy-to-clean-Beschichtung versehen. Durch Anreicherung von perfluorierten Gruppen wurden hiermit die Benetzungseigenschaften des Glases verändert. Dadurch wurde eine wasser- und ölabweisende Eigenschaft erzielt, die die Haftkraft des Schmutzes deutlich reduzierte und ein Entfernen des Schmutzbelages vereinfachte. Das hatte zur Folge, dass keine aggressiven Reinigungsmittel und kein Scheuern mehr nötig waren. Gerade Letzteres in Kombination mit starken Putzmitteln verursachte nämlich nach einer bestimmten Zeit auf dem Glas eine milchige Beschichtung, die eine klare Durchsicht besonders auf Details erschwerte. So versicherten zumindest die Verkäufer der Scheibe. Trotzdem bereitete die angeblich arbeitseinsparende Scheibe den Bediensteten nicht wenig Mühe, da sie täglich und nach einer ganz bestimmten Vorgangsweise gesäubert werden musste. Hans selbst überprüfte akribisch die Durchsichtigkeit des besonderen Glasstückes. Es war wohl die einzige Scheibe, die er täglich musterte, ohne dabei sein eigenes Spiegelbild zu suchen. Um die Transparenz des Glases weiter zu erhöhen, hatte der französische Designer verfügt, dass es darüber hinaus noch mit einer dünnen Interferenzschicht versehen werden solle,

die bei senkrechtem Lichteinfall die Reflexion auf unter ein Prozent reduzierte. „Ein bemerkenswertes Resultat“, meinte er, „wenn man bedenkt, dass die Reflexion bei einem normalen Schaufenster bei zehn bis fünfzehn Prozent liegt.“ Das Isolierglas bot dazu noch Wärmeschutz, Einbruchschutz und Schallschutz. Die nebeneinander aufgestellten Scheiben waren außerdem nur durch eine kaum sichtbare Silikonschicht miteinander verbunden, damit der Blick in die Küche nicht von Pfosten oder Schienen behindert wurde.
Mit dem aufgesperrten Maul eines erlegten Karpfens sah er Betty direkt ins Gesicht, die genau vor ihm saß. Das Messer steckte tief in seiner Mundhöhle. Er röchelte, ächzte und keuchte Blut auf die Scheibe. Betty schrie mit einem diamantenen Gellen die Stille des Speisesaals entzwei. Kind und Koch starrten sich mit gleicher Visage an. Alles in ihren Gesichtern hatte sich geweitet und geöffnet.
Versteinerte Schreckensmasken.
Bettys Schrei war auf Grund der hermetischen Glasscheiben in der Küche nicht zu vernehmen, sodass Wang in den letzten Sekunden seines Lebens das stumme Kind mit offenem Mund vor sich sah. Genauso Betty, die das verzweifelte Gurgeln und Stöhnen des Koches nicht hörte. Wang schwieg in ihren Ohren; wie immer. Jeder blieb mit dem eigenen Schmerzensschrei zurück. Der schrille Ton des Mädchens hatte zwar die gläserne Hürde der Küche nicht überwunden, doch das Trommelfell der übrigen Gäste gerammt. Man verstand augenblicklich, dass es sich nicht um das übliche Gequengle eines Kindes handelte. Als die Leute den grässlichen Anblick gewahrten, brach eine plötzliche Panik aus. Das Messer im offenen Mund versenkt, aus dem der hölzerne Knauf herausragte, taumelte Wang im vollen Rampenlicht der Strahler vor dem dunklen Hintergrund der Küche.
„Oh my God!“, hieß es von mehreren Seiten in verzweifeltem Crescendo. Einige Gäste rannten sofort aus dem Saal hinaus.

Andere umarmten sich. Die meisten waren aber vom Anblick gefesselt und starrten weiterhin auf den Asiaten, bis dieser in sich zusammensackte und zuerst auf die Steinplatte der Anrichte fiel und schließlich zu Boden stürzte. Von den drei Männern war hingegen keiner mehr zu sehen. Herr Fleischmann bedeckte sofort Bettys Augen mit seiner großen, behaarten Hand und sagte ihr, sie solle sofort den Saal verlassen. Seine eigenen Augen wurden aber immer größer, und als des Kindes empfindsame Seele in Sicherheit gebracht war, eilte er zur Theke zurück, um sich die Szene genauer anzusehen. Es standen bereits mehrere Leute an der Stelle, sodass er sich hinten anstellen und auf seinen Turnus warten musste. Die meisten reckten sich auf Zehenspitzen empor, da Wang am Fuße des Küchenschrankes lag und nur von einer erhöhten Position aus gesehen werden konnte. Beide Hände auf die Scheibe geklebt, pressten sie ihre Gesichter darauf, um sich aus nächster Nähe das Grauen einzuverleiben. Empörte Fragen mit langgezogenen Vokalen untermalten das Geschehen. Niemand wusste darauf zu antworten. Selbst diejenigen, die vom furchtbaren Anblick förmlich aus dem Raum geschleudert worden waren, krochen nun zögernd zurück, um genauer zu überprüfen, was vor sich gegangen war. Man hatte sich inzwischen etwas beruhigt. Die Lichter wurden in der Küche angemacht und verwirrte Bedienstete strömten herein, mit der Absicht, die Gäste zu beruhigen. Diese ließen sich aber nur ungern stören und wollten sich nie und nimmer von der Scheibe entfernen. Ein junger Holländer filmte Wangs Leiche mit seiner Digitalkamera. Andere zückten ihre Handys und, um es mit ihren Worten zu sagen, „dokumentierten" das furchtbare Ereignis, indem sie einige Bilder davon schossen. Wer das Handy nicht als Fotoapparat benutzte, telefonierte mit Verwandten oder Freunden kopfschüttelnd und leicht verstört.

Betty saß alleine in ihrem Zimmer, da ihre Mutter wieder nach unten gegangen war, nachdem sie sie hier abgestellt

hatte. Sie sah durch den Fernseher hindurch, in den sie hineinzuschauen aufgefordert worden war.
Die Tränen in ihren Augen.
Polizei und Notärzte waren inzwischen an Ort und Stelle und versuchten, den Normalzustand wiederherzustellen. Für Wang kam allerdings jede Hilfe zu spät.
Mit denselben väterlichen Gebärden, mit denen Herr Fleischmann die kleine Betty ins Zimmer verschickt hatte, wurden nun die Erwachsenen von den Ordnungshütern aus dem Saal gewiesen. Es war kein leichtes Unterfangen. Es bestand ein allgemein geteiltes Bedürfnis, die Sicherheitskräfte, die bekanntlich immer als Letzte kommen, über das Geschehen aufzuklären. Jeder fühlte sich zum Zeugen berufen und bemüßigt, seine Geschichte zum Besten zu geben. Alle hatten sie allerdings dasselbe gesehen: den Koch mit dem Messer im Mund, weiter nichts; doch beschrieben sie es jeweils mit anderen Worten. Pflichtgemäß vertröstete sie die Polizei mit dem Verweis, dass Ermittlungen in die Wege geleitet werden. Erst als man die Leiche mit einem dunklen Stoff zudeckte und den Blicken der Schaulustigen entzog, wurde wieder ein einigermaßen normaler Zustand hergestellt. Auch Peter und Sara waren nun an Ort und Stelle. Sofort wurden sie von bekannten Stammgästen und ihren Erzählungen bedrängt. Endlich gelang es, den Raum zu evakuieren. Peter wurde von der Polizei angewiesen, am nächsten Morgen in deren Station zu erscheinen, um zu den Umständen des Vorfalles befragt zu werden.
Noch am selben Abend wurde Fatosh von der Polizei gefasst. Er fuhr mit seinem Auto gerade in Richtung Süden, als er von einer Streife aufgehalten wurde. Man hatte sofort alle Bediensteten aufgefordert, an der Rezeption zu erscheinen. Wer fehlte, wurde aufgesucht. Somit war es ein Leichtes gewesen, den Täter in Gewahrsam zu nehmen, da sein Auto bekannt war. Auch seine Frau Luana wurde noch in derselben Nacht

von der Polizei verhört. Da und dort tauchte aus ihrer Tränenflut ein schiffbrüchiges Wort auf. Es reichte, um zu verstehen, dass sie mit dem Chinesen ein Verhältnis hatte.
Fatosh Mehmeti gestand einen Monat später vor Gericht den Mord und wurde zu einer Gefängnisstrafe von fünfundzwanzig Jahren verurteilt.

Segment II.3

Beeler, die Zweite

Gott, der Herr, legte in Eden, im Osten, einen Garten an und setzte dorthin den Menschen, den er geformt hatte.

Gen 2,8

„Geld. Dieses leidige Geld. Kein Wort sprachen wir seit dieser Affäre mehr miteinander“, klagte Herr Braun, während ihm die Masseurin die letzten Halme abbürstete, die beim Heubad hängen geblieben waren, und wusste nicht, ob er dabei weinen oder wiehern sollte.

„Also, wenn ich Sie richtig verstehe, sind Sie der Meinung, dass das Geld die Beziehung zu Ihrer Schwester negativ beeinträchtigt hat“, antwortete die junge Masseurin ausführlich.

„Und ob, diese Drecksau hat sich mit ihrer Beute verkrümelt und tut jetzt so, als ob sie nichts davon wüsste! Sie verstehen mich ganz richtig!“, ereiferte sich der Gast auf allen vieren.

„Wenn ich Sie richtig verstehe, sind Sie über Ihre Schwester verärgert“, entgegnete das Mädchen ruhig und bürstete ungestört weiter. „Ich glaube eine Hot-Stone-Massage würde Sie etwas entspannen“, fuhr sie im selben Ton fort.

Diese etwas seltsam und betulich anmutende Sprechweise war die Frucht einer Fortbildung, die ein Teil des Personals besuchen musste. Psychologen einer renommierten amerikanischen Schule boten eine Kurzausbildung an, die sich über zwei Wochenenden erstreckte und *kompetentes Zuhören* zum Thema hatte. Die Kursteilnehmer lernten dabei das so genannte Spiegeln: das von der anderen Person Gesagte wurde vom Bediensteten einfach mit anderen Worten wiedergegeben und jeweils durch „wenn ich Sie richtig verstanden habe, dann ...“ eingeleitet. Dadurch sollte der Gast das Gefühl ha-

ben, dass er verstanden wurde. Nicht die gesamte Belegschaft wurde aufgefordert, an dieser Ausbildung teilzunehmen, sondern es betraf nur diejenigen, die direkten Kontakt zu den Gästen hatten.
Marktwirtschaftler des Tourismusverbandes der Region hatten eine Studie in die Wege geleitet, um zu untersuchen, was in Tourismusbetrieben höheren Niveaus von den Gästen erwartet wurde. Ihren Erkenntnissen zufolge sollte sich ein solcher Betrieb besonders durch die Qualität seiner Dienstleistungen hervorheben. Das Managementunternehmen *Legio* hatte Peter diesbezüglich einen umfassenden Plan vorgelegt. Ein Marktwirtschaftspsychologe derselben Firma war Ende der letzten Saison erschienen und hatte Peter, Hans und Sara mit seinen Vorschlägen vertraut gemacht. Es ging zunächst darum, die Anzahl der Belegschaft zu erhöhen. In jedem Raum, der von den Gästen betreten werden konnte, sollte sich zumindest ein Bediensteter befinden, um eventuelle Wünsche zu erfüllen oder zumindest weiterzuleiten. Ferner sollte die gesamte Belegschaft strikt in zwei Bereiche gegliedert werden: auf der einen Seite diejenigen, die unmittelbaren Kontakt zu den Gästen pflegten, und auf der anderen die niederen Bediensteten wie Tellerwäscher, Zimmermädchen u. a. Diesen wurde strengstens verboten, sich mit der Klientel zu unterhalten. Falls sie angesprochen wurden, mussten sie die Person schlichtweg an jemand anders weiterleiten. Obwohl Peter diesen Vorschlag anfangs hart und inhuman empfand, hatten ihn bestimmte Vorfälle dazu bewogen, ihn letztlich doch zu akzeptieren. Es wurde beispielsweise gemunkelt, dass Juan mit der Frau eines betagten französischen Parlamentariers verkehrt habe. Dieser hatte während einer Massage seinen diesbezüglichen Gram der Bediensteten der Massageabteilung kundgetan. Seitdem hatte sich das Ehepaar, das inzwischen als Stammgast angesehen wurde, nicht mehr blicken lassen. Der Wirtschaftsexperte meinte abschließend, dass laut psy-

chologischen Studien das Bedürfnis des westlichen Menschen, sich bezüglich der eigenen Sorgen mitzuteilen, in exponentiellem Wachstum begriffen sei.
Eine Marktlücke.
Besonders in Situationen, in denen sich Leute von ihren Kleidern trennten, traten auch verschiedenste seelische Blößen zutage.
Kosmetikerinnen und Masseurinnen des Hotels bestätigten einmütig, dass ihnen täglich beide Ohren mit Problemen vollgelabert wurden. Was anfangs nur eine Kuriosität war, nahm bald derartige Ausmaße an, dass es zu wirklichen Komplikationen bei der Ausübung der Dienstleistungen in der Wellnessabteilung kam. Man wusste nicht mehr, wie man damit umgehen sollte.
Der Vorschlag des Wirtschaftlers war der, einen Teil der Bediensteten diesbezüglich auszubilden. Die Methode der besagten amerikanischen psychologischen Schule schien dazu bestens geeignet. Sie erforderte zwar einiges an Konzentration, hatte sich aber offensichtlich in anderen Betrieben bestens bewährt. Außerdem sei es auch in dieser Hinsicht wichtig, Corporate Identity, eine einheitliche Linie auf jedem Sektor, zu bewahren.
Peter saß gerade in seinem Büro hinter der Rezeption und sah in einen der Bildschirme, die das Treiben im Hotel überwachten.
Acht Monitore waren seitlich aneinandergereiht. Jeder zeigte in Schwarz-Weiß einen anderen Teil des Hotels von erhöhter Perspektive. Verschiedene Bereiche, wie z. B. der Speisesaal, die Lobby, der Weinkeller und der Eingang, waren allesamt mit einer Videokamera versehen. Alle Bediensteten waren darüber informiert worden. Es solle auch zu ihrem eigenen Schutz sein, hatte Hans versucht, ihnen weiszumachen. Nach dem Vorfall mit dem chinesischen Koch und dem Albaner hatte Peter noch mehrmals mit dem Kommissar der Krimi-

nalpolizei gesprochen. Dieser hatte ihm Statistiken vorgelegt, die zusammen mit dem Zuwachs der Einwanderung von Ausländern eine proportional steigende Kriminalität aufzeigten. Besonders ein Betrieb mit vielen Gastarbeitern, wie es hier der Fall war, sollte sich gebührend schützen, meinte der Sicherheitsbeamte. Man hatte Peter also nahegelegt, das Hotel mit Überwachungskameras auszustatten. Sowohl der Eingang als auch die Hall waren bereits vor dem Mord mit jeweils einer für alle sichtbaren Videokamera versehen gewesen. Weitere sechs wurden also auf Anraten des Kommissars installiert, „zum Schutze aller", wie er es erklärte.

„Na, hast du alles unter Kontrolle?", überraschte ihn Sara, indem sie ihn von hinten umarmte und auf die Schläfe küsste. Er streichelte ihre Hand, drehte sich zu ihr um, schob den Mund nach oben und kniff die Lippen zusammen.

Betriebslächeln.

Dann wandte er sich wieder den Bildschirmen zu.

„Bei weitem nicht alles, doch immerhin besser als nichts. Weißt du noch, die Weinflaschen, die ab und zu verschwanden? Das hat aufgehört. Immerhin ein Fortschritt", sagte er halb abwesend, da er gerade damit beschäftigt war, eine Person zu identifizieren, die auf einem Monitor die Hotellobby überquerte.

„Ist das Frau Benway, die vom Zimmer hundertundelf?"

Eine Frau mittleren Alters erschien auf der Bildfläche. Sie begab sich zur Mitte der Hall, wo sich das kleine Rundgebäude befand. Ein langer Mantel mit schmalem Pelzkragen hüllte sie ein. In der Hand bewahrte sie einen kleinen, unerkennbaren Gegenstand, behutsam, als ob sie ihn den Blicken der Leute nebenan vorenthalten wollte.

Sara stand hinter Peter und ihr Zeigefinger flanierte an seinem Hals umher und versuchte, unterirdische Blutbahnen ausfindig zu machen. Als sie seine Halsschlagader spürte, ließ sie ihren Finger darauf auf und ab spazieren. Sie neigte sich nach vorne und küsste ihn an derselben Stelle. An ihren Lippen fühlte sie es pulsieren und strömen; wie damals, als sie im unterirdischen Gang des alten Gasthauses aufeinandergetroffen waren. Da Peter die Gefühle, die er für sie empfand, nur selten zum Ausdruck brachte und allgemein kaum ein Wort über ihre Beziehung verlor, hatte sie dieses Mittel gewählt, um seiner Seele auf die Schliche zu kommen. Auf diese Geräusche hatte sie doch von Anfang an vertraut, als sie sich entschlossen hatte, bei ihm zu bleiben. Es war noch viel Leben in ihm, das spürte sie. Und ein Teil davon war für sie bestimmt, um die Mühen und Freuden ihrer Beziehung mit dem erforderlichen Sauerstoff zu versorgen. Oder waren es lediglich ihre eigenen Blutbahnen, die sie pumpen und fließen spürte?

Die Frau auf dem Bildschirm schlenderte um den Tempietto, verschwand dahinter und tauchte kurz darauf wieder auf.

„Auf wen wird die wohl warten? Sie ist alleine angereist, nicht wahr?“, fragte Peter, von der Szene amüsiert. Sara antwortete nicht. Sie umarmte ihn und presste ihre Wange an die seine. Er reagierte nicht und starrte weiter in den Bildschirm.

„Nur einen Moment, Sara, bin sofort bei dir“, sagte er fast irritiert.

Doch auf diesen Moment hatte sie seit geraumer Zeit gewartet. Er schien manchmal greifbar nahe, aber wenn sie danach langte, entwischte er ihr und wurde auf etwas später vertagt, auf „sofort“, um es mit Peters Worten zu sagen.

Sara ließ von ihm ab und trat einige Schritte zurück. Sie begann die Papiere für den Aufenthalt einiger ausländischer Neuankömmlinge des Personals auf dem Schreibtisch zu ordnen, brach ihre Tätigkeit allerdings bald ab und gab die Zettel in eine Schublade, die sie dann zuknallte.

„Ist das wirklich deine Aufgabe? Hast du denn nichts Besseres zu tun? Was sich da auf dem Bildschirm abspielt, wird ja alles auf Computer abgespeichert!“, brauste Sara auf, ohne

dabei ihren Blick zu heben. Es war wahrlich eine Seltenheit, dass Sara ihre Stimme hob, und Peter schrak augenblicklich zurück.
Konfus versuchte sie auch die übrigen Zettel auf dem Tisch in Reih und Glied zu bringen. Umsonst. Tränen stiegen ihr in die Augen.
Kobaltblaue Augen voller Wärme.
Schließlich schwappten die isländischen Tümpel über.
„Sara“, sagte Peter gedehnt, während er verwundert aufstand. Unbeholfen rang er nach Worten. Es war schon lange her, als er Sara das letzte Mal weinen gesehen hatte. Eine Situation, in der selbst Peter, der immer ein Lösung bereit hatte, überfordert war.
„Sara“, wiederholte er, ohne weiterzuwissen.
„Was ist denn dabei, wenn ich mich zwei Minuten lang vergnüge? Sobald ich dieses Büro verlasse, warten zig Anfragen, Gäste, Bedienstete auf Antworten, Anleitungen oder sonst was auf mich. Ist das schlimm, wenn ich ... du verstehst das ja, nicht wahr? Du bist ja genauso beschäftigt wie ich und ...“
Er wusste nicht mehr weiter, bemerkte aber unverzüglich, dass er die Situation alles andere als verbessert hatte.
Sara hatte angefangen zu schluchzen. Peter wollte sich ihr näheren, doch sie wehrte ab, indem sie ihren rechten Arm hob und die Handfläche dezidiert gegen ihn richtete. Die andere Hand hielt sie vor ihren Mund, um dessen gramvolle Verzerrung zu verbergen. Dicke Tränen rollten ihr über die Wangen. Sie sprach kein Wort. Nur ab und zu ein Schluchzen. Peter war verzagt. Damit hatte er nicht gerechnet. Es fiel ihm nichts Besseres ein, als ihren Namen kopfschüttelnd zu wiederholen. „Sara.“
Plötzlich klopfte es an die Tür und schon stand Hans im Raum.
„Oh, pardon“, sagte er sofort, wie vor den Kopf gestoßen. Er holte Luft, sah Sara an, die immer noch einige der Zettel in

der Hand hielt, die sie zuvor zu ordnen versucht hatte, und dann ließ er den Blick auf Peter gleiten. Er machte große, verständnislose Augen. Tatsächlich hatte es ihm die Stimme verschlagen. Es war das erste Mal, dass er sie in einer solchen Lage vorfand.

„Ist schon okay, Hans, sag nur. Ist es dringend?", unterbrach Peter das Schweigen.

„Herr Beeler möchte dich sprechen", sagte Hans zögernd. Peter hätte nicht geglaubt, dass ihm etwas widerfahren könnte, das ihn noch mehr aus der Fassung bringen konnte, als es bereits der Fall war. Und doch. Herr Beeler war seit seinem ersten Auftreten nie mehr erschienen. Die gesamte Planung, sowohl hinsichtlich des Baues als auch in Sachen Finanzen, Banken, gesetzliche Vorschriften und der ganze Rest, hatten andere Fachleute derselben Firma übernommen. Von Herrn Beeler war jegliche Spur verschwunden und Peter hatte ihn nahezu vergessen. Er schrak buchstäblich zurück.

„Herr Beeler?", wiederholte er kopfschüttelnd und schien fast Hans mit seinem Blick aufzufordern, ihm einen Beweis für seine Aussage zu liefern. Dann sah er zu Sara hinüber. Diese war von der Nachricht gänzlich unberührt geblieben. Hatte sie überhaupt gehört, was er gesagt hatte? Peter wandte sich wieder Hans zu.

„Ja genau, Herr Beeler. Du kennst ihn noch von früher, nicht wahr?", sagte er, nachdem er wieder zu sich gekommen war.

„Ich kann ihm sagen, dass er ein anderes Mal vorbeikommen soll", fuhr er fort.

„Nein", sagte Peter deutlich und ohne eine Sekunde lang zu zögern. Er war über seine Beherztheit selbst erstaunt.

„Du, wir diskutieren das ein anderes Mal zu Ende, ja?", meinte er abschließend zu seiner Frau. Erst jetzt hob sie wieder ihr Haupt und er erkannte die Schäden der Flutwelle.

Ihr zerknittertes Gesicht.

Sie schwieg. Mit den ausdruckslosen Augen eines Kindes, das

ganz mit den eigenen Vorstellungen beschäftigt ist, sah sie ihn an. Er wartete auf ein zustimmendes Zeichen von ihrer Seite.
„Ein anderes Mal ...", wiederholte sie hohl und aus der Ferne wie ein Echo. Peter interpretierte es als ein Ja, wandte sich nickend um und verließ das Büro.
Am gläsernen Pult der Rezeption lehnend stand der dunkle Asiat geschmeidig und smart wie eh und je. Peter erblickte ihn, bevor dieser seine Anwesenheit gewahrte. Beeler plauderte gerade mit der Rezeptionistin auf Englisch.
„Herr Beeler", eröffnete Peter das Gespräch mit entschlossenem Ton, während er auf ihn zutrat und ihm die Hand entgegenstreckte.
„Herr Costa, ich finde Sie in bester Form vor, und dazu wohnen Sie gar nicht schlecht. Wo ist Sara, ihre vortreffliche Gemahlin?", begann er leutselig.
„Die ist gerade anderweitig beschäftigt", stammelte Peter, der verstanden hatte, dass es ihm nicht um seine Frau ging. Erst jetzt entsann er sich Beelers brillanten Auftretens. Wie viele Jahre waren seit ihrem letzten Treffen verstrichen?
„Ich hab einige Worte mit dieser gewinnenden Dame ausgetauscht", sagte er, indem er auf die Bedienstete hinunterblickte. Sie lächelte ihr Dienstlächeln zurück. Ja, sie hatte richtig verstanden: Er hatte ihr geschmeichelt, spiegelte es in ihren gläsernen Augen.
„Alle Achtung! Wir hatten uns nicht getäuscht. Und jetzt sind die Früchte da. Genauso wie es geplant war, Herr Costa. Sie können stolz auf sich sein", lobte ihn der Berater strahlend, während er sich in der Lobby umsah. Peter winkte sogleich einen der Kellner herbei, die an den Ecken der Empfangshalle positioniert waren.
„Herr Beeler, was darf es sein? Wir haben gerade einen vortrefflichen Puligny erhalten. Eine kleine Genossenschaft aus Südfrankreich stellt ihn her."
Beeler nickte.

„Zwei Gläser von dem Puligny ... eh ...", sagte Peter unruhig zum Kellner, der vor ihm stand.
„Puligny-Montrachet Cru-Champ-Canet Domaine Etienne Sauzet zweitausendundeins?", führte der Kellner aus, ohne dabei einmal Luft zu holen.
„Genau", sagte Peter, ohne ihn anzuschauen und indem er ihn mit der Hand fächelnd abwinkte.
Während Peter diesen honorigen Empfang inszenierte, wurde ihm klar, dass Beeler sicher nicht gekommen war, um Blumen auszuteilen. Auch nicht, um sich gemächlich bei einem Glas Wein mit ihm zu unterhalten. So viel hatte er von diesem Geschäftsmann verstanden. Trotzdem lehnte Beeler den Empfangstrunk nicht ab und kommentierte ihn sogar mit Lobesworten. Es dauerte allerdings keine fünf Minuten, bis er den Hoteldirektor kurzerhand um einen Bruchteil von seiner „äußerst wertvollen Zeit für ein Gespräch unter vier Augen" bat. Genauso wie beim letzten Mal.
„Ich schlage vor, dass wir Ihren Palast für einige Minuten verlassen. Dieser liebliche Ort, wo wir beim letzten Mal waren. Lassen Sie uns dorthin gehen."
Peter willigte ein.
Es war ziemlich windig und kühl und am Horizont stiegen dunkle Wolken auf.
„Wahrscheinlich wird es gegen Abend zu einem Gewitter kommen", warf Peter ein, ohne eigentlich zu wissen, warum er das sagte. Beeler ging nicht auf seine Aussage ein. Sie schlenderten inzwischen die Schotterstraße entlang durch den Wald. Dann begann Peter über den Betrieb zu berichten, über seine Ausbildung, über die Errichtung des Gebäudes. All das, ohne große Gefühlsregungen. Außerdem schien Beeler über ziemlich alles bereits Bescheid zu wissen. Er hatte sich anscheinend auf dem Laufenden gehalten, obwohl er sich nicht persönlich der Sache angenommen hatte. Dann erzählte Peter von den Schwierigkeiten im Betrieb: vom Unglück

mit dem chinesischen Koch, von Diebstählen, ungemütlichen Gesetzen, Schulden, der Wirtschaftskrise des Landes, eigenwilligem Personal, der Machtzunahme der Gewerkschaften innerhalb weniger Jahre, und machte schließlich als Gegenstück dazu eine bukolische Skizze der guten alten Zeiten. Nichts schien ihn aber wirklich zu beunruhigen.
„Wir werden den Tourismus internationalisieren und künftig immer weniger von europäischen Gästen abhängig sein", fügte er getrost hinzu, als ob er seine eigene Klage damit aufheben wollte. Aus der Ferne ertönte bereits ein Donner. Auch Blitze leuchteten auf. Der Himmel hatte sich sichtlich verfinstert und der Wind riss den Bäumen einige Blätter aus der Krone und schleuderte sie wild umher.
„Wollen Sie lieber umkehren? Ich möchte es Ihnen ersparen, in ein Gewitter zu geraten", fragte Peter zuvorkommend.
„Woher wissen Sie, dass es zu einem Gewitter kommt?", entgegnete Beeler fast verdutzt.
Peter schmunzelte. Dieser Mann hatte immer noch die Fähigkeit, ihn zu verblüffen.
„Na ja, wenn es donnert und blitzt ... außerdem bin ich seit meiner Jugend ein Jäger. Ich kenne die Verhältnisse hier bei uns."
„Jäger? Wie schön, dass Sie für solche Aktivitäten Zeit übrig haben. Ich beneide Sie", lenkte Beeler ab.
„Nicht zu dieser Jahreszeit. Jetzt bleibt mir keine einzige Minute übrig. Ich jage, sobald die Sommersaison zu Ende ist."
„Ist da nicht die Jagdsaison ebenfalls zu Ende?"
„Sie haben Recht. Ich rechne durchschnittlich mit einer Verwaltungsstrafe im Jahr. Es bleibt trotzdem ein leicht erschwingliches Hobby", fuhr Peter gleichmütig fort. Sie sahen, dass sie sich dem Ort näherten, an dem sie sich auch vor Jahren aufgehalten hatten. Doch nun war die Lichtung etwas größer, die Wiese durch einen gepflegten Rasen ersetzt und es standen auf der Anhöhe einige Bänke herum. Daneben be-

fand sich ein dunkel lackierter Holzkiosk.
„Das hätte man sich fast erwarten können, dass jemand auf diesen Ort aufmerksam wird“, meinte Beeler beiläufig. Sie schritten zu den Bänken hinaus und blickten ins Tal.
Das Dorf war besonders gegen Süden hin um etliche Häuser erweitert worden. Doch nicht primär die Anzahl, sondern die Größe der Gebäude bewirkte ein ziemlich verändertes Landschaftsbild. Einige Baustellen und Krane waren auch zu sehen. Überdies hatte man eine imposante Überführung der Straße errichtet, damit die Skipiste quer durch das Dorf weitergeführt werden konnte. Das größte Gebäude blieb nach wie vor Peters Hotel. Danach kam die Kirche.
„Es wächst“, sagte Beeler nickend.
„Was geschieht gegenüber Ihrem Hotel, unterhalb der Straße, bei der Baustelle?“, erkundigte er sich.
„Oh, meine Nachbarn! Die haben sich zusammengeschlossen und erweitern ihre beiden Gebäude zu einem einzigen, modernen Sporthotel. Unterirdische Tennisplätze usw. Sie hatten damals Recht: jeder beteiligt sich tatkräftig am Fortschritt des Tales.“
„Herr Costa!“, sagte Beeler in veränderter Stimmlage. Peter kannte diesen Ton sehr wohl.
„Was Sie vor sich sehen, ist nur der Ausläufer einer viel umfassenderen Veränderung. Bisher haben wir Schritt gehalten. Das war gut so. Nun ist es an der Zeit, zu antizipieren. Visionen, es braucht Visionen! Ihre Konkurrenten bauen ein modernes Sporthotel. Das gibt es bereits. Alles schon gesehen und in einem ganz anderen Ausmaß als hier. Nein, mit Größe kann man in diesem Tal gewiss nicht prahlen. Wir müssen einen anderen Weg einschlagen. Ich habe gehört, dass die Grünen bei den letzten Kommunalwahlen beträchtlich dazugewonnen haben. Bin ich richtig informiert?“
Peter, der bis zu diesem Augenblick gespannt zugehört hatte, kniff befremdet die Augen zusammen.

Bedrohlich verfinsterte sich inzwischen das Tal. In den Bergen auf der gegenüberliegenden Seite schien es bereits zu regnen. Es donnerte plötzlich; lauter, als es sich die beiden erwartet hätten. Blitze zuckten zwischen den Bergschluchten auf der anderen Talseite herab und der Wind pfiff an den beiden vorbei. Unbeweglich stand der Geschäftsmann vor Peter, während eine Strähne von seiner gemugelten, zivilisierten Frisur ausrangiert war und nun stehend im Wind tänzelte. Peter wusste nicht, ob er auf die unerwartete Frage eingehen sollte, oder ob er nicht lieber vorschlagen sollte, kehrtzumachen, bevor sich der himmlische Strom auf sie ergießen würde. Ein frappanter Blitz, der unweit von ihnen herabfuhr, leuchtete die gesamte Anhöhe aus. Auch Beelers Gesicht wurde dabei erhellt und Peter vermutete, ein Lächeln darin entziffert zu haben.

„Die Grünen?“, antwortete er schließlich in einem fast verzweifelten Ton.

„Ja, Sie haben Recht, die haben besser denn je abgeschnitten. Na und?“, fuhr er auf Grund des immer stärkeren Brausens des Windes lauter fort. Obwohl er durch Achselzucken und Kopfschütteln seine ganze Verblüfftheit zum Ausdruck bringen wollte, hatten diese Signale eigentlich eher die Funktion, seinen Gesprächspartner zum Weitersprechen anzuregen. Keinen Moment lang hatte er daran gezweifelt, dass dieser mit seinen Fragen ein ganz bestimmtes Ziel verfolgte.

„Ein großes Gewächshaus werden wir bauen, einen künstlichen Urwald werden wir darin errichten“, offenbarte Beeler feierlich.

Peter war dermaßen fassungslos, dass er nichts zu sagen wusste. Er wusste auch nicht die Richtung, in die er hätte weiterfragen können.

„Einen künstlichen Urwald ...“, wiederholte er entgeistert.

„Ganz genau, Sie haben mich verstanden. Den Platz, wo sich jetzt die Hotellobby befindet, werden wir mit einer großen

Glaskuppel überziehen. Und darunter wird es wuchern, wie man es nur aus dem Amazonas kennt. Ein kleines Ökosystem, das mehr oder weniger in sich geschlossen ist. Selbstverständlich werden regulative Eingriffe vonnöten sein, doch im Übrigen wird sich der Kreislauf von selbst steuern. Das ist eines der Prinzipien der Permakultur, nach der wir diesen gigantischen Garten ausrichten werden. Nie was davon gehört?"

„Ja, aber ..."

„Permakultur ist inzwischen eines der avantgardistischsten Leitbilder des Alternativanbaus geworden. Es ist nicht das erste Mal, dass ein solches Projekt in Angriff genommen wurde. Doch wir verbinden es mit Hotellerie! Das ist das Neue."

„Und Sie glauben ernsthaft, dass ein solches Projekt die Leute als attraktiv empfinden würden?", erwiderte Peter argwöhnisch.

„Und ob! Doch das Wesentliche an der Idee habe ich Ihnen noch vorenthalten. Es handelt sich nicht um eine gewöhnliche Tourismusattraktion. Die eigentlichen Nutznießer werden Entwicklungshelfer sein. Was wir im Sinn haben, ist ein Vorbereitungscamp für Einsätze im verarmten Süden der Welt. Diese Leute werden teils im Hotel, teils im Glashaus selbst nächtigen. Besonders das feuchte Klima der Tropen ist äußerst gewöhnungsbedürftig. Außerdem wird es laut Zoologen kein größeres Problem darstellen, einige domestizierte Raubtiere und Schlangen in dieses Ökosystem zu integrieren. Auch deren Anblick gehört schließlich zum Alltag des Entwicklungshelfers im Süden. Wir sprechen dabei besonders über Zentralamerika und Brasilien, also wo sich der größte Teil der Selva befindet. Abgesehen von den Entwicklungshelfern wird das Glashaus außerdem für die üblichen Hotelgäste eine exzentrische und willkommene Attraktion darstellen."

Der Wind hatte sich gelegt und tatsächlich waren die dunklen Wolken vorübergezogen, ohne dass sie auch nur einen Tropfen abbekommen hatten. Ein typisches Sommergewitter,

das nur bestimmte Orte heimsucht, dachte Peter erleichtert bei sich. Das Blau des Himmels kam hinter den verausgabten Wolkentrümmern wieder zum Vorschein.
Die Berggipfel waren weiß gezuckert. „Tatsächlich", bemerkte Peter erstaunt, Schnee im August. Herbstlich überkam es ihn.
„Nun, mal abgesehen von der Vernünftigkeit des Vorschlags; wir sprechen hier über beträchtliche Investitionen. Es wird noch ein ganzes Jahr dauern, bis ich mein Darlehen bei der Bank gänzlich abgezahlt haben werde. Es scheint mir äußerst unvernünftig, mich jetzt auf ein solches Geschäft einzulassen. Ich glaube, diesmal werde ich mich Ihren Vorhaben entgegenstellen", antwortete Peter mit der ganzen Entschlossenheit, die er angesichts dieses unglaublich selbstbewusst erscheinenden Mannes aufbringen konnte.
„Das Geld. Ich kann Sie verstehen. Doch wir werden nur einen verschwindend kleinen Teil dieser Konstruktion finanzieren. Den Rest übernimmt die Weltbank. Es laufen diesbezüglich bereits seit längerem Gespräche. Die Frage ist nur, wo das Projekt verwirklicht werden soll. Die haben für solche Ideen was übrig. Doch was genau die internationale Entwicklungshilfe damit beabsichtigt, Herr Costa, das lassen wir ihre Sache sein. Hauptsache sie zahlen. Uns interessiert mehr der ökologische Trend. Die Grünen gewinnen auch hier an Boden. Sie werden lachen, doch das geschieht nicht von ungefähr. Genau in diese Kerbe werden wir schlagen."
„Hm", stieß Peter hervor, während er mit seinem Zeigefinger nervös unter seinem Kinn hin- und herfuhr. Er blickte zum Dorf hinunter, als ob er versuchte, sich das eben Gesagte vorzustellen.
„Ich werde darüber nachdenken", schloss er in einem erschöpften Ton.
Sie kehrten anschließend auf demselben Weg zurück ins Dorf, auf dem sie gekommen waren. Peter erkundigte sich noch bei Beeler beiläufig über Permakultur und Entwicklungshilfe.

Dieser skizzierte nur umrisshaft die Themen und versprach, demnächst einen Experten im Hotel auftauchen zu lassen, der ihm in allen Belangen Rede und Antwort stehen werde. Als sie vor dem Hotel standen, merkte Peter, dass der Asphalt der Straße vom plötzlichen Schauer regelrecht überflutet worden war. Er blickte zum Hang empor, von dem sie gerade heruntergestiegen waren, immer noch darüber verblüfft, dass sie nichts vom vorbeiziehenden Gewitter zu spüren bekommen hatten. Herr Beeler verabschiedete sich ungeziert und knapp wie beim letzten Mal, versprach, dass sich die Firma *Legio* in nächster Zeit bei ihm melden werde, stieg in seinen Wagen und verschwand. Als ob er gar nicht da gewesen wäre.
Und doch.
Peter hatte den Abend mit einem italienischen Anwalt und seiner Frau im Tempietto verbracht. Heitere Gespräche über Wein und Legalität. Er betrat auf Zehenspitzen das Schlafzimmer und legte seine Kleider ab. Es war ein Uhr morgens.
Sara schlief und lag zusammengekauert auf ihrer linken Seite an demselben Rand des Bettes. Peter blieb eine Weile mitten im Zimmer stehen, als ob er darauf wartete, dass sie erwachte. Er besann sich an den Streit von heute Nachmittag; oder besser: an das Missverständnis, wie er solche Situationen zu definieren pflegte. Er wollte etwas sagen, doch was hätte es genutzt? Sie schlief ja. Und selbst wenn sie wach gewesen wäre, was genau hätte er zu sagen gehabt?
Er ging zum Waschbecken, um seine Zähne zu putzen. Mit beiden Händen stützte er sich auf dem formschönen, runden Edelstahlbecken ab. Ein stabiles Teil, das auf eine viereckige Eichenholzsäule aufgesetzt war. Er begann seine Zähne mit der Bürste zu scheuern und stierte in den dunklen Abfluss des funkelnden Rundes hinab. Dann spuckte er ins Becken. Geräuschlos traf der schaumige Speichel aufs makellose Metall auf, rann unverzüglich zur Mitte des Beckens und verschwand im finsteren Loch.

„Alles klar", flüsterten die geräuschdämmenden Sandkörner, die zwischen den beiden Stahlwänden schweigsam ihren Dienst verrichteten. Peter stimmte zu; eigentlich war alles klar.

Und doch nicht.

Er stieg ins Bett und schmiegte sich an Sara. Mit seiner rechten Hand streichelte er ihren Rücken, indem er sie sachte berührte. Für gewöhnlich drehte sie sich zu ihm um, sobald er sich neben sie legte. Er hatte nie verstanden, ob sie es bewusst tat, oder ob es ein Automatismus war, der sich im Schlaf von selbst einschaltete. Jedenfalls tat sie es an diesem Abend weder auf die eine noch auf die andere Weise. Ohne irgendein Zeichen von sich zu geben, schlief Sara tief und ruhig wie ein Kind.

„Sara, schläfst du?", fragte er rhetorisch. Doch es kam keine Antwort. Er verspürt einen inneren Drang, mit ihr zu sprechen, auch wenn er eigentlich nicht wusste worüber.

„Sara", wiederholte er nun leiser, als ob er die Hoffnung bereits aufgegeben hätte, sie damit wirklich zu erreichen.

„Ich hab diesem amerikanischen Hotelier einige unserer Suiten gezeigt ... eigentlich wollte ich etwas früher zu Bett gehen, ich dachte, wir sollten noch über den heutigen Vorfall ein paar Worte verschwenden, oder? Ich weiß, du hast Recht, in letzter Zeit bin ich etwas seltsam. So kann man es auch sagen, aber du weißt genauso gut wie ich, wie das hier läuft ... gib mir etwas Zeit, Sara, Zeit. Wir haben beide noch nicht die richtige Routine gefunden, da hast du ganz Recht. Du meintest, dass wir nur abends im Bett sprechen und sonst kaum einen Moment füreinander finden, nicht wahr? Und da sind wir zu müde, um ernsthaft über was zu reden ... und untertags gestresst, nicht wahr? Das sagst du, aber das liegt eben mal an der Arbeit, nicht nur an mir. Außerdem hab ich dir ja öfters gesagt, du solltest abends mit uns in der Lounge noch etwas sitzen bleiben, das gehört einfach dazu, dass ich mit den Gästen quatsche; aber das sagst du ja selbst. Und trotzdem gesellst du dich nicht dazu. Ja, ich weiß, du meinst, dass es nicht das Gleiche ist, ob wir alleine oder unter den Gästen sind. Aber siehst du, dann sind wir abends zusammen im Zimmer, sogar im Bett, ich meine, da sind wir ja mehr als alleine, und das passt dir dann auch nicht. Irgendwie hast du auch deine Schrullen, das kannst du nicht leugnen, nur beschuldige ich dich nicht dafür; ja, stimmt, das tust du ja auch nicht, aber irgendwie gibst du es mir zu spüren ... und was soll ich tun? Sag's mir, bitte sag's mir! Außerdem ist Hotellerie eben mal eine Saisonarbeit, da verdichtet sich die Arbeit in bestimmten Monaten. So wie jetzt. Und da braucht es dann etwas Geduld. Dann kommt ohnehin wieder der Urlaub, du hast sicher schon eine Idee, wohin wir fahren könnten. Das hast du immer, mein Engel ... Sara ... Sara, bitte sag was, ich bitte dich ..."

Friedfertig und gleichmäßig hob und senkte sich ihre Brust. Nur ihr leises Atmen war vernehmbar, ansonsten gab sie keinen Ton von sich.

„Du möchtest wissen, was ich heute mit Beeler gesprochen habe? Beeler, das ist ja ein Typ. Du hast ihn nie zu Gesicht bekommen, nicht wahr? Du kennst ihn nur vom Hörensagen. Komisch. Jedenfalls hab ich heute eigentlich gar nichts gesagt. Wie beim letzten Mal hat auch diesmal fast nur er gesprochen ... oder eigentlich doch nicht. Ich hab ihm vom Betrieb erzählt. Aber er hat mir, oder besser uns, einen Vorschlag gemacht. Stell dir vor: Er hat im Sinn, ein Gewächshaus im Hotel zu errichten, genau dort, wo jetzt die Empfangslobby steht, und darin einen künstlichen Urwald anzupflanzen; für Entwicklungshelfer. Selbstverständlich auch für die Hausgäste. Anscheinend ist es ihnen gelungen, bei der Weltbank dafür Geld locker zu machen. Ja, du hast Recht, das klingt ziemlich abgefahren. Aber so wie er's erklärt hat ... immerhin interessant. Der Typ hat tatsächlich was los, ich hab dir ja von ihm erzählt. Ja, ich weiß, du fürchtest dich vor Leuten, die dir ihre Visitenkarte anbieten, bevor sie dir die Hand reichen, ... so sagst du das ja immer, mein Engel, nicht wahr? Nun gut, es ist nur eine Idee, ein Vorschlag, zumindest für die nächsten paar Jahre wird sicher nichts daraus werden ... du hast ja Recht, wir sollten schauen, die jetzigen Strukturen etwas besser in den Griff zu bekommen, bevor wir uns auf was Neues stürzen. Aber das Eine schließt das Andere ja nicht aus. Ich werde es dir morgen jedenfalls etwas präziser schildern, da musst du mir aber genau zuhören, mein Engel, sonst gerätst du wieder in Rage. Es ist ja noch überhaupt nichts entschieden, wir sprechen nur über einen Vorschlag, nichts weiter als ein Traum ...“

Segment III.1

Serra

Ungeziefer kam in Massen über das Haus des Pharao,
über das Haus seiner Diener und über ganz Ägypten.
Das Land erlitt durch das Ungeziefer schweren Schaden.

Ex 8,20

Der *Caligo brasiliensis*, auch brasilianischer Dämmerungsfalter genannt, klammerte sich an die herzförmige Öffnung der roten Orchidee. Sein ausgerollter Rüssel betupfte das Innere der Blüte, das mit Pollen bestäubt war. Der Rumpf des Schmetterlings war samt den Fühlern vier Zentimeter lang und dunkelbraun gefärbt. Die Flügel waren Dunkelblau, eine Mischung aus Indigoblau, Preußischblau, Kobaltblau, und gingen an ihren Ansätzen an Brustteil und Hinterleib ins Dunkelbraun des Rumpfes über. Die Mischung dieser Farben hatte einen äußerst dunklen Farbton zur Folge, der merkwürdigerweise als Schwarz, Braun und Blau gleichzeitig identifiziert werden konnte, je nachdem von welcher Seite man den Falter betrachtete. Bei direkter Sonneneinstrahlung überzog indessen ein diaphaner silbrig-grauer Schimmer den genannten Teil der Flügel. Die Farbe erschien umso finsterer, zumal ein helles, zitronengelbes Geflecht die Flügeloberfläche in viele Facetten gliederte, die an ihrem unteren Ende spitz zuliefen und an allen Ecken abgerundet waren. Die daraus entstehenden dunklen und länglichen Flecken hatten somit jeweils die Form eines Tropfens. Am oberen Ende der beiden Hinterflügel prangte ein runder, zitronengelber Fleck. Gleichmäßig und langsam bewegte der Edelfalter die Flügel auf und ab, während er die Blume weiter nach ihrem kostbaren Pulver abtastete.

Hinter einem Blütenblatt an der gegenüberliegenden Seite kam plötzlich ein olivgrünes Dreieck zum Vorschein. An den äußeren Winkeln seiner Längsseite, der so genannten Hypotenuse, war es mit zwei großen grün-braun gestreiften, gemugelten Ellipsen bestückt. In deren Mitte war jeweils ein kleiner schwarzer Fleck. Es war der Kopf der *Sphodromantis lineola*, einer selten vorkommenden Art aus der Familie der *Mantis religiosa*, der so genannten Gottesanbeterin. Der Schmetterling, der im Übrigen über ein exzellentes Sehvermögen verfügt, hatte die Fangschrecke nicht bemerkt.
Da Falter keinen beweglichen Kopf besitzen und ihre Mundöffnung nicht ventral angelegt ist, war der Schmetterling gezwungen, den gesamten Rumpf in den Blütenkelch einzutauchen, um zu seiner Nahrung zu kommen. Besonders eine von oben nahende Gefahr konnte von dieser Position aus nicht erkannt werden. Eine Gliedmaße nach der anderen kam der schlanke Jäger langsam zum Vorschein. Er maß in seiner Länge insgesamt sieben Zentimeter und bestand aus zehn gepanzerten Segmenten. Langbeinig kletterte er den Blütengrat entlang, bis er sich direkt vor dem nach unten geneigten Schmetterling befand. Es war ihm gelungen, nicht ins Gesichtsfeld des Falters einzudringen. Nur eine der zigtausend Facetten, aus denen die Augen des Schmetterlings bestanden, hätte stimuliert werden müssen, damit er sich mit einem einzigen Flügelschlag davongemacht hätte. Doch schließlich waren es die langen Schatten, die die Beine der Mordschrecke ins helle Innere der Blüte warfen, die ihn dazu bewogen, sich in die Luft zu erheben. Das grüne Insekt hatte sich inzwischen bereits in einem Winkel von sechzig Grad aufgerichtet, seine typische Angriffsstellung, und hielt die beiden Fangarme seitlich ausgestreckt. Unter seinen beiden langen Flügeln, die es nun angehoben hatte, kam jeweils eine fächerartige Haut senkrecht zum Vorschein, aus der grelle Farben leuchteten. Als der Schmetterling einen Zentimeter vor seinem

Gesicht vorbeiflog, unterbrach er dessen geschmeidigen Flug und fing ihn blitzschnell ein. Genauer, der Hinterleib wurde zwischen den Fangarmen der Schrecke eingeklemmt. Die zahnartige Ausstattung der Innenseite des Oberschenkels und die Sensenform des Schienbeins, die auf ihn eingeschnappt war, verwehrte dem Schmetterling trotz seiner wiederholten Flügelschläge die Flucht. Der ruckartige Richtungswechsel in der Fortbewegung des Falters hatte seinen zarten Leib derart erschüttert, dass Millionen von bunten Pigmentkörnern aus seinen Flügeln stoben und den geschmeidigen Stiel der Orchidee entlang langsam zu Boden sanken. Die Sphodromantis lineola zog die Zange noch enger zusammen, in die ihre Beute geraten war. Die Atemöffnungen, die sich beim Caligo brasiliensis größtenteils am Hinterleib befinden, wurden mithin abgewürgt, was zur Folge hatte, dass sein Flügelschlag allmählich verlangsamt wurde, bis er schließlich nur noch ein schwaches Abschiedswinken war. Die Schrecke biss einen Flügel des Falters ab, der samt Gelb und Blau in die Tiefe stürzte. Dann einen zweiten, einen dritten und schließlich den vierten und letzten. Um die eigene Achse sich drehend trudelten die kobaltblauen Flügel nach unten wie herabfallende Blüten. Ohne Eile zwickte die Gottesanbeterin nun die sechs Beine und schließlich noch die beiden Fühler und den Rüssel ab. Nackt und seiner Schönheit beraubt, zuckte der Rumpf des Dämmerungsfalters hin und her. Er war wieder zur Larve geworden. Geburts- und Todesstunde reichten sich die Hand; der Kreislauf der Natur. Der große Gliederfüßer rückte die Beute zurecht, sodass sich ihr entblößter Kopf genau vor seinem Mund befand. Er presste die säbelförmigen Labien seines Mundwerkzeugs darauf, bis sie den dünnen Panzer durchdrangen und die Nerven des Gehirns zerrissen.
Der Tod.
Gemächlich schickte sich die Schrecke an, den Kadaver Stück für Stück zu verspeisen.

„Diese rote Blume ist nur eine der zwanzig Orchideenarten, die Sie in diesem kleinen Urwald vorfinden. Oh, was für ein nettes Insekt ...“, meinte Hans beiläufig, während er an der Gottesanbeterin vorbeispazierte.
„Bleiben Sie vorerst lieber auf dem Besichtigungspfad, bis Sie sich das angemessene Schuhwerk zugelegt haben. Eventuell können auch wir Sie damit ausstatten; Sie brauchen bloß an der Rezeption danach zu fragen“, fuhr er fort. Hans war mit zwölf Leuten im Gewächshaus unterwegs. Alle waren sie gerade im Hotel angekommen und neugierig, den bekannten künstlichen Urwald mit eigenen Augen zu erleben. Die Gruppe bestand aus drei Nordamerikanern der internationalen Entwicklungszusammenarbeit, zwei Frauen und einem Mann, drei zukünftigen Missionaren aus Polen, einem österreichischen Missionar, der ihnen in ihrer Ausbildung beistand, und schließlich fünf italienischen Hotelgästen.
Hans hatte sich nun in den Schatten einer große Palme gestellt und fuhr fort, Insekten, Blumen, verschiedene Kakteenarten und andere Lebewesen, die hier lebten, zu beschreiben. Er sprach mit Begeisterung und großer Beredtheit. Das hatte weniger mit seiner Arbeit zu tun, als mit der Liebe, die er von Kindesalter an für Pflanzen, besonders für Blumen, verspürte. Aus diesem Grund lotste er des Öfteren Gäste im überdachten Garten herum, obwohl er eigentlich nicht dafür zuständig war. Die Weltbank hatte nämlich eigens ausgebildete Leute hierfür zur Verfügung gestellt. Andrej, einer der Polen, etwa fünfundzwanzig Jahre alt, trat mit seinen muskulösen Beinen nahe an Hans heran, fasste ihn zart am Oberarm an und erkundigte sich, ob es wahr sei, dass auch Raubkatzen hier gehalten wurden. Er hatte nämlich in der Webseite des Hotels davon gelesen. Hans tätschelte seine Hand und wandte den Kopf hin und her, als ob er etwas suchte. Plötzlich streckte er den Arm in Richtung des Eingangs aus und wies mit dem Zeigefinger auf etwas, das sich dort befinden musste.

„Sehen Sie, rechts vom Eingang, an der Seite des Tümpels?", erkundigte sich Hans beim Jungen. Dieser nickte.
„Wenn Sie genau hinsehen, dann bemerken Sie etwas Braunes im hohen Gras. Das ist eine Fleckenhyäne", sagte er stolz. „Sich an ihren Anblick zu gewöhnen, gehört wohl zu Ihrer Ausbildung. Doch brauchen Sie sich nicht zu ängstigen, das Tier ist gezähmt. Außerdem ernährt es sich von Aasfleisch, wie Sie wahrscheinlich wissen. Das ist eines der Prinzipien der Permakultur, nach der wir diesen kleinen Urwald geplant haben: Alles wird hier wiederverwertet. Um schließlich ganz auf Nummer sicher zu gehen, haben wir ihr launisches Temperament mit leichten Psychopharmaka etwas heruntergedämpft, weshalb sie auch meistens schläft", beruhigte Hans den polnischen Jungen, der seinen Arm inzwischen fester umschlossen hatte.
Sie setzten ihren Spaziergang fort. Die Leute waren auf Grund der hohen Temperatur und der Luftfeuchtigkeit nur mit Shorts und T-Shirt bekleidet. Hans war die Ausnahme. Er trug ein helles Hemd mit Stehkragen, das blau kariert war. Dazu dunkle Hosen und dunkle Schuhe. Nur selten sah man ihn sportlich oder gar nachlässig gekleidet. Sein Äußeres war insgesamt sehr überzeugend, da er durch tägliches Fitnesstraining seinen Körper gebührlich mit Muskeln ausgepolstert hatte. Besonders Brust- und Gesäßmuskulatur strafften seine Kleider und schimmerten durch Hose und Hemd hindurch. Hans war außerdem ganzjährig braungebrannt. Diese Ausstaffierung seines Körpers samt seinem weltläufigen Gebaren ließen seine leicht inzestuösen Gesichtszüge, die für Bewohner schmaler Alpentäler typisch sind – hohe Stirn und nahe aneinander liegende Augen –, als exotisch, ja sogar interessant erscheinen. Sein dunkles Haar war knapp über den Ohren leicht graumeliert, wodurch besonders Frauen mittleren Alters den Zweiundvierzigjährigen als attraktiv empfanden. Er hatte allerdings nach wie vor keine Partnerin.

Die kleine Gruppe spazierte am Fuße aufeinandergehäufter Felsbrocken entlang und um sie herum war die Landschaft mit verschiedenartigen Palmen und Bäumen durchsetzt. Da und dort ragte ein Fels aus dem moosbedeckten Boden hervor. Auch mehrere Tümpel waren angelegt, in denen es von allerlei Kleintieren wimmelte. Die hohen Eukalyptusbäume wurden nur von Kandelaberkakteen überragt, die knapp bis unter die Glaskuppel emporstrebten. Dort oben, zwischen den Fugen der Scheiben, waren Schläuche angelegt, die eine gleichmäßig verteilte Oberkronenbewässerung der großen Pflanzen ermöglichte.
Obwohl die *Serra* hermetisch abgeschlossen war und keinerlei Geräusche von außen nach innen drangen, war es hier mitnichten still. Ein wetzendes Gequake und Gekreische füllten die Luft. Einer der Hauptverantwortlichen für dieses aufdringliche Orchester war der kleine Makifrosch, der in seinem frischen Grün auf den Ästen verschiedener Bäume hing und wie ein neugeborenes Kind kreischte. Der so genannte Schmiedfrosch sorgte indessen mit seinen hämmernden Schreien für die Rhythmik, wodurch er seinem Namen gerecht wurde.
Während Hans nun über das technische Wunder der Klimaanlage eine kleine Hymne sang, tuschelten und kicherten die drei jungen Polen untereinander. Andrej schien dabei der Grund des Juxes zu sein. Er versuchte mit Einhalt gebietenden Gesten hinter seinem Rücken seine beiden Kollegen mundtot zu machen. Einer davon, Ivan, war zwergischen Wuchses, hatte einen großen Kopf und sehr behaarte Beine. Der andere, Alexej, war bleich und groß und schien nur am Kiefer behaart zu sein. Ab und zu schielten sie zu Hans herüber und kicherten in sich hinein. Der österreichische Missionar maßregelte die beiden schließlich mit seinem verhärmten Malariablick.
Hans setzte seine Runde fort und gelangte zu einer kleinen Hütte aus Lehmziegeln, die durch ein Strohdach überdeckt

war. Vor der Hütte spielten zwei dunkelhäutige Kinder, ein Bub und ein Mädchen. Als sie Hans erblickten, hüpften sie unverzüglich auf ihn zu. Er stieß ein paar kindliche Laute aus und hob dann das Mädchen in die Höhe und schwenkte sie auf und ab. Die Kleine unterhielt sich prächtig und piepste jedes Mal genüsslich, wenn er sie emporhob.

„Das ist Clara“, sagte er zu den Besuchern, während er sie behutsam wieder auf den Boden stellte. Er bat sie anschließend, ihre Eltern zu holen. Das Mädchen verschwand sogleich im Schatten des Eingangs zur Hütte. Kurz darauf traten ein Mann und eine Frau hervor. Beide hatten sie ein dunkles Gesicht, eine besonders knorpelige Nase, auffallend hervorstehende Wangenknochen und kohlschwarze Schlitzaugen.

Indiogesicht.

Sie war mit einem bunt bestickten Rock und einer schlichten Bluse bekleidet. Er war indessen ganz in braun.

„Das sind Josè und Maria Perez aus Peru. Sie leben seit zwei Jahren hier zusammen mit ihren Kindern. Es sind die einzigen Personen, die rund um die Uhr das Treiben in diesem kleinen Urwald im Auge behalten. Mit anderen Worten, Josè und Maria sind unsere wichtigsten Berichterstatter. Und irgendwie auch unsere Gärtner, nicht wahr Josè?“, wandte sich Hans schließlich freundlich an den dunkelhäutigen Peruaner und klopfte ihm kameradschaftlich auf die Schulter.

„Si, señor. Ja.“

„Darüber hinaus ist es gewiss hilfreich, wenn Sie bereits hier mit Leuten aus dem Süden Bekanntschaft machen und sich ein wenig auf ihre Kultur einlassen“, erklärte Hans den Besuchern. Die beiden Peruaner reichten inzwischen, einem nach dem anderen, allen Gästen die Hand und lächelten sie nickend an.

Die Missionare nahmen eine katholische Haltung ein und falteten die Hände vor dem Bauch. Die Amerikaner hielten in humanistischer Ehrfurcht inne.

Anschließend sagte Josè, dass sie jederzeit in seinem Haus willkommen seien. Hans ermutigte die Gäste, sich von ihrer Befangenheit zu befreien.
„Sie können jederzeit Josè und Maria Fragen stellen, falls Sie etwas über das die Serra oder auch über den Lebensstil in ihrem Land wissen wollen“, sagte er locker, während er den Arm um die Schultern des Indianers legte.
Dieser nickte. Andrej fragte Hans, ob es bei Josè zu Hause auch so warm sei wie in diesem Glashaus. Hans forderte den Jungen auf, sich direkt bei Josè zu erkundigen, „Er frisst dich nicht!“, sagte er lachend.
Der junge Pole holte Luft und wiederholte die Frage, diesmal aber an Josè gewandt. Der Peruaner schüttelte den Kopf. Man verabschiedete sich schließlich und reichte sich nochmals die Hände. Hans teilte den Leuten mit, dass er nun einen Termin habe und unverzüglich gehen müsse. Er forderte sie abschließend auf, sich ohne Bedenken am Ausgang mit den exotischen Früchten, die in großen Schalen aufgetürmt waren, zu bedienen. Man dankte. Die Gruppe löste sich auf. Die Amerikaner versuchten die Hyäne zu wecken, indem sie ihr aus einigen Metern Distanz kleine Stückchen einer Banane vor die Schnauze warfen. Das Tier bewegte sich anfangs nicht, doch sobald es die Banane roch, kroch es auf einen nahe liegenden Felsen, um dort seinen Schlaf fortsetzen zu können. Prompt zückten die Gäste ihre Fotoapparate, um ein Bild von der Wildnis zu schießen. Immerhin hatte man die Fleckenhyäne in Bewegung gesehen. Die Polen waren samt ihrem Betreuer inzwischen zur Hausbar gegangen. Diese befand sich nach wie vor im Foyer, das das imposante Tropengewächshaus einschloss. Die Bar für die Hausgäste war schlichtweg eine der vier Theken, die auf die vier Flügel des Rundganges verteilt waren, und mithin ein Teil des neuen, großangelegten Lokals, das auch für externe Gäste zugänglich war. Auch die Rezeption war hierher verlegt worden. Die Gäste versanken

tief in den dunklen Ledersesseln und führten sich hinter großen Glasscheiben das Spektakel der gezähmten Natur zu Gemüte. Das Lokal, das sozusagen das ganze übrige Parterre des Gebäudes einnahm, führte den Namen *Bar Serra* und hatte bereits nach kurzer Zeit internationale Berühmtheit erlangt. Der mächtige und hautnahe Ausblick auf den kleinen Urwald machte es tatsächlich zum Unikat. Stundenlang konnte man sich hier unterhalten, indem man ständig etwas Neues entdeckte. Wer es wünschte, konnte gegen Bezahlung das Glashaus auch betreten. Um zur üppigen Farben- und Formenpracht der Natur einen geschmackvollen Kontrast zu bilden, hatte man das Interieur des Lokals nach äußerst schlichten Linien und Farben entworfen. Der Architekt war derselbe, der auch das Restaurant des Hotels samt der Showküche geplant hatte. Hans sprach diesbezüglich vom „klaren Profil“, das das Hotel damit bewahrte.
Die Polen bestellten alle jeweils einen Fruchtsaft, *soft Drinks*, wie der Kellner zusammenfassend beifügte. Der Missionar hingegen ein Viertel Rotwein, „gleich welchen“, meinte er achselzuckend. Der Bedienstete schien jedoch auf diese Art von Bestellung nicht vorbereitet zu sein und lud den Herrn ein, einen der angeschriebenen Namen auf der Weinkarte zu rezitieren. Der Missionar gab schließlich nach. Er war ein vierundsechzig Jahre alter Jesuit und hatte den Großteil seines Lebens in Kolumbien verbracht. Sein Orden hatte sich in das seit langem währende Gezanke des Landes eingemischt und dabei etliche von seinen Brüdern und Patern verloren. Christoph Treuer, so sein Name, besaß alle drei artbildenden Merkmale eines Missionars: Birkenstocksandalen, einen Bart und Malaria. Letztere hatte er zwar überlebt, doch mahnte er ständig seine Schützlinge: „Die wirst du nimmer los, wenn sie dich mal befallen hat. Die bringt dich zur Strecke!“
Als der Kellner die Getränke auf den niederen Tisch gestellt hatte, bat einer der jungen Polen um einige Strohhalme, wor-

aufhin die Bedienung zuerst etwas verwundert reagierte, doch sich schließlich auf den Weg machte, um das Erwünschte zu besorgen.
Als nun alle auf ihre Kosten gekommen waren und die zukünftigen Missionare genüsslich an den Halmen sogen, begann Christoph in schicksalsschwerem Ton zu sprechen. Andächtig hörten die jungen Seminaristen zu. Er machte sie auf die Gefahren aufmerksam, denen ein Missionar entgegengeht, wenn er sich für den „Weg Christi" entscheidet, um es mit seinen Worten zu sagen. Dann sprach er über die Umbarmherzigkeit der „Narkos", wie er die kolumbianischen Drogendealer nannte, über Korruption, übers „Dabeibleiben" der Jesuiten angesichts schlimmer Situationen, über ermordete Mitbrüder, die „dabeigeblieben waren" und doch nicht, über „blutdurchtränkte Erde" der ausgebeuteten Kleinbauern, übers Geschenk des Leidens, über die vielen Facetten des Begriffes *Mission*, darüber, dass man als Einsteiger keine Ahnung davon haben könne, dass es viel Erfahrung brauche, dass man zuhören lernen muss, „hinhören", um es mit seinen Worten zu sagen, dass man sich „im Leben nichts einzubilden brauche", dann wieder über die Unwissenheit der Einsteiger, dass er jahrelang fast nur Reis und Kartoffeln gegessen habe, dass er „dabeigeblieben" war, dass er viel Erfahrung habe, dass er nur überlebt habe, weil ihm der Orden einen Jeep zur Verfügung gestellt hatte, dass er wisse, was Leiden bedeute, und schließlich wieder, dass Einsteiger von alledem absolut keine Ahnung haben.
Seine Zuhörer bestellten noch einen Fruchtsaft und weitere drei Strohhalme, da sie die anderen zerkaut hatten. Der Missionar bestellte noch ein Glas von demselben Wein und fuhr fort, über Mission zu sprechen.
Doch schließlich waren es weder Furcht noch körperliche Gebrechen, die Alexej, einen der drei Seminaristen, um sein „Dabeibleiben" und „Hinhören" am Vortrag des Missionars brachte.

Ein junges dunkelhaariges Mädchen durchquerte mit kessem Schritt den Raum und winkte zu Alexej herüber, ohne dabei anzuhalten. Dieser ließ sofort den Strohhalm aus dem Mund fallen, entschuldigte sich mehrmals und erhob seinen großen Körper vom Sessel. Dann steuerte er auf sie zu. Sie hatte sich inzwischen schon etwas entfernt und war bereits um die Ecke gebogen. Als er sie eingeholt hatte, lächelte sie ihn an, ohne ihren Gang zu verlangsamen. Er schien entschlossen, sie ein Stück weit zu begleiten. Am selben Morgen hatte er sie bei der Rezeption kennen gelernt und sich sogleich mit ihr angefreundet.
Sie hatte ihn nur nach seiner Herkunft gefragt und der ganze Rest war eine Folge seiner Kommunikationsfreudigkeit. Sie hieß Sabrina, war hübsche zweiundzwanzig und studierte ein Fächerbündel aus Sozialwissenschaften, Pädagogik, Psychologie und Genderforschung. Alexej hatte es nicht wirklich verstanden. Immerhin, Allgemeinbildung konnte nicht schaden, dachte er bei sich. Das Gespräch ging auch in diese Richtung. Zuerst erkundigte er sich nach dem Inhalt ihres Lehrstoffs, woraufhin sie knapp und sicher antwortete; sie schien auf die Fragen durchaus vorbereitet zu sein, und sah stets geradeaus. Sein Gesicht war indessen Sabrina zugewandt. So durchschritten sie einen weiteren Flügel des Rundganges. Er fuhr mit den Fragen fort, hatte nun allerdings zuerst die Professoren und dann die Organisation der Universitäten in Italien im Visier. Hie und da bespickte er ihre immer lakonischer werdenden Antworten mit Betrachtungen über die Gesellschaft, die das von ihr Gesagte unterstrichen. Von außen betrachtet, schienen sich die beiden prächtig zu unterhalten.
Alexej überragte Sabrina um einen ganzen Kopf. Beide waren sie ein wenig dicklich. Doch sie gab sich Mühe, ihren etwas großzügigen Hintern mit einer dunklen Hose zu kaschieren. Was ihr auch gelang. Alexejs Gesäß maß ungefähr denselben Umfang und prangte in seinen hellen, etwas zu kurzen Jeans.

Auch er sprach schließlich über sein Studium und allgemein über die Jesuiten und ihre wichtige Rolle in der „globalisierten“ Welt. Dann folgte eine kurze Schilderung über seine Pläne, in die Mission zu gehen. Dabei nahm er einen anderen Gesichtsausdruck an, in etwa zwischen träumerisch und zielstrebig, den Sabrina aber leider nicht bemerkte.

Sie lächelte, sah geradeaus ihren Träumen hinterher, stieg schließlich in den Aufzug und ließ den kommunikationsfreudigen Jesuiten mit einem „bye“ hinter sich zurück.

Sara und Peter hörten inzwischen in der Dorfkirche abwesend den lateinischen Rezitationen des Priesters zu. Es war die Messe für den ersten Jahrestag des Todes von Peters Vater Giuvani. Nur drei seiner sechs Geschwister, die noch am Leben waren, waren anwesend. Weiters waren noch seine frühere Lebensgefährtin, einige Schulkameraden und ein paar Freunde in den Kirchenbänken verstreut zu sehen.

Die Abendsonne schien schräg durch eines der hohen, oben spitz zulaufenden Seitenfenster in die Apsis herein. Der Priester hob den Kelch empor und grummelte leise das Hochgebet in sich hinein.

Das satte, quer einfallende Licht traf auf eine weiße Statue eines barocken Engels. Die beleuchtete Hälfte der Figur, die sich auf der Seite des Fensters befand, war in ein warmes Licht getaucht, das sie mit einem hellen, schleifenreichen Saum konturierte und sie damit vom dunklen Hintergrund abhob. Ein sanfter Wind von unten schien ihre steinernen Kleider aufzubauschen. Die Ministranten klingelten, der Priester hob die Hostie, brach sie und die Leute sanken in die Knie.

„Agnus Dei.“

Dann das liturgische Fisteln des Priesters.

Das zur Hälfte beleuchtete Gesicht des Engels und seine Arme waren durch eine großzügige Drehung dem Fenster zugewandt, von dem das Licht einströmte. Seiner Haltung nach schien er etwas emporzuheben oder gar retten zu wollen, indem er versuchte, es dem Boden und der Finsternis zu entreißen und in Richtung Fenster zu strecken. Zwischen den hereinfallenden Strahlen war umherflirrender Staub sichtbar. Gelb und warm bildete das Licht ein helles Band vor den dunklen Steinmauern, die es einschlossen.

Peter gähnte ausgiebig. Nach der Kommunion stellte er sich direkt neben den Ausgang hin und wartete ungeduldig auf den Schluss der Zeremonie. Dann begrüßte er noch Verwandte und Bekannte, suchte Saras Augen, und als seine Frau zustimmend nickte, begab sich das Paar gemeinsam auf den Heimweg. Die Sonne war hinter den Bergen bereits verschwunden und das Dorf war menschenleer.

Ende April.

Auf den braunen Hügeln ringsum leuchteten einige übrig gebliebene Schneeflecken. Hin und wieder fuhr ein Auto vorbei. Die Zeit, in der Gastwirte und andere im Tourismus Arbeitende das Weite suchten – Urlaub – oder ihren Betrieb umbauten.

Seit das Gewächshaus in Betrieb gegangen war, bedurfte es im Hotel einer ständigen, ganzjährigen Aufsicht. Sara hatte seit mehreren Jahren keinen Vorschlag mehr bezüglich eines gemeinsamen Urlaubs gemacht. Es war nämlich immer sie gewesen, die sich um die Planung ihrer Reisen gekümmert hatte. Peter nutzte seinerseits die freie Zeit im April und im Mai, um auf die Jagd zu gehen, wenn er nicht mit Vorbereitungen für die nächste Saison beschäftigt war.

Sara trug einen kurzen, dunkelgrünen Lodenmantel mit einem weinroten Saum am unteren Ende und am Kragen. Dazu einen grauen Rock und schwarze Schuhe mit leichtem Absatz. Es war inzwischen ziemlich frisch geworden. Peter wärmte sich die Oberarme, indem er mit den Händen hektisch darüber auf und ab streifte.

„Dass du dir deinen Mantel nicht angezogen hast ...“, tadelte ihn Sara unaufdringlich.

„Na ja, solange die Sonne scheint, würde man kaum meinen, dass die Temperatur plötzlich so absinken kann. Außerdem, hast du meinen Mantel gesehen? Ich hab ihn eigentlich gesucht und nicht gefunden, wo du mich jetzt daran erinnerst."

Sara schüttelte den Kopf und sagte: „Keine Ahnung, den hast du wahrscheinlich auf irgendeinem Kleiderhaken im Hotel hängen lassen."

Ein Lastwagen, auf dessen Hinterseite ein riesiges Frauengesicht abgebildet war, das eine Garnele verschlang, fuhr neben ihnen vorbei.

„Du, ganz was anderes: Kannst du dich noch an das tschechische Mädchen erinnern, das in der Waschküche arbeitete und mitten in der letzten Wintersaison gekündigt hat?", fragte Sara.

„Ja, natürlich, die ist einfach auf und davon", antwortete Peter, dem die Erinnerung noch auf dem Magen zu liegen schien.

„Eine ihrer Mitarbeiterinnen hat unlängst der Gouvernante gesagt, dass sie weggegangen ist, weil sie am Weihnachtsabend nicht für die Gäste singen wollte."

„Na gut, wenn das zu viel ist, meinetwegen, dann soll sie eben gehen. In einer Gruppe von zwanzig Leuten mitzusingen, das bringt wirklich jeder auf die Reihe", antwortete Peter leicht irritiert.

„Wir hatten schon damals darüber gesprochen, du kannst dich sicher erinnern. Es wäre wirklich sinnvoller gewesen, wenn wir es freigestellt hätten, ob jemand singen will oder nicht", fuhr Sara ruhig fort.

„Und glaubst du tatsächlich, dass wir auf diese Art eine anständige Gruppe zusammengebracht hätten?", fragte Peter achselzuckend.

„Es geht doch schließlich nicht nur darum", seufzte Sara, „die meisten Bediensteten der Waschküche sind Ausländerinnen und können zum Teil kaum Deutsch. Solche Verfügungen vergiften einfach das Betriebsklima, es gibt ja schließlich genügend professionelle Chöre."

„Hast du eine Ahnung, was ein solcher Chor an einem Weihnachtsabend verlangt? Außerdem werden sie gut bezahlt bei uns. Um ein Vielfaches mehr als sie bei sich zu Hause verdienen würden", ereiferte sich Peter.

„Und deshalb müssen sie alles tun, was dir in den Kopf schießt? Tu was du willst, Peter, meinetwegen. Ich stehe jedenfalls nicht hinter dir. Wenn sie mich fragen, sage ich ihnen einfach, dass sie tun können, was sie wollen", schloss Sara scharf und bestimmt das Gespräch ab.

Tatsächlich sprachen sie nicht mehr weiter und schlenderten schweigend die Straße zum Hotel entlang, das sich in fünf Minuten Entfernung vom Dorfzentrum befand. Sie hatten sich entschieden, zu Fuß zur Messe zu gehen, um ein wenig an der frischen Luft zu sein.

Doch bereits durch die sanfte Steigung der Straße geriet Peter nach wenigen Minuten außer Atem. Wer ihn kannte, wäre darüber erstaunt gewesen. Besonders zu Zeiten, als er noch als Koch arbeitete, war er gut bei Fuß und sein Körper war bestens durchtrainiert. Sara liebte es, sich abends an seine füllige Brust zu kuscheln, die im entspannten Zustand ein weiches Kissen hergab. Falls sie jemals Kinder haben sollten und es ein Junge werde, meinte sie damals, dann werde er so gut gebaut sein, wie sein Vater. Doch davon war nicht viel übrig geblieben. Auch seine Arme, die einst breit und kräftig waren, verflüchtigten sich zunehmend unter den Falten eleganter Hemden. Für die Fitness hatte er wahrlich keine Zeit übrig und selbst wenn er auf die Jagd ging, fuhr er so weit wie möglich mit seinem Jeep. Da er sich sowohl mit dem Jagdaufseher als auch mit dem Revierleiter gut verstand, hatte man ihm die Schlüssel der Schranken anvertraut, die jene Straßen verriegelten, die bis ganz hinauf auf die Alm führten. So begann die Jagd für ihn allmählich zu einer Alpensafari zu werden: Er verließ immer seltener seinen Wagen, um sich den scheuen Waldbewohnern zu nähern. Natürlich brachte er auch keine Pilze mehr nach Hause, die ihm stets ein willkommener Trost gewesen waren, wenn er ansonsten leer ausging. Doch davon gab es im Hotel zur Genüge. Die schlimmere Folge jener neuen Jagdstrategie war allerdings, dass er auch in den Beinen immer schwächer wurde. Doch seine Zeit war knapp, da ihm jeweils nur wenige Stunden am Morgen zur Verfügung standen. Falls er in jene Gebiete gelangen wollte, in denen man tatsächlich was schießen konnte, dann musste er seinen Wagen bemühen. Entweder so oder gar nichts.

Paradoxerweise war es nicht Sara, sondern Hans, der Peter manchmal darauf aufmerksam machte, in welch misslichem Zustand sich seine „Karosserie" befand, wie er seinen Körper zu definieren pflegte.

Peter hielt kurz an, um zu telefonieren, wobei er Sara bat, ungestört weiterzugehen; was sie auch tat. Er sprach mit Hans und erkundigte sich, ob die erwarteten Zoologen der Weltbank schon eingetroffen waren. Es ging um den Versuch, einige Affen ins kleine Ökosystem zu integrieren und gleichzeitig die Gesamtsituation des Projektes *Serra* zu überprüfen. Besonders auf Grund des letzteren Umstandes handelte es sich um einen wichtigen Besuch.

Man hatte bereits vor einem Jahr versucht, eine Familie von Kralläffchen hier leben zu lassen. Doch das Vorhaben scheiterte wegen der äußerst wählerischen Ernährungsgewohnheiten der Affen. Die wenigen Kräuter, die ihnen mundeten, wuchsen aus verschiedenen Gründen im künstlichen Urwald nicht. Das für jeglichen Regenwald urtypische Gekreische der Affen fehlte also noch im Hotel. Man hatte versucht, der akustischen Kulisse durch eine Reihe von Fröschen auf die Sprünge zu helfen, die Tag und Nacht plärrten. Doch das war eben nicht dasselbe.

Trotz dieser und anderer Mängel konnte das Projekt *Serra* unbestritten als Erfolg verbucht werden. Das Hotel war tatsächlich zum Unikat geworden und man hatte auch das Spektrum der Klientel deutlich erweitert. Besonders lokale Politiker aus dem linken und grünen Lager verbrachten ihren Urlaub neuerdings im Hotel. Sie hatten ihren zu hohen Lebensstandard hin und wieder vor kritischen Zungen rechtfertigen müssen. Nun hatten sie ihr Problem gelöst und standen endlich unter keinem Rechtfertigungszwang mehr: Durch den riesigen Garten, der nicht zuletzt einen sozialen Zweck erfüllte, hatte das Hotel sowohl eine ökologische als auch eine soziale Note erhalten. Dadurch unterschied es sich von allem, was man bisher im Lande je zu Gesicht bekommen hatte. Herr Beeler hatte wieder einmal ins Schwarze getroffen. Weiter waren es besonders Entwicklungshelfer im Auftrag der Weltbank, Naturliebhaber aller Art, betuchte Alternative, Familien mit Kleinkindern, die Platz zum Spielen brauchten, und nicht zuletzt die Kirchenleute, die sich fürs Hotel entschieden und die neu dazugewonnene Klientel darstellten. Die europäischen Missionsorden hatten in den letzten zwanzig Jahren einen erschreckenden Rückgang an Nachwuchs zu beklagen. Das Angebot einer Woche im Luxushotel und im Gewächshaus war für sie eine verlockende Werbung. Schließlich schien es ihnen an allem außer an Geld zu fehlen.
Hans teilte Peter mit, dass sich die beiden Zoologen, anscheinend waren es Franzosen, bereits im Hotel befanden. Peter bat seinen Freund, sie noch kurz zu beschäftigen, bis er selbst an Ort und Stelle sei. Für Hans war es ein Vergnügen, sich mit einflussreichen Leuten auf Französisch über Tiere zu unterhalten. Umstände, die dem Vizedirektor bestens bekamen.
Als Peter in die Hotellobby gelangte, sah er Hans, der mit zwei piekfein gekleideten Herren mittleren Alters an der Rezeption sprach. Er wandte sich nach Sara um, die einige Meter hinter ihm stand.

„Ich werde mit den beiden Franzosen den Abend verbringen, isst du heute mit uns, hier im Parterre?“, fragte er sie.
„Ich werde oben mit Juan essen, er wollte sich mit mir über einige Problemchen bezüglich seiner Mitarbeiter unterhalten. Schönen Abend noch“, antwortete sie und steuerte auf den Aufzug zu.
„Ja, ebenfalls“, murmelte ihr Peter hinterher, der mit den Gedanken bereits bei seinen Gästen war. Nach einer ausgiebigen Begrüßungszeremonie teilten die beiden Experten dem Hoteldirektor mit, dass sie am nächsten Morgen ihre Aufgabe in Angriff nehmen werden. Peter nickte zufrieden und lud die Herren auf einen unverbindlichen Rundgang in der *Serra* ein, um sich von der Reise zu erholen. Sie stimmten erwartungsvoll zu. Hans verabschiedete sich hingegen von der kleinen Gruppe; er musste noch seine Koffer packen, da er am nächsten Tag in den Urlaub fahren wollte.
„Gute Arbeit, hoffentlich gefällt es Ihnen bei uns, alles Gute, schönen Urlaub noch, erholen Sie sich usw.“, dann war er weg.
Die Abendstimmung unter Palmen und Eukalyptusbäumen war von märchenhafter Schönheit. Es war schon fast dunkel und der Abendstern leuchtete bereits oberhalb der gläsernen Kuppel. Die Kandelaberkakteen schienen jetzt noch höher zu sein als bei helllichtem Tag. Träumerisch streckten sie ihre langen Gliedmaßen zu den Sternen empor. Allenthalben leuchteten kleine und große Augen im Gestrüpp. Doch was schließlich diese Abendstimmung von alpenländischer Romantik wesentlich unterschied, waren die Geräusche: Es war alles andere als still. Das Zirpen, Quaken, Zwitschern, Trällern, Kreischen und Rauschen bildeten eine Symphonie, die kaum zu überhören war.
Peter hatte in sympathischer Höflichkeit all die französischen Sätze zum Besten gegeben, die er auf Lager hatte. Nun bat er seine Gäste, auf Englisch fortfahren zu dürfen, was mit Selbst-

verständlichkeit angenommen wurde. Er hatte im Laufe der Jahre in den verschiedensten Sprachen einige Sätze gelernt, damit er zumindest die Gäste in ihrer Muttersprache empfangen konnte. Diese kleine Aufmerksamkeit, die schlichtweg seiner Wirtsseele entsprungen war, hatte sich als äußerst wirksam erwiesen. Er hatte besonders in der Zeit des Aufbaus zusammen mit Sara viele Hotels in unterschiedlichen Ländern besucht. Seinem aufgeweckten Wesen gemäß hatte er sich dabei stets für die Politik, Kultur, Wirtschaft u. Ä. jener Orte interessiert. Damit hatte er reichlichen Gesprächsstoff, wenn er mit den Gästen zusammentraf. Bei Frauen ging er hingegen anders vor: Er neigte sein Haupt, lächelte spitz und zwitscherte ein abgerundetes und adäquates Kompliment in die Runde; eines, das ohne Bedenken auch in einer offenen Runde und bei Anwesenheit des jeweiligen Gatten ausgesprochen werden konnte. Peter war nach wie vor ein Charmeur. Früher hatte sich Sara noch ab und zu daran gestoßen. Dann knurrte sie und verschränkte kindlich-störrisch ihre Arme. Es war ein Spiel, wobei Peter die Regeln kannte und die Situation durch ein kleine Aufmerksamkeit für sie löste. Das reichte. Doch nun schien sie seine Aufmerksamkeit für andere Damen kaum noch zur Kenntnis zu nehmen.
Die Franzosen erwiesen sich als sehr interessiert, kommentierten in ihrer Sprache das und jenes und teilten Peter mit, dass es auch zu dieser Tageszeit lohnend sei, einen solchen Ort zu besuchen. Einer von den beiden hatte das Tropengewächshaus bereits kurz nach seiner Errichtung, vor acht Jahren, besichtigt. Langsam schlenderten die drei auf den Ausgang zu. Als sie dort angelangt waren, besann sich Peter, dass er vergessen hatte, Josè, dem Peruaner, der in der Lehmziegelhütte lebte, mitzuteilen, dass er sich den morgigen Vormittag freihalten solle, um auf einige Fragen der Zoologen zu antworten. Er war nämlich zusammen mit seiner Familie der Einzige, der unmittelbaren und ständigen Kontakt zu dieser

gezähmten Natur hatte. Der Indianer verrichtete gelegentlich kleinere handwerkliche Arbeiten vor seiner Hütte und Peter wollte sicher sein, dass keine unerwünschten Zwischenfälle dem wichtigen Gespräch in die Quere kamen.
Er bat die beiden Wissenschaftler, sich inzwischen ins Restaurant im Parterre zu begeben und dort vorstellig zu werden. Man wisse bereits über ihr Kommen Bescheid. Er werde sie gleich einholen und mit ihnen zusammen speisen, nachdem er diese Formalität hinter sich gebracht habe.
Der Peruaner versprach, selbstverständlich Peters Aufforderung am morgigen Tag Folge zu leisten, indem er eilfertig nickte und mehrmals beteuerte, dass er jederzeit zur Verfügung stehe. Als sich Peter von der Hütte entfernte und eiligen Schrittes dem Ausgang zusteuerte, bemerkte er eine Person auf dem Pfad. Er näherte sich ihr und erkannte, dass es sich um einen älteren Herren handelte. Er musste um die siebzig sein.
„Guten Abend“, sagte dieser in einem entschiedenen Ton, indem er nickte. Peter erwiderte den Gruß und reichte ihm die Hand.
„Ich meine, wir kennen uns noch gar nicht ...“, sagte Peter unentschlossen und versuchte im Dunkeln die Gesichtszüge des Unbekannten zu erkennen.
„Gib dir keine Mühe, du kennst mich nicht. Ich bin heute Nachmittag angereist. Ich heiße Leonhard Stein und bin ein Bruder aus dem Missionsorden der Millhiller. Doch du bist Peter, Peter Costa, der Hoteldirektor“, führte der Mann langsam und deutlich aus.
Er hatte Peters Hand immer noch nicht ausgelassen, vielmehr hielt er sie fest umschlossen und schüttelte sie leicht. Der Mann maß ungefähr einen Meter und siebzig, war ein wenig beleibt und hatte einen kugelrunden Kopf. Keinen Bart. Er trug einen unauffälligen, graukarierten Anzug, ganz im Missionarsstil.

Peter war verwundert, dass ihn dieser Unbekannte mit Du angesprochen hatte. Damit hatte er allerdings erst seine Aufmerksamkeit für sich gewonnen, da er zuvor mit den Gedanken bereits bei den beiden Franzosen war. Seit er dieses Hotel führte, war es ihm nicht ein einziges Mal passiert, dass ihn ein Gast so angesprochen hatte. Doch störte es ihn nicht, „mal was anderes", dachte er, irgendwie von der Situation belustigt und zur selben Zeit seltsam befremdet.
Die beiden spazierten gemeinsam zum Ausgang hin und plauderten über den Millhillorden und über die vielen Jahre, die der Missionar in Brasilien verbracht hatte. Als sie vor dem Eingangstor standen, erkannte Peter durch das Licht, das von der Lobby hereinfiel, dass der Millhiller abgetragene, schwarze Gummisandalen trug, deren zwei Riemen sich oben kreuzten. Das Schuhwerk fiel für sich genommen nicht ins Auge, doch in Kombination mit dem Anzug gab es ein etwas bizarres Bild her.
„Oh, die Sandalen", bemerkte der aufmerksame Ordensmann.
„Tja, in Brasilien tragen fast alle Leute solche Sandalen. Auf dem Land, meine ich, nicht in der Stadt. Dort ist alles anders. Die Sandalen werden einfach aus alten Autoreifen hergestellt. Sie kosten nichts und halten ein Leben lang", fuhr er fort.
Nachdem er jeweils einen Satz ausgesprochen hatte, schob er den Unterkiefer nach vorne, schmatzte leicht und schnappte nach Luft, indem er mit dem Kopf von unten nach oben eine schaufelnde Bewegung ausführte, ganz wie ein Fisch.
„Wahrscheinlich eine von diesen exotischen Krankheiten, an denen jeder Missionar leidet", mutmaßte der Hoteldirektor schweigend.
Erst jetzt, im Halbdunkel, wurden die Gesichtszüge des Geistlichen sichtbar. Der Kopf war rund, doch weder aufgedunsen noch dicklich. Einfach rund. Es musste an der Form des Schädels liegen. „Irgendwie sympathisch", dachte Peter. Sein

Haupt war weiters von kurzem, grauem Lockenhaar bedeckt. Der Mund, nachdem er nach Luft geschnappt hatte, krümmte sich jeweils zu einem lächelnden Bogen und verharrte in dieser Position, die für ihn die natürlichste zu sein schien. Peter war sich zwar bewusst, dass seine Gäste im Restaurant auf ihn warteten, doch wollte er noch einige Worte mit diesem kuriosen Mann verschwenden.

„Gefällt Ihnen unser kleiner Urwald?", fragte Peter den Geistlichen. Dieser lächelte übers ganze Gesicht.

„Du", antwortete er. „Sag du zu mir."

„Genau, du", lachte Peter, dem dieser Kommunikationsstil zunehmend zusagte.

„Gefällt es dir hier in der Serra?", fragte Peter mit etwas Mühe, da ihm die eigenen Worte wie Fremdkörper im eigenen Mund vorkamen.

„Lieber Peter, wie du siehst, bin nicht mehr der Jüngste. Ich war lange fort. Sehr lange."

„Ich verstehe. Aber wie meinen Sie, pardon, wie meinst du das? Also, meine Frage war ja eine andere. Ich wollte wissen, ob ..."

„Ich hab deine Frage verstanden, Peter", unterbrach ihn freundlich der Bruder.

„Wie gesagt, ich war lange fort. Ich war in Ländern, in denen Menschen anders aussehen als hier, wo man sich umarmt, anstatt sich die Hand zu geben, wo auch die Luft und die Gerüche anders sind, weil die Erde eine andere ist, sodass auch der Boden anders ist, weshalb die Leute auch anders gehen, wie auch das Geräusch ihrer Schritte anders klingt. Ich habe den Löwen am Morgengrauen brüllen hören, ich habe Jaguaren gesehen, wie sie sich an die Äste der Bäume schmiegten, um von ihrer Beute nicht gesehen zu werden. Papageien, Elefanten, Kondore, Taranteln, Mücken, die gierig sind nach deinem Blut. Ich hab im Regenwald gelebt und seine tausend Augen auf mir gespürt. Ich hab mich zum ersten Mal als ein wandelnder Leckerbissen empfunden. Ich habe auch mit dem Tod Freundschaft geschlossen. Ich fühle ihn stets an meiner Seite, lieber Peter. Schweigsam und geduldig, doch immer bei mir. Auch jetzt, in diesem Augenblick. Ich war lange fort, lieber Peter, sehr lange."

Peter hatte mit größter Aufmerksamkeit zugehört, doch immer noch nicht verstanden, worauf die Antwort des Bruders hinauslief. Wollte er damit sagen, dass ihm die *Serra* nicht gefiel, oder fühlte er sich vielmehr wie zu Hause, weil er sich an den Urwald erinnerte? Peter wollte den Geistlichen danach befragen, doch schwante ihm, dass dieser Herr nicht auf dieselbe Art auf Fragen antwortete, wie er es gewohnt war. Doch dieser seltsame Kommunikationsstil wirkte sich andererseits erfrischend und befreiend auf Peter aus, sodass er Mut fasste und in einer Ungeziertheit, die ihn selbst erstaunte, fragte: „Warum bist du hier?"

„Das war nicht meine Entscheidung", antwortete der Missionar prompt. „Ich hab in meinem eigenen Leben nicht viel zu sagen", fuhr er fort und lachte. Er lachte laut und ausgiebig und schien das ganze Gewächshaus mit diesem warmen und tiefen Lachen auszufüllen, sodass es in das Quaken der Frösche und Kreischen der Vögel einstimmte und damit eine einzige, umgreifende Melodie bildete.

Peter war sprachlos.

„Du, Peter", fuhr er ihn plötzlich mit erwartungsvollen Kinderaugen an, indem er ihn mit der Hand am Puls fasste.

„Kannst du mir bitte ein Glas Wasser bringen?"

„Ja, natürlich, ehm, aber kann es sonst was sein ... ein Drink, oder ...?", bemühte sich Peter zuvorkommend.

„Nein. Ein ganz normales Glas Leitungswasser, bitte", antwortete der Millhiller resolut.

Peter eilte in die Hall, schenkte selbst das Wasser auf, was den Barkeeper irgendwie merkwürdig anmutete, und brachte es dem durstigen Missionar. Dieser nahm das Glas mit seinem

strahlenden Sonnengesicht entgegen, spitzte den Mund und trank es langsam, fast vorsichtig aus.
„Danke“, atmete er erleichtert auf und fuhr neugierig fort: „Peter, erzähl mir was von dir.“
Peter hatte es die Stimme verschlagen. Was sollte er sagen? War es denn nicht augenscheinlich, wie er sein Leben verbrachte? Sah denn der Bruder nicht das kleine Reich, das er zu verwalten hatte und an dessen Aufbau er wesentlich mitbeteiligt war? Reichte das nicht? Was hätte er sonst noch alles tun sollen? Sollte er über die Jagd reden? Schließlich zuckte er einfach mit den Achseln.
„Ist schon in Ordnung. Ich habe noch eine Frage. Gibt es denn in diesem Gewächshaus keine Spinnen?“, fragte der Bruder interessiert.
„Nein“, antwortete Peter, der nun wieder zu sich gekommen war.
„Die jagen den Leuten nur einen Schrecken ein, auch wenn sie nicht giftig sind.“
Der Missionar schnappte einige Male nach Luft, kaute sie und sagte: „Wo es keine Spinnen gibt, da vermehren sich die Heuschrecken uneingeschränkt. Die fressen dann die Pflanzen auf. Peter, sei vorsichtig. Ich warne dich, eine Heuschreckenplage ist nicht zu unterschätzen.“
Der Ordensmann fasste ihn mit seiner Hand nochmals zärtlich am Puls an und verabschiedete sich.
„Es hat mich gefreut. Danke für deine Zeit“, schloss er das Gespräch und trat durchs Tor in die Hotellobby hinaus.
Sara aß gerade zusammen mit Juan in der Stube im vierten Stock. Hier speisten zumeist Peter und seine Frau, wenn sie alleine sein wollten, um was zu besprechen, oder gemeinsam mit besonderen Gästen den Abend verbrachten. Der verhältnismäßig kleine Raum war nach Tiroler Art mit hellem Fichtenholz ausgetäfelt und vermittelte eine vertraute Atmosphäre. Es kam auch öfters vor, dass sie hier zusammen mit Juan

oder Hans zu Tisch saßen. Die beiden gehörten inzwischen sozusagen zur Familie. Juan, der bolivianische Hausmeister, war damals nach Europa gekommen, um etwas Geld zu verdienen und nach Hause zu schicken. Doch seine Eltern waren inzwischen beide gestorben und er hatte weder Frau noch Kinder. Sein Zuhause war mithin das Hotel selbst. Er war auch der Einzige unter den Bediensteten, dem uneingeschränkter Zugang zur Wohnung der Familie Costa gewährt wurde. Sie schenkten ihm nach wie vor blindes Vertrauen.
Obwohl zwischen Juan, Hans, Sara und Peter hinsichtlich ihrer Funktion im Betrieb ein wesentlicher Unterschied bestand, pflegten sie eine freundschaftliche Beziehung zueinander. Sie kannten sich schließlich bereits schon bevor das Hotel errichtet worden war. Hans und Peter waren abends allerdings oft noch arbeitsmäßig beschäftigt bzw. leisteten den Gästen Gesellschaft. So ergab es sich immer öfters, dass Sara alleine mit Juan aß.
Hans war heute nicht anwesend, weil er die Koffer für den Urlaub noch nicht fertig gepackt hatte.
„Er weiß nicht, welchen der fünf Schränke er mitnehmen soll“, witzelte Sara, über ihre eigene Bemerkung belustigt.
Sie unterhielten sich beim Essen meistens über irgendwelche ulkigen Vorfälle im Hotel. Juan karikierte an diesem Abend ein junges Paar aus Spanien, dem er zuvor die Koffer ins Zimmer getragen hatte. Sara konnte von ganzem Herzen lachen, wenn der Familienfreund die Gäste des Hotels imitierte. Doch ihr Lieblingsstück war seine Nachahmung von Peter, wenn dieser gestresst und zerstreut war. Sobald sie dann alle beisammen am Tisch saßen und Peter, noch seinen Betriebsgedanken nachhängend, gelegentlich Missverständnisse erzeugte, schmunzelten die beiden ins Weiß der großen Porzellanteller hinein.
Peter erklärte seinen Gästen gerade die Speisekarte. Es handelte sich dabei ausschließlich um lokaltypische Gerichte. In

diesem Sinne hatte man das ganze Restaurant eingerichtet: Tiroler Küche auf höchstem Niveau. Auf Peters Wunsch hatte man sich bemüht, einige Elemente aus der Jagd in die Ausstaffierung des Interieurs zu integrieren. „Des Direktors persönliche Note“, erklärte Hans gelegentlich.
Trotz seiner Mühe, glückte es Peter nicht, den beiden Franzosen Speckknödel, „Knödel nach Tiroler Art, mit geräuchertem Schweinerücken bespickt“, als attraktiv erscheinen zu lassen. Sie aßen beide Wildfleisch.
Man diskutierte über Betriebswirtschaft, Affen und Schädlinge. Doch Peter war mit seinen Gedanken ganz woanders. Die Begegnung mit dem Missionar hatte ein gemischtes Gefühl in ihm zurückgelassen. Er trug zwar noch die behagliche Wärme, die vom Unbekannten Herrn ausströmte, in seiner Brust, doch empfand er dabei gleichsam einen bitteren Nachgeschmack. Und da war noch diese bedrohliche Warnung bezüglich der Heuschrecken. Was sollte er damit anfangen? Er hätte eigentlich nur die beiden Wissenschaftler befragen müssen, die gerade Wildfleisch kauend sich über Hirsche unterhielten. Doch ihm war merkwürdigerweise nicht danach. Er trank seinen Cabernet aus und bestellte eine weitere Flasche nach.
Zur Beruhigung.

Segment III.2

Sektor 12

Wären wir doch in Ägypten oder hier in der Wüste gestorben. Warum will uns der Herr in jenes Land bringen?

Num 14,2.3

Mitte Juli; es war ein diesiger Vormittag. Ein milchiger Schleier hatte sich über das ganze Tal gelegt und man hatte den Eindruck, als ob sich die nahen Berge in weiter Ferne befänden. Ihre roten und weißen Farben waren an diesem Morgen verblasst, verschluckt vom Dunst, wie auch der Himmel selbst. Die darunterliegenden Felsen schienen nichts weiter als ein grau-blauer Schatten zu sein. Nichts bewegte sich.
Nur ein entferntes Poltern an den Baustellen war zu hören. Überall wurde gebaut. Zwischendurch fuhr ein Lastwagen vorbei. Am gezackten Horizont ragte da und dort eine Spitze oder ein Würfel in den Himmel. Ab und zu ein Funkeln. Es waren die Fernsehantennen, Schutzhütten und Bergstationen der Seilbahnen. Ein leiser Windhauch kroch Peter über die Haut. Die Brise war so schwach, dass sich selbst die Blätter an den Bäumen nicht rührten. Geschweige denn die Wolken. Wie gemalt, erstarrt in einem Landschaftsbild, blieb alles an seinem Platz.
Nach wie vor: Nichts bewegte sich.
Desgleichen Peter, der an der Brüstung des Balkons lehnte und eine Zigarette rauchte. Dazu trank er einen Martini und ließ seine Gedanken gleichgültig vorüberziehen. Sara war in die Stadt gefahren, wahrscheinlich zum Einkaufen. Irgendwie merkwürdig: Was immer man hier brauchte, konnte schließlich geliefert werden. Außer Kleider, doch Sara war nie besonders scharf darauf gewesen. Vielleicht war ihr einfach nach

einem Stadtbummel. Sie hatte eigentlich gar nicht gesagt, was sie erledigen musste, fiel Peter ein, als er nun daran dachte. Einerlei. Das war meistens so.
Hans kümmerte sich jedenfalls um den Rest. Als Peter ihn gefragt hatte, ob er die gesamte Organisation der Feier von heute Abend übernehmen würde, willigte dieser sofort ein. Es hielten sich momentan verschiedene Prominenzen im Hotel auf und es wäre laut Hans eine Verschwendung gewesen, wenn man nicht irgendwie versucht hätte, Kapital daraus zu schlagen. Also organisierte man eine Party mit hohen Eintrittspreisen. Das Heranlocken der Zelebritäten funktionierte nach dem Schneeballprinzip: Wenn es gelang, einige angesehene Persönlichkeiten herbeizulocken, kam die ganze Sache erst ins Rollen, sodass Anzahl und Namhaftigkeit der Promis exponentiell zunahmen. Besonders das Gewächshaus war in diesen Kreisen eine angestrebte Sehenswürdigkeit. Damit konnte man dem eigenen ökologischen Engagement einen sichtbaren Ausdruck verleihen.
Peter nahm den Martini und ging ins Wohnzimmer, von wo man sein neues Büro betreten konnte. Da durch das Projekt *Serra* die gesamte Rezeption verlegt worden war, hatte er dabei die Gelegenheit ergriffen, sein Büro, das sich dahinter befand, in der eigenen Wohnung einzurichten. Ein separater Eingang ermöglichte auch vom Gang aus den Zutritt zum Büro, ohne dass man dabei die Wohnung durchqueren musste. Als er Sara den Vorschlag unterbreitete, hatte er sich auf eine vehemente Auseinandersetzung gefasst gemacht. Sara war in Bezug auf ihre Wohnung und alle berufsbedingten Eingriffe in diesen Bereich sehr empfindlich. Doch zu seinem größten Erstaunen leistete sie keinerlei Widerstand. Sie äußerte nur die Bitte, dass das Wohnzimmer dabei unverändert bleibe. Nichts leichter als das.
Er begab sich in den Arbeitsraum, um einen Blick auf die Monitore der Überwachungskameras zu werfen. Insgesamt wa-

ren es nun fünfzehn. Er hatte sie in einer Ecke des Raumes auf drei lange Schreibtische verteilt, die sich halbkreisförmig von den Wänden abhoben. Nachdem er sich in seinem ledergepolsterten Bürosessel niedergelassen hatte, steckte er sich eine weitere Zigarette an. Den Martini hielt er in der anderen Hand. Sara hatte auch nichts dagegen eingewandt, dass er hier rauchte.

Drei der Bildschirme überwachten das Tropengewächshaus. Weitere vier waren jeweils im Heizraum, in der Tiefgarage und in den beiden Küchen installiert worden. Ein unlängst verabschiedetes Gesetz erlaubte es, fast alle Abteilungen eines Betriebs mit Videokameras zu versehen. In gewissen Bereichen war es sogar vorgeschrieben. Die Bestimmung war eine der Früchte des gesamteuropäischen Versuches, dem internationalen Terrorismus etwas entgegenzustellen.

Auf dem Bildschirm, der den Heizraum zeigte, erkannte er einen Hausmeister, der mit zwei Technikern sprach und dabei auf das Gewinde einer Rohrleitung hindeutete. Womöglich hatte es erneut einen Bruch gegeben. Juan hatte Peter bereits vor einigen Monaten darauf hingewiesen, dass sowohl ein neuer Brenner als auch die Erneuerung verschiedener Rohrteile vonnöten sei. Doch momentan stand weder für das eine noch für das andere Geld zur Verfügung. Die Umsetzung der neuen Brandschutzbestimmungen hatte ihn in der vergangenen Saison eine hohe Summe gekostet. Peter war seit einigen Jahren der Hauptanteilseigner des Betriebs und musste mit Investitionen zunehmend vorsichtig umgehen.

Schließlich resignierte er vor dem Versuch, verstehen zu wollen, was im Heizraum gesprochen wurde.

„Schade“, dachte er fast irritiert.

Er stand auf. Was tun? Etwas musste er ja tun. Vielleicht noch einen Martini ... oder besser eine Zigarette? Nein, wennschon beides zusammen.

Es war zehn Uhr und fünfunddreißig Minuten und er hatte bisher schon elf Zigaretten geraucht und zwei Martini getrunken. Nein, noch einer wäre zu viel des Guten gewesen. Also beschloss er, einen Spaziergang zu unternehmen. Ganz was anderes. Genau, das war die richtige Entscheidung!
Er ließ Hans an der Rezeption benachrichtigen, dass er in spätestens einer Stunde wieder da sein werde, und verließ anschließend das Hotel.
Auf den Seiten des Eingangs standen die funkelnden Wagen der Gäste, die gerade angekommen waren. Besonders wenn es sich um aufsehenerregende Autos handelte, ließ man sie gerne noch eine Weile da stehen, bevor man sie in die unterirdische Garage parkte. Der kleine Parkplatz neben dem Eingang war kürzlich neu asphaltiert worden. Anscheinend hatte Hans verfügt, dass er mindestens zwei Mal am Tag gekehrt werden musste. Der Vizedirektor konnte nämlich besonders Zigarettenkippen am Boden gar nicht leiden. Peter hatte nichts dagegen einzuwenden, obwohl es ihn doch irgendwie nervte, dass ein Parkplatz so oft gekehrt und gewischt wurde, dass man ihn alle paar Jahre neu asphaltieren musste. Er schlängelte sich zwischen den Wagen hindurch und überquerte den Parkplatz. Die Vierräder verfolgten sein Vorüberziehen mit dem argwöhnischen, roten Sicherheitsauge am Armaturenbrett.
Er wandte sich zur Eingangsfassade um. Sie war von großen, hellen Tuffsteinplatten bedeckt. Der Eingang selbst war ein zylinderförmiges Glasgehäuse mit einer Drehscheibe als Boden. Seitlich davon war in die Wand eine mehrere Meter lange graue Tafel aus schottischem Schiefer eingemauert, in die in schlichten Charakteren das Wort Hotel eingraviert war. Irgendetwas überzeugte ihn daran nicht. Er entfernte sich vom Parkplatz und betrachtete das Gebäude von einem anderen Winkel. Auch von hier aus bescherte ihm der Anblick keine besonderen seelischen Regungen. Die minimalistische Ästhe-

tik der Außenfassade wirkte schal, dürftig und irgendwie ergänzungsbedürftig. Oder war er es, der an geschmacklichen Verirrungen litt? Schließlich wandte er sich ab und trottete die Straße entlang ins Dorf. Er nahm anschließend den Weg, der zu jenem schönen Aussichtspunkt führte, den er auch damals mit Herrn Beeler aufgesucht hatte. Seit dem letzten Besuch des merkwürdigen Beraters war er nie mehr dort gewesen.
Der Aufstieg fiel ihm ungemein schwer. Es musste am Tiefdruck liegen, an dieser feuchten, schweren, stickigen und moderigen Luft, dachte er sich und machte eine gequälte Miene. Trotzdem erreichte er sein Ziel. Auf der Anhöhe war reges Treiben im Gange. Der Holzkiosk, den er beim letzten Mal gesehen hatte, war zu einer imposanten Hütte ausgebaut worden, deren blanklackiertes Holz funkelte, obwohl kein Sonnenstrahl es streifte. Unter dem Dachvorsprung hingen klobige, rechteckige Lautsprecher. Vor der Hütte befand sich eine lange Holztheke, die auf Zubern auflag und eigens überdacht war. Schwerbeschuhte Gäste mit Sonnenbrillen in den Haaren lehnten daran und kippten sich ein Getränk nach dem anderen in den Rachen. Aus einigen weiteren Lautsprechern, die rings um die Wiese aufgestellt waren, ertönte der Evergreen der Beatles „Yesterday“. Eine funkelnde Plastikkuh stand vor der Theke und blickte mit ihren Spielzeugaugen ins Tal. Als ein Herr ihren Schwanz hob, leuchteten ihre Augen violett auf und aus ihrem Euter spritzte ein weißer Milchstrahl in einen darunter stehenden Becher.
Wer nicht an der Theke trank bugsierte seltsame Platten umher, an deren Unterseite Schienen befestigt waren. Plötzlich ging Peter ein Licht auf: Er befand sich bei der Bergstation der Sommerschlittenbahn. Ein Projekt, das er zusammen mit anderen Gastwirten vor Jahren vorangetrieben hatte. Er hatte bisher diese Furche im Wald lediglich für eine unfertige Skipiste gehalten. Tatsächlich hatte er sich seit geraumer Zeit weder für dieses noch für irgendein anderes Vorhaben

mehr interessiert, das den Tourismus im Tal ankurbeln sollte. Er wusste eigentlich selbst nicht warum. Vor Jahren galt er noch schlechthin als der Tourismuspionier im Tal. Das Ganze schien sich inzwischen verselbstständigt zu haben. „Umso besser, oder vielleicht doch nicht?“, wog er unentschlossen ab. Er kam zum Schluss, dass es ihm eigentlich einerlei war. Er ließ von seinen Gedanken ab und bestellte an der Theke ein Glas Rotwein.

„Oh, Pätr!“, stieß der Herr hinter dem Schanktisch hervor. Offensichtlich kannte man ihn hier. Seinerseits wusste er aber nicht, um wen es sich handelte. Auch das war ihm egal. Er bezahlte, nahm sein Glas zur Hand und überquerte die Wiese, bis zum abfallenden Hang hin. Dann trank er einen Schluck vom schlechten Wein – sein verwöhnter Gaumen zuckte angewidert zusammen – und blickte zum Dorf hinab. Er wurde dabei von einigen Kindern umringt, die einander hinterherliefen und sich am Boden kabbelten. Unbeirrt tastete er mit seinem Blick die Landschaft im Tal ab.

Nördlich vom Dorf hatte man einen Golfplatz angelegt. Von hier oben betrachtet, nahm er sich fast wie ein kleiner Flugplatz aus. Peter hatte damals selbst den diesbezüglichen Vorschlag eingereicht. In Absprache mit der Firma *Legio* hatte er sich dafür stark gemacht. „Ein prophetisches Vorhaben“, lobte er sich selbst nach der Verwirklichung des Platzes, angesichts einer Zeit, in der Tennis noch in aller Munde war und Golf als blasierter Sport für Reiche angesehen wurde.

Das Hotel war inzwischen bei weitem nicht mehr das einzige touristische Unternehmen im Dorf, das Aufsehen erregte. Etliche Hotels prangten im Tal, umringt von Sportplätzen, Reitställen und anderen Attraktionen. Was für ein Glück, vertröstete er sich, dass er dem Projekt *Serra* damals zugestimmt hatte.

Trotz der Konkurrenz stach sein Hotel unübersehbar unter allen Gebäuden hervor. „Das größte nach der Kirche“, witzelte

er gelegentlich. Es war stattlich, hell und von einer runden Glaskuppel überdacht.
Die Sonne lag irgendwo hinter dem Dunst und brachte ein schales und diffuses Licht hervor. Ebenso schal nahm sich an diesem Tag in seinen Augen das Hotel aus, das seiner funkelnden Schönheit und der rabiaten Überzeugungskraft seiner scharfen Winkel und Schatten beraubt schien. Klobig und breitgetreten wie ein auf den Boden gefallener Pudding besetzte es wie selbstverständlich den Raum unter dem müden Himmel. Irgendwas musste daran geändert werden, grübelte Peter mit krittelndem Blick. Vielleicht lag die Antwort in der Zigarette, die er sich gerade ansteckte, um den ungustiösen Wein zu rechtfertigen. Er sog sie gierig und nervös zu Asche und wartete auf einen Einfall.
„Irgendwie zu nieder, oder vielleicht zu breit", dachte er. Plötzlich riss er die Augen auf, es hatte in ihm geblitzt. Er biss die Zähne aufeinander und ein kampfeslustiges Lächeln huschte über seine Lippen: Das Gebäude sollte um einen ganzen Stock erhöht werden. Das war's! Dann hätte es endlich die kubische Vollendetheit erlangt, die ihm noch fehlte. Tatsächlich bildete das Hotel nur dem ersten Anschein nach einen Würfel, doch bei genauerem Hinsehen bemerkte man, dass es dafür etwas zu nieder war. Peter wollte dem Abhilfe schaffen. Es fielen ihm unmittelbar einige Details bezüglich der Verwirklichung der neugeborenen Idee ein. Anlässlich der neuen Brandschutzeinrichtung, die wie alles Übrige durchs Verwaltungsprogramm von der Rezeption aus gesteuert wurde, hatte man um einer größeren Übersicht willen das ganze Hotel in elf Sektoren unterteilt. Diese Segmentierung war allerdings nicht nur der Sicherheitsvorkehrungen wegen erfolgt, sondern sie erstreckte sich auf jeglichen Dienst, der im Hotel ausgerichtet wurde. Die Gliederung in elf Abteilungen war sozusagen die Karte, nach der sich sowohl die Bediensteten als auch der Computer orientierten. Falls der Stock, den

Peter hinzuzufügen gedachte, in eine der bereits existierenden Abteilungen eingegliedert worden wäre, dann hätte das sicherlich Konfusion hervorgebracht. Nein, was er vorhatte, war die Errichtung einer neuen, unabhängigen Abteilung: der zwölfte Sektor.

Er kippte sich den restlichen Wein in den Mund, wandte sich um und folgte seinen Ideen. Bereits während er zum Hotel zurückeilte, fiel ihm der nächste Schritt ein, der zu tun war: Er musste Beeler kontaktieren. Dieser war für ihn stets eine Garantie fürs Gelingen hochfahrender Pläne gewesen.

Als Peter die Hall des Hotels betrat, fand er eine rührige Stimmung vor. Eine Musikband entwirrte gerade Kabelgeflechte, justierte ihre Verstärker, suchte Steckdosen und richtete allerhand Bitten an die dienstbeflissenen und umhereilenden Hotelboys. Weiter wurden Sessel und Tische verlagert, Teppiche zusammengerollt und Büfetttische aufgestellt. Vier Schanktische wurden reichlich mit „Munitionen“ für den Abend ausgestattet. Doch nicht nur die gewöhnlichen Bediensteten und Entertainer hatten alle Hände voll zu tun, sondern auch die Gäste des Hotels: Seit Wochen, eigentlich seit Monaten, trugen sich modebewusste Damen mit Sorgen bezüglich Gold und Kleid für den Anlass.

Generalprobe vor dem Auftritt.

Hans stand vor der Rezeption und telefonierte gerade mit einem russischen Klavierspieler, der an der musikalischen Gestaltung der Feier mitbeteiligt war, doch bei der Anreise ins falsche Tal eingefahren war.

„Oh, Peter! Gut, dass du da bist, ich habe dich gesucht. Ja, ich weiß, du hast mir schon mitteilen lassen, dass du bald wieder da gewesen wärst. Egal. Es hat ein Vertreter betreffs der Lichtinstallation von ...“

„Nicht jetzt, Hans“, unterbrach ihn Peter schroff.

„Ist was passiert?“, erkundigte sich sein Freund verwundert und leicht besorgt.

„Nein, nein. Es ist alles okay. Doch ich hab noch was zu erledigen. Ich erklär's dir ein anderes Mal. Aber ich komme bald zurück, ich muss nur kurz ins Büro. Ich sehe, dass du die Situation bestens im Griff hast, mach weiter so", schloss Peter und trollte sich zum Aufzug.

Er war ein Meister, wenn es darum ging, sich Hans gefügig zu machen. Eine kleine Schmeichelei genügte, um den pflichtbewussten Geck von etwas zu überzeugen. Hans war ihm nach wie vor treu ergeben. Außerdem schwelgte der Vizedirektor gern in Situationen der totalen Überforderung: Zwei Mobiltelefone gleichzeitig betätigend dirigierte er in derselben Zeit einige Bedienstete mit zuckenden Kopfbewegungen umher.

Im umlaufenden Hotelfoyer waren an den Wänden anliegend weiße Säulen aufgestellt worden, ungefähr eineinhalb Meter hoch, die obendrauf jeweils einen Kunstgegenstand unter Glas zur Schau stellten. Zwischen einer Säule und der anderen hing jeweils eine Malerei an der Wand. Es handelte sich um eine beträchtliche Investition, die Peter auf Hans' Anraten getätigt hatte. Dieser hatte sich in den letzten Jahren zunehmend für moderne Kunst und den internationalen Kunstmarkt interessiert. Im Herbst hielt er sich stets auf der Biennale in Venedig auf, wo er mehrere Künstler persönlich kannte, die dort in den vergangenen Jahren mit ihren Werken gastiert hatten. Seine Wohnung, die sich im selben Dorf befand wie auch das Hotel, war mit Kunstwerken übersät. Schließlich verdiente er als Vizedirektor des Hotels nicht wenig und leistete sich nicht selten eines jener auserlesenen Werke. Ab und zu schmiss er bei sich zu Hause eine Party mit renommierten Gästen aus derselben Branche. Doch diesmal hatte er den Hoteldirektor selbst überzeugt, etwas Kunst ins Haus zu holen. Es waren alles Exponate von angesehenen, teilweise sogar weltberühmten Künstlern. Es handelte sich allerdings größtenteils um Spätwerke oder schlichtweg Skizzen und Proben der großen Meister. Im Falle Picassos, dessen ruhmvoller Name ebenfalls in der Ausstellung aufschien, wurde ein Haar eines Pariser Modells exponiert, das des Öfteren vom Meister porträtiert worden war. Nebenan war eine russische Ikone aus der sagenhaften Schule von Nowgorod zu sehen, auf der nicht mehr viel zu sehen war. Hans beschrieb sie schlichtweg mit dem Kommentar „fünfzehntes Jahrhundert". Weiter standen einige Spätwerke, es handelte sich ausschließlich um Blumenbilder, von namhaften Malern des russischen Suprematismus zur Schau, ein handgeschriebenes Liebesgedicht des Futurismusideologen Marinetti und schließlich der Gegenstand, der die meisten Blicke und Fragezeichen erntete: ein Wrack einer zertrümmerten Schreibmaschine. Es handelte sich um ein Fragment einer dadaistischen Kunstaktion aus dem Jahre 1919, die in Berlin stattgefunden hatte: Nach einem „Wettrennen" zwischen einer Näh- und einer Schreibmaschine, die jeweils von Raoul Hausmann und Huelsenbeck betätigt wurden, erlangte Erstere den Sieg, woraufhin Hausmann die Schreibmaschine in einem vorgetäuschten Wutanfall auf der Bühne zerschmetterte. Darauf bezog sich auch die Inschrift auf einer Plakette an der Säule: „Zertrümmert von Raoul Hausmann, 1919".

Peter betrat sein Büro und wählte sofort die Nummer des Beratungsunternehmens *Legio*, die selbstverständlich im Verzeichnis gespeichert war. Mit der anderen Hand schob er sich eine Zigarette in den Mund.

„Beratungsunternehmen Legio, hallo?", zwitscherte eine junge Frauenstimme mit gelungener Betonung.

„Ja, hallo, da spricht Costa, Peter Costa vom Hotel", antwortete Peter etwas hastig.

„Ach so, Herr Costa, guten Tag."

„Ehm, ich möchte Herrn Beeler sprechen, den Berater, Vertreter oder was auch immer ..."

„Hm, Herr Beeler, lassen Sie mich mal nachdenken ..."

„Das ist der Herr, der den ersten Kontakt zu mir geknüpft hat, bevor das Hotel errichtet wurde. Beim Projekt *Serra* war es genauso", drängte Peter.
„Wissen Sie, bei uns arbeiten ziemlich viele Vertreter. Beeler sagten Sie, ehrlich gesagt fällt mir niemand mit diesem Namen ein."
„Eher klein von Statur, dunkelhäutig, ein Asiat, Indien oder so was Ähnliches. In etwa fünfzig Jahre alt."
„Tut mir furchtbar leid, Herr Costa, ich weiß nicht, von wem Sie sprechen. Doch das will nichts heißen, ich arbeite erst seit einigen Monaten hier in der Firma, ... aber warten Sie, bleiben Sie dran, ich verbinde Sie mit jemandem, der Ihnen behilflich sein wird. Bleiben Sie dran."
Eine sanfte Geigenmusik entströmte dem Hörer, wohl mit der Absicht, die Ungeduld des Wartenden zu besänftigen. Doch diesmal war's umsonst. Peter schnob und prustete nervös in den Hörer. Dann eine Tonbandaufnahme einer Frauenstimme, die ähnlich klang wie die zuvor und ihn bat, sich noch etwas zu gedulden, da „die Verbindung sofort hergestellt werde".
„Ja, hallo?", antwortete eine resolute Männerstimme.
„Ich bin Peter Costa und suche Herrn Beeler", antwortete Peter eifrig, der sofort den Personalchef der Firma erkannt hatte.
„Herr Costa, welche Ehre. Wie geht es Ihnen?", schmeichelte die Stimme nun etwas weicher.
„Gut. Ich möchte Herrn Beeler sprechen, das ist einer von euren Vertretern. Den ersten der Firma, den ich kennen gelernt habe", sagte Peter in einem einzigen Atemzug. Irritiert sah er bereits auf sich zukommen, dass er das soeben beendete Gespräch mit der jungen Dame wiederholen musste.
„Beeler? Sind Sie sicher?", fragte der Personalchef leicht verblüfft.
Peter raffte seine ganze Geduld zusammen und beschrieb nochmals die physiologischen Merkmale des Mannes, der

ihm den Weg zum Glück bahnen sollte. Doch schienen seine Ausführungen auch diesmal nicht die erwünschten Früchte zu bringen.

„Ich kenne niemanden mit diesem Namen. Tut mir sehr leid, Herr Costa. Sehr leid!“, verdoppelte der Personalchef seinen Beileidswunsch nachdrücklich.

„Nun gut, es ist auch in der Vergangenheit bereits vorgekommen, dass Herr Legio, der Chef, selbst gewisse Leute, zu denen er ein besonderes Zutrauen hegt, direkt mit wichtigen Aufgaben betraut hatte, ohne uns darüber zu informieren. Es besteht durchaus diese Möglichkeit. Doch da müssten Sie mit ihm persönlich sprechen.“

„Also verbinden Sie mich bitte mit ihm“, erwiderte Peter mit neugewonnenem Mut.

„Das ist nicht so leicht. Ich hoffe, Sie verstehen. Wir können ihn nicht jederzeit sprechen. Es gibt gewisse Termine, an denen er hier auftaucht und das erledigt, was angefallen ist. Dann verschwindet er wieder und wünscht, nicht gestört zu werden, außer es handelt sich um eine Notsituation ... aber warten Sie mal, mir fällt gerade ein, dass Sie heute diese Charity-party veranstalten, nicht wahr?“, fragte der Personalchef eifrig.

„Genau, eine Charity-party zugunsten der Kleinbauern in Indien“, drängte Peter ungeduldig.

„Herr Legio hat mir gesagt, dass er dort sein wird. Wir haben beiläufig darüber gesprochen, als ich ihn beim letzten Mal gesehen habe.“

„Super! Ich danke Ihnen, auf Wiederhören“, schloss Peter lakonisch und ganz außer sich. Er strahlte übers ganze Gesicht. Zwar war er darüber erstaunt, dass man Herrn Beeler in der Firma nicht kannte, doch die vom Personalchef erwähnte Möglichkeit, dass der Vertreter direkt vom Chef zu ihm gesandt worden war, erschien ihm durchaus einleuchtend. Er lehnte sich erleichtert im Sessel zurück, sog gierig an der

Zigarette und prustete genüsslich den Rauch durch die Nase. Zwar hatte er Herrn Legio weder jemals gesprochen noch gesehen, doch es würde sicherlich ein Leichtes sein, ihn unter den Gästen ausfindig zu machen. Hans begrüßte nämlich bei derartigen Anlässen alle Anwesenden von Rang und Namen persönlich. Um den ersten Schritt auf dem Weg zur Realisierung seines Planes zu feiern, schenkte er sich einen weiteren Martini ein. Es war für ihn eine unumstößliche Selbstverständlichkeit, dass sein Vorhaben nur vermittels Beeler hätte realisiert werden können. Er vertraute ihm blind, fast wie einem überirdischen Wesen, da der selbstbewusste Vertreter bisher immer richtig prophezeit hatte und zu seinen Versprechungen gestanden war. Als Peter sich vom Sessel erhob, gewahrte er, dass er etwas schwiemelig auf seinen Beinen stand. Tatsächlich hatte er die halbe Martiniflasche leergetrunken. Er tapste ins Bad und beschloss, vor seinem Auftritt in der Hall kurz zu duschen. Um sich abzukühlen. Nach der Dusche bekleidete er sich mit einem makellosen dunklen Anzug für den Abend. Eine Rüstung, die ihm schon zu vielen Siegen verholfen hatte.

Als er im Erdgeschoss auftauchte, war er etwas verblüfft, wie weit man bereits mit den Vorbereitungen fortgeschritten war. Es war alles bereit. Musikbands, der gesamte Kellnerstab in spalierartiger Formation, die Büfettiers hinter langen Tischen, auf denen verschiedene Köstlichkeiten ausgebreitet waren, helle und dunkle Weinflaschen mit ihrer noblen Etikette bemäntelt – und nicht zuletzt Hans, standen sie kampfbereit und geharnischt an ihren Positionen. Hans erkannte sofort, dass Peter wieder getrunken hatte. Auch wenn dieser weder taumelte noch irgendwie verändert sprach, war es seinem Freund augenblicklich aufgefallen. Tatsächlich hatte Hans ein besonderes Auge dafür entwickelt, wenn Peter sich dem Alkohol hingab, was besonders seit einem Jahr keine Seltenheit war. Selbst wenn andere nichts bemerkten, spürte der

Vizedirektor sofort, wie es um seinen Vorgesetzten stand. Es lag weder am Gang noch am Inhalt der Gespräche, die sie miteinander führten, und auch der Atem verriet nicht seine versteckte Neigung zum Trinken. Am ehesten war es sein zwar immer noch schöner, doch vereinsamter Blick, der ins Unendliche gerichtet schien und dabei bei sich selbst verweilte, der seinen Zustand verriet. Doch Peter war ein gewiefter Schauspieler und schaffte es, jeweils in die erforderliche Rolle zu schlüpfen.

Peter legte seinem Kumpel mehrmals nahe, sich nach Herrn Legio umzusehen, da dieser am Abend auftauchen sollte, und ihm dann Bescheid zu geben. Hans nickte und erkundigte sich sorgsam um Peters Wohlbefinden. Diesem ging es nach seiner eigenen Ansicht besser als gut.

Langsam begannen die Gäste in vielfältiger Farbenpracht einzutreffen. Obwohl der Dresscode schlicht „Abendbekleidung" hieß, ließ man es sich nicht nehmen, in bizarrer Kostümierung zu erscheinen. Etliche Damen waren sumptuösromantisch gewandet, andere im Edel-Ethnolook, besonders im Asialook; in Anbetracht des Charity-Events wollte man sich irgendwie mit Indien verschwistern, das ja der eigentliche Nutznießer des Abends sein sollte.

Ein amerikanischer Schauspieler wagte einen Soft-Punkerlook mit angerissenen Jeans und verblasstem Kaschmir. Amüsiert hieß man den kecken Stilbruch willkommen. Hans hatte den gesamten Boden mit Reis übersäen lassen, um in Erinnerung zu rufen, dass die Einnahme der geplanten Auktion einigen Genossenschaften indischer Reisbauern zugute kommen sollte. Der Einfall erwies sich allerdings alsbald als eine misslungene Idee, da die Körner allenthalben unter den Schuhen zerplatzten und besonders militante Stöckelschuhe dabei fast um ihren Stand gebracht wurden. Normalerweise kümmerte sich Sara um diesen Teil der Veranstaltungen. Doch heute fehlte sie, und das waren die Folgen.

Hans war in Höchstform, er salutierte, wurde vorstellig, foppte und beglückwünschte gelegentlich die Frauen zu ihren stattlichen Begleitern. Es erschienen fast alle Prominenzen, die er eingeladen hatte. Seit einigen Monaten hatte er das Budget diesbezüglich abgewogen und herumspekuliert. Er war namhaften Personen hinterhergejagt, die sozusagen auf der Preisliste im Angebot standen. Dazu gehörten allen voran ein englischer Fußballstar, dessen Stern bereits im Sinken begriffen war, doch der sich weltweit als Kleiderständer profiliert hatte, verschiedene weibliche Models, ein spanischer Politiker, der in Folge einer Schmiergeldaffäre um seinen Ruf gebracht worden war, ein weltberühmtes, leider schwangeres Top-Model aus Norwegen, eine britische Popsängerin, einige seit längerem verletzte Sportler und nicht zuletzt ein Reihe von außer Mode geratenen Schauspielern, die ihren Namen durch Werbung für Küchengeräte und Matratzen über Wasser hielten. Einige davon waren Promis am Gipfel ihrer Karriere, andere hingegen gehörten zu jenen Vip's, deren Prestige ihre Gebrechen überlebt hatte.
Glamouröses Märtyrertum.
Fürs Hotelbudget jedenfalls erschwinglich. Hans zielte siegessicher auf eine Promidichte von 0,5 Prozent pro Quadratmeter ab. Das Tropengewächshaus war die Hauptattraktion gewesen, die diese Schleuse des Jetsets fürs Hotel geöffnet hatte. In der Tat hatten sich die meisten Gäste – Champagner in der Hand – bereits wenige Minuten nach ihrem Eintreffen dorthin begeben. Auch Frauen mit hohen Absätzen wollten dieses Erlebnisses teilhaftig werden und schwankten mit zuckenden Bewegungen schwerbehuft durch den kleinen Urwald, indem sie sich auf ihre Männer abstützten. Ihr Gekreische und das Gelächter der Männer gesellten sich zu den inzwischen durch die Schreie der Affen angereicherten Urwaldgeräuschen dazu. Auch die Entwicklungshelfer, die zwecks Abhärtung mehrere Tage im Gewächshaus verbrachten, ohne es zu verlassen, wa-

ren über den nächtlichen Umzug erfreut. Eine laute Schlange von glitzernden Gestalten durchzog die gebändigte Natur. Kurzlebiger Sternenhimmel.
Peter stand am Eingang und begrüßte die Gäste mit Händeschütteln und Lächeln. Doch trotz des wichtigen Anlasses gab er sich zumeist kurz angebunden. Er wartete auf Herrn Legio und warf suchende Blicke in die funkelnde Menschenmenge, die langsam hereinströmte. Erst als seine Anwesenheit bei der Auktion einiger wertvoller Schmuckstücke unentbehrlich wurde, verließ er zögernd seinen Posten und bat Hans, die Augen offen zu halten. Kurz darauf erschien Sara am Eingang, mitten unter den Geladenen, in einem schlichten, beigefarbenen Cocktailkleid mit weißem Decolleté.
Eine einladende Mehlspeise.
„Hallo Hans", begrüßte sie ihn im üblich freundlichen Ton und lächelte aus ihren Augen.
Ebendieses Lächeln war seit mehreren Jahren aus ihrem Gesicht entschwunden. Hans sprach nie mit Sara über ihre persönlichen Angelegenheiten; trotzdem hatte er bereits seit mehreren Monaten erkannt, dass wieder jene Heiterkeit und Lebensfreude von ihr ausgingen, deren sie im Laufe der Jahre verlustig gegangen war. Er küsste ihr theatralisch die Hand und hieß sie in ihrem eigenen Hotel willkommen.
Mit größtem Stolz präsentierte er den Gästen etwas später die wertvolle Kunstsammlung. Peter hatte inzwischen das Mikrophon zur Hand genommen und las von einem Zettel Danksagungen an verschiedentlich Beteiligte, besonders lokale Politiker, und an die Gäste herab. Dann schwieg er einen kurzen Augenblick, neigte sein Haupt und blickte in die Ferne, während er den eigentlichen Anlass dieser Charity-Party erwähnte, also Indiens dürftige wirtschaftliche Lage und die armen Kleinbauern. Er hoffte dabei besonders Herrn Legios Aufmerksamkeit auf sich zu ziehen. Einen Moment lang wollte er ihn bitten hervorzutreten, doch dann ließ er vom

Gedanken ab, da diese Geste andere Berühmtheiten in den Schatten gestellt hätte. Das Hotel war immerhin eines der renommierten Projekte der Firma *Legio*, dessen war sich Peter bewusst, und es wunderte ihn, dass der Großunternehmer noch nicht bei ihm vorstellig geworden war. Doch der Abend war noch lang.

Man hatte sich inzwischen zu kleineren und größeren Grüppchen zusammengeschlossen und unterhielt sich über allerlei Sensationen, den alltäglichen Trott und die Welt. Und selbstverständlich über Kunst, da die ausgefallenen Werke entlang der Wand jedem ins Auge sprangen, der sich in ihrer Nähe befand.

Vor der Ikone der Nowgorodschen Schule plauderte eine kleine Gruppe von Leuten, die aus einem Herrn und zwei Frauen bestand, über den angeblich wertvollen Gegenstand. Der Hahn im kleinen Korb lobte den „frühzeitigen Realismus" und die „expressiven Farben" des Bildes. Der einundfünfzigjährige Modedesigner aus Glasgow trug einen ultramarinblauen Retrosmoking mit schwarzem Seidenrevers, der an den Außenseiten der Hose längs mit einem Band in derselben Farbe versehen war. Dazu schwarz-weiße Schuhe, eine dunkle Fliege und brillantenbestückte Manschettenknöpfe. An der rechten Hand war sein goldener Ehering zu sehen, auf dem sich ein kleiner Diamant sonnte.

„Ich finde diese Oliven auf den Bäumen so putzig, in diesem schönen Grün", fügte die sechsundzwanzigjährige Schauspielerin aus Hamburg hinzu und wies mit ihrem formschönen Zeigefinger auf eine Feigenpalme, die auf dem Bild dargestellt war. Die Ikone zeigte eine Szene aus dem alten Testament, in der sich Joseph und seine Brüder im fruchtbaren Ägypten befanden.

Die Diva hatte sich an den Dresscode gehalten und trug ein schwarzes Cocktailkleid aus Satin mit großzügigem Rückendecolleté. Ihr geschmeidiger Hals war von einem spiralförmi-

gen Rubincollier umschlungen, das zwischen ihren Schlüsselbeinen endete und sich dort zu einem Schlangenkopf verdickte, dessen Augen zwei Smaragde waren. An ihren Füßen funkelten zwei mit Strass bestückte Sandaletten und in ihrer linken Hand eine silberne Kuverttasche aus Schlangenleder. Ihre Rechte bot indessen einen seidenmatten Spannring aus Weißgold mit einem Solitär, der knapp an ein Karat heranreichte.
Die andere Frau, bedeutend älter als ihre Gesprächspartnerin, stammte aus Ungarn und hatte viele Jahre lang auf verschiedenen Laufstegen der Welt Kleider von bekannten Designern vorgeführt. Selbstbewusst bot sie der jungen Dame an ihrer Seite die Stirn – schließlich war sie Kleiderträgerin von Beruf –, ließ ihren mokanten Blick zuerst auf ihr ruhen und schwenkte dann zum kommunikationsbeflissenen Herrn hinüber. Sie war mit einem prächtigen lilafarbenen Chiffonkleid mit Fledermausärmeln bekleidet. Unter dem lila Wasserfall lugten verstohlen die Spitzen zweier Riemchensandaletten hervor. Von ihrem Haupt purzelten länglich gewundene Kupferlocken zu ihren Schultern hinab und muschelförmige Chandeliers-Ohrringe aus Platin leuchteten daraus hervor. Das Collier war ein im antiken Stil gehaltener Dreireiher aus Diamanten. Ihre linke Hand hatte kirschrote Fingernägel, war von preußischblauen Blutgefäßen durchwirkt und umschloss – leider ein wenig zu fest – eine Goldperlenclutch.
Während der Modedesigner nun über die Ehrwürdigkeit alter Gegenstände wie beispielsweise diese Ikone sprach, gestikulierte er in kreisförmigen Kulturgebärden mit seiner sektfreien Hand. Seine Manschettenknöpfe glitzerten bei der Bewegung des rhetorischen Wellengangs. Zusätzlich wurde durch die rudernde Geste sein Parfüm in der Runde verteilt. Die Rubinschlange am Hals des jungen Mädchens roch sofort den Duft, eine Kombination aus Bergamotte, Zitrone und Veilchen als Kopfnote, und züngelte genüsslich, fast einladend. Ganz an-

ders reagierte das Chiffonkleid auf den ausströmenden Geruch. Durch eine plötzliche Linksdrehung wandte es sich nicht nur vom Entsender des Parfüms ab, sondern wedelte dabei den anströmenden Duft mit einer schweifenden Bewegung der herunterhängenden Fledermausärmel der Schlange ins Gesicht. Die grünen Augen des Reptils flackerten jählings bedrohlich auf. Doch das lila Kleid ließ sich nicht aus der Fassung bringen und vollzog eine zweite süffisante Drehung in die entgegengesetzte Richtung, ohne dabei den Schwung zu verlieren, und zeigte sich nun wieder in voller Pracht dem blauen Retrosmoking. Tatsächlich schien dieser nun nur mehr Augen für den lila Stoff zu haben, als ob das Cocktailkleid samt ihrem Schlangencollier nie da gewesen wäre. Doch noch war nicht das letzte Wort gesprochen. Durch eine anmutige Drehung stellte das dunkle Kleid ihr tiefes, mit Strass gesäumtes Rückendecolleté zur Schau.

„Hab mich nur kurz umgesehen, ob ich jemanden unter den Gästen kenne", meinte das sich inzwischen wieder von vorne zeigende Kleid katzenfreundlich. Die Manschettenknöpfe am Hemd des Smokings funkelten begeistert ihren Beifall.

„Du armes Ding", meinte das andere Kleid herablassend, „was für eine geschmacklose Geste, um die Aufmerksamkeit eines verheirateten Anzuges auf sich zu lenken."

Der zum Smoking dazugehörende Ehering versuchte den Streit zu schlichten. Doch die Mühen seines kleinkarätigen Diamanten wurden gänzlich übergangen. Die zum Cocktailkleid gehörende Goldperlenclutch glitzerte tausendfach mit ihren herunterhängenden Striemchen und stieß ein gellendes Gelächter hervor.

„Na hör mal, wer da spricht, ist das nicht etwa ein Verlobungsring, den du da trägst?", fuhr sie das Chiffonkleid an, indem sie mit ihrem Flitterwerk wackelte. Der Platinring mit Solitär hatte bisher geflissentlich vom Gezanke abgesehen und in die Runde der übrigen Gäste geblickt, so gleichgültig

und unauffällig wie nur möglich. Doch nun hieß es, sich den Beschuldigungen zu stellen.
„Na ja“, leuchtete er in einkarätiger Unentschlossenheit, „nehmen Sie das mit der Verlobung nicht allzu ernst, das sind Bräuche aus anderen Zeiten.“
Der ihm gegenüberstehende Ehering stimmte ihm halbkarätig zu. Schließlich verschwand der unprätentiöse Verlobungsring hinter der silbrigen Kuverttasche.
„Pardon“, piepste plötzlich ein vespentailliges Kleid im Moulin-Rouge-Look, das sich anschickte, sich zwischen die drei hindurchzuschlängeln. Der blaue Smoking lud es mit einer charmanten, selbstverständlichen Geste ein, bedenkenlos zu passieren. Die Kleider im Saal hatten sich allmählich angehäuft und standen nun allesamt eng beieinander. Wer sich fortbewegen wollte, war gezwungen, sich eine Schneise zwischen den bunten und glitzernden Stoffen aufzureißen. Graziös schritt das Moulin-Rouge-Kleid durch die Mitte der Dreiergruppe hindurch und stellte im selben Atemzug die anderen beiden Kleider in den Schatten. Es bestand aus einem türkisen Bustier mit weißen Volants, das oben durch eine kleine Masche verschlossen war. Auch der dazugehörende Bleistiftrock war unten mit Volants gesäumt. Dazu schwarzlackierte Pumps, die mit einer kleinen Blume verziert waren und an der Innenseite ihres Absatzes rot aufleuchteten, und eine schlichte Seidenclutch.
Wütend fauchten ihm die beiden Damenkleider samt ihren Edelsteinen hinterher. Nachdem es die kleine Gruppe hinter sich zurückgelassen hatte, reihte es sich in die Warteschlange ein, die zum Büfett der fernöstlichen Köstlichkeiten führte, und besorgte sich Besteck und einen Porzellanteller. In jugendlichem Übermut forderte es vor und hinter ihm stehende Decolletés, kurze und lange Röcke, sogar eine mailändische Handtasche heraus. Einer seiner Schuhe hob vom Boden ab und kroch die linke Wade langsam auf und ab. Bis knapp

unter die Kniekehle wagte sich der vorne kindlich abgerundete Schuh und gab sich dabei naiv und unwissend mit seiner kleinen aufgesetzten Margerite. „Was für eine Zicke", zischelte der schwarze, aseptisch linierte Nadelstreifenanzug hinter dem hübschen Kleid in üblicher Straffheit. Doch seine unwirsche Selbstsicherheit konnte nicht über den Umstand hinwegtäuschen, dass es namentlich in seinen niederen Stockwerken beinahe eines dritten Hosenbeins bedurft hätte, um all seine Weisheit kundzutun.
Schon war das kokette Abendkleid bei den asiatischen Spezialitäten angelangt. Füße eng beieinander, wie in der Grundschule, wartete es auf seinen Turnus. Auf einem langen weißgedeckten Tisch standen eine ganze Reihe ovaler Silberplatten, Kupfertöpfe und Schalen. Mittendrin, auf einem runden Spiegel mit einem goldschimmernden Rand konturiert, ein putziges Heer von Sushi. Nach längerem Zögern, ob Sushi mit Lachs oder Hering, entschied es sich aus farblichen Gründen für den Hering. Eine Zange hievte den mit Fisch bedeckten Reisknödel, der die Größe einer Zündholzschachtel hatte, in einen viereckigen, konkaven Porzellanteller. Über die getroffene Entscheidung erfreut, hüpfte das Kleidchen von einem Stöckel auf den anderen. Erratisch lag der kleine Heringsplitter im großen Teller. Er wartete auf Nachschub, einen Artgenossen oder zumindest eine Beilage.
Nichts, er blieb alleine.
Das Kleid war mit der getroffenen Wahl vollkommen zufrieden. Es verließ die Warteschlange und machte sich auf, um zum eigenen Tisch zurückzustöckeln. Den großen viereckigen Teller mit der Heringhostie auffällig vor sich hertragend, schlängelte sich der Bleistiftrock geschmeidig an den Wartenden vorbei.
Es war genau beim sechsten Schritt, also nachdem der rechte Schuh, mit dem es losgegangen war, zum dritten Mal den Boden berührte und das linke Bein in einem stumpfen Winkel

von 150 Grad angehoben war, um sich in einer möglichst geraden Linie vor das rechte zu stellen, als sich das Missgeschick ereignete.
Ein dunkelblauer, einreihiger Cordsamtanzug, der eine Schale Gulaschsuppe vor sich hertrug, rammte versehentlich das Abendkleid und beschmutzte es dabei mit der Speise.
Genauer, der linke Ärmel seines hellblauen Hemdes, das die Gulaschsuppe leichtfertig durch den Saal transportierte, stieß gegen die anmutige Hüfte des roten Bleistiftrocks. Die braune und sämige Brühe schwappte über und rann samt den fettfreien Fleischwürfeln bis zum schwarzen Saum des Rockes hinab. Einige Fleischstücke fielen zu Boden, andere verfingen sich hingegen in den Volants des Rockes.
Herr Bernhard Corny, der Täter, zweiundsechzig Jahre alt, ein Ingenieur aus London, seit über zwanzig Jahren glücklich mit Marina del Cotto verheiratet, sagte mit aufrichtigem Bedauern: „Oh pardoun, sorry. Tousendmal äntschuldgng."
Katia Braun, das Opfer, siebenundzwanzig Jahre alt, in Düsseldorf geboren, seit einem Jahr mit Christopher Helsen, einem flämischen Finanzbeamten, verlobt, rührte sich nicht. Sie merkte, wie die Feuchte des plebejischen Gulaschs durch den Stoff ihres Rockes drang und ihren linken Oberschenkel beleidigte.
Herr Corny stellte sofort die weiße Schale auf einen Tisch links von ihm und bot Fräulein Katia Braun ein sauberes Taschentuch an, das er aus der Innentasche seines Jacketts zog. „Fräulein, alls okay? Sorry, ich hab Sie wirklich nicht gisäen. Ich werde für iväntualle Kosten aufkoumen."
Katia blieb wie versteinert stehen, den Teller in der Hand. Geradeaus schauend stierte sie ausdruckslos durch den Saal. Keine Regung, nicht einmal ein Wimpernschlag. Der englische Gast näherte sich besorgt der jungen Dame und neigte dabei leicht seinen Kopf, um ihr direkt in die Augen zu sehen und sich ihrer Unversehrtheit zu vergewissern. Einige

Gäste, besonders die nebenan an den Tischen saßen, hatten den Zwischenfall indessen bemerkt. Sie ließen sogar von ihrer Mahlzeit ab, neugierig, welche Reaktion die Dame wohl an den Tag gelegt hätte.
„Fräulein, geht es Ihnen gut. Kann ich was tun?“, erkundigte sich Herr Corny reumütig.
Eine Träne rann über Katias Wange. Sie tropfte von ihrem wohlgeformten Kinn in den Teller, den sie immer noch hielt, als ob er an ihrer Hand angewachsen wäre. Das Salzwasser rann naturgemäß in die Mitte des Tellers zum Hering. Sie prustete einmal kurz und abgehackt. Dann wieder nichts. Noch einmal. Eine letzte kurze Pause und schließlich brach sie in ein ausgelassenes Weinen samt Schluchzen und Tränen aus.
Der Abend ging im Übrigen problemlos vonstatten. Die Frau eines russischen Erdölmagnaten hatte bei der Auktion mit ihrem Angebot alle anderen großzügig hinter sich gelassen und dadurch eine Edelsteinkollektion erworben. Man tanzte an drei verschiedenen Orten, ausgelassen, sanft, kräftig, schnell und langsam. Einige Betrunkene grölten hie und da in die Runde. Es handelte sich allerdings stets um angesehene Persönlichkeiten und ihr Übermut wurde als willkommene Abwechslung hingenommen. Hans hatte derweilen alle Hände voll zu tun, damit das bunte Treiben nicht ganz aus den Fugen geriet.
Erst um halb vier Uhr morgens hörte die letzte Musikband auf zu spielen. Man verabschiedete sich von den übrig gebliebenen Gästen und begann allmählich auf den Alltag hinzusteuern. Während der Aufräumarbeiten trafen Hans und Sara zusammen und verloren einige Worte über den Abend. Beide waren sie auf ihre Kosten gekommen: Sie hatte den ganzen Abend lang getanzt und er das Prestige des Hotels gesteigert. Doch wo war Peter? Weder Sara noch Hans hatten ihn mehr gesehen, nachdem er die Versteigerung eingeleitet

und den offiziellen Willkommensgruß ausgesprochen hatte. War es möglich, dass er zu Bett gegangen war, noch vor Ende des Abends? Ein ungutes Gefühl stieg in Sara hoch. Sie eilte unverzüglich in ihre Wohnung, um ihn aufzusuchen. Sie öffnete mit zittriger Hand die Wohnungstüre. Sie konnte sich kaum vorstellen, dass Peter einen dermaßen wichtigen Abend so frühzeitig abgebrochen hätte. Nein, das war nicht seine Art! Sie sprang ins Schlafzimmer. Das Bett war leer. Wie vermutet. Ihr wurde bang ums Herz. Wo konnte er sein? Verzweifelt verließ sie die Wohnung und begab sich wieder in die Lobby.

Als Hans sie erblickte, beruhigte er sie sofort: „Er schläft auf einer Liege im Schwimmbad. Anscheinend war er ziemlich betrunken und ist dann einfach dort zusammengesackt."

Sara atmete erleichtert auf und stieg die Treppe hinunter zum Wellnessbereich, wo sich auch das Schwimmbecken befand. Tatsächlich lag er auf einer weißen Liegen am Rande des ovalen Beckens. Sie trat an ihn heran. Er atmete schwer und träge. Ein Zeichen für seinen tiefen Schlaf, konstatierte Sara bei sich. Eine ganze Weile stand sie einfach da und starrte ihn an, in diesem schalen, türkisbläulichen Licht, das vom Boden des Beckens zur Oberfläche emporschien, von Feuchte und Chlorgeruch umgeben. Sie neigte sich schließlich zu ihm herab, schloss ihre Augen und küsste ihn zärtlich auf die Stirn. Sie schmiegte ihr Wange an die seine und verweilte in dieser Haltung.

„Du Idiot", formte sie still mit ihren Lippen, ohne dabei die erforderliche Luft auszustoßen, die den Worten erst ihren Klang verliehen hätten.

„Peter", flüsterte sie ihm ins Ohr und schüttelte ihn leicht am Arm.

„Peter", fuhr sie nun etwas lauter fort, „du kannst nicht einfach hier liegen bleiben. Komm, ich bring dich ins Bett."

Tatsächlich hoben sich mühsam seine Augenlider und gaben

die zwei wässerigen Pupillen frei. Er holte tief Luft, schnob anschließend fast animalisch durch die Nase und mobilisierte schmatzend seinen verklebten Mund.
„Herr Legio, wo ist er?“, stieß er schließlich hervor. Eine Friedhofswolke stieg Sara ins Gesicht.
„Keine Ahnung. Hans hat mir gesagt, dass du ihn gesucht hast. Er hat ihn auch nicht gefunden. Tut mir leid. Komm, steh auf“, sagte sie im selben, gleichmütigen Ton wie zuvor und zog ihn bereits an einer Schulter empor. Nachdem er die Besteigung seiner selbst geschafft hatte, wankte er bis in die Wohnung, indem er sich auf Sara abstützte. Er versuchte dabei die Erinnerungen des Abends zu ordnen, um den Verlauf seiner Odyssee zu rekonstruieren. Ihm fielen noch vereinzelt einige Szenen ein: Tanzbilder, Fragen nach Herrn Legio, Gelächter, Frauenhände in den Schluchten seines Anzugs und vor allem Alkohol. Egal. Also sollte sein Vorhaben ohne die Firma Legio, insbesondere ohne Herrn Beeler verwirklicht werden. Er war inzwischen erfahren und vermögend genug, um den zwölften Sektor alleine zu verwirklichen.

Segment III.3

Video

Ich sah die heilige Stadt, das neue Jerusalem, von Gott her aus dem Himmel herabkommen; Die Stadt war viereckig angelegt und ebenso lang wie breit. Ihre Mauer ist aus Jaspis gebaut, und die Stadt ist aus reinem Gold, wie aus reinem Glas.

Off 21,2.16.18

Ein Würfel. Ein perfekter Kubus, dessen Formvollendetheit nur von der Wölbung der Glaskuppel unterbrochen wurde. So thronte das um den zwölften Sektor erweiterte Hotel über dem Dorf. Peter hatte es geschafft. Weder Beeler und die Firma Legio noch sonst jemand hatten ihn dabei unterstützt, geschweige denn sein Vorhaben mitfinanziert. Doch der finanzielle und seelische Aufwand, die Peter diese Erweiterung gekosten hatten, waren kaum zu überbieten.

Zunächst lag bei der Erweiterung ein statisches Problem vor: Das Gebäude war von seinen Fundamenten her ursprünglich nicht so errichtet worden, um weiter erhöht zu werden. Das Bauunternehmen, das damals den Rohbau aufgestellt hatte, hatte Peters Vorschlag aus den genannten Gründen abgelehnt. Eine Firma, die eigens spezialisiert war, mit Leichtmaterialien zu arbeiten, hatte sich schließlich der Sache angenommen. Die Firma *Legio,* die selbst einen nicht geringen Anteil des Hotels besaß, war fürs Vorhaben kaum zu begeistern gewesen. Man einigte sich schließlich darauf, dass Peter selbst die Gesamtkosten der Erweiterung übernommen hätte. Als Gegenleistung erhob *Legio* keinen Einspruch und ließ ihn gewähren. Schließlich wäre die Anzahl der Zimmer und Betten dadurch beträchtlich erhöht worden. Von Herrn Beeler war indessen jegliche Spur verschwunden.

Am meisten Widerstand hatte er allerdings von Seiten der Botaniker der Weltbank erfahren. Ihr Argument gegen Peters Plan war, dass der *Serra* durch die erhöhten Mauern bedeutend weniger Licht zukommen würde. Peter musste folglich gänzlich aus eigener Tasche eine Reihe von Sonnenkollektoren und reflektierenden Spiegeln finanzieren, die an den Innenseiten der Scheiben des Gewächshauses befestigt wurden, um Wärme zu speichern und als Lichtmultiplikatoren zu fungieren. Das renommierte Projekt *Serra* wurde außerdem von weiteren Kalamitäten heimgesucht, die nichts mit dem zwölften Bereich zu tun hatten: die Heuschrecken. Tatsächlich war das eingetroffen, was der Milhillmissionar in weiser Voraussicht damals prophezeit hatte. Diese Insekten hatten sich sehr stark vermehrt und der Flora innerhalb einiger Monate schwer zugesetzt. Nach längeren Erwägungen sah man sich gezwungen, Giftmittel zum Einsatz zu bringen, um das Grassieren der Schädlinge in den Griff zu bekommen. Die Pflanzenwelt hatte sich zwar nach kurzer Zeit wieder erholt, doch was anderes wurde durch die drakonische Vorgangsweise mit Chemikalien vehement angeschwärzt, nämlich das Image der Attraktion. Bereits einen Monat nachdem das Problem endlich bereinigt schien, wurde in einer angesehenen Zeitschrift für Alternativanbau das Vorzeigeprojekt *Serra* diesbezüglich aufs Schärfste attackiert. Vom Beispiel des Chemikalieneinsatzes gegen Heuschrecken ausgehend, hatte man es im Artikel Punkt für Punkt als ein gekünstelt zusammengebasteltes Elaborat demaskiert, das den Vorstellungen der Permakultur unter verschiedenen Aspekten widersprach. Der Artikel hatte sich im Netz in Windeseile verbreitet und wurde von mehreren Seiten rezipiert. Die Kritik richtete sich zwar vorrangig gegen die Weltbank, die der eigentliche Träger des Konzeptes war, doch selbstverständlich wurde auch das Hotel in Mitleidenschaft gezogen. Dazu gesellte sich das weitere Problem der Verwurzelung des unterirdisch angelegten Bewässerungssystems. Das Betonfundament unter dem Gebäude befand sich nur einige Meter unter der Erde, wo die Pflanzen wucherten. Bei der Errichtung des Hotels hatte man selbstverständlich nicht damit gerechnet, dass ein derartiger Garten darüber gedeihen werde. Die Wurzeln der größeren Pflanzen konnten sich folglich nicht in die Tiefe erstrecken und hatten sich in den wenigen Metern Erde, die ihnen zur Verfügung standen, sozusagen verknotet. Das Geflecht der Wurzeln wurde schließlich dermaßen dicht, dass es die unterirdischen Bewässerungsschläuche aus Hartplastik durchbohrte. Die gesamte Anlage musste zu guter Letzt entfernt und auf die Oberfläche des Bodens verlegt werden. Die Sonnenkollektoren und Spiegel zum einen und die unschönen Plastikschläuche zum anderen beeinträchtigten auf irritierende Weise den exotischen Anblick der Pflanzenwelt.

Doch nicht nur der Garten, sondern auch andere Bereiche des Hotels hatten in der vergangenen Zeit Schwierigkeiten bereitet. Ähnlich wie im Falle der *Serra,* doch auf digitalem Weg, hatte ein Schädling das umfassende Verwaltungsprogramm des Computers befallen. Es handelte sich dabei um einen bisher unbekannten Virus: Ein automatischer Übersetzungsmechanismus veränderte die Sprache der gespeicherten Informationen. Doch der unerwünschte Sprachwechsel betraf nicht nur bereits gespeicherte Daten; problematischer gestaltete sich die Sache, sobald Reservierungen für Zimmer und elektronische Bestellungen der Bediensteten abgeändert wurden. Was immer im Hotel digital vermittelt wurde, man kam nicht umhin, sich des zentralen Verwaltungsprogramms zu bedienen, das das digitale Gehirn des gesamten Netzes im Gebäude darstellte. Es waren also diejenigen Informationen, die sofort eine Antwort erforderten, welche die größten Sorgen mit sich brachten. Vorübergehend hatte man verschiedene arabisch sprechende Personen angestellt, da ebendiese Sprache des Öfteren auftrat. Ein Team von Informatikern

paukte indessen Tag und Nacht, um den Schaden möglichst bald zu beseitigen. Übersetzer änderten abgespeicherte Daten wieder in ihre Originalfassung ab und sicherten sie andernorts, damit sich das Unglück nicht wiederhole. Das gesamte Programm samt den gespeicherten Daten auszutauschen, wäre zu zeitaufwändig und kostspielig gewesen. Dank der Völker- und Sprachenvielfalt und der bereitwilligen Kooperation der Belegschaft konnten die Komplikationen allerdings vorübergehend eingegrenzt werden.
Hinzu kam eine weitere Neuigkeit, die den Betrieb wesentlich verändert hatte. Peter hatte zum Erstaunen aller den Posten als Hoteldirektor an Hans abgetreten. Dieser nahm ihn zwar verdutzt, doch bereitwillig an. Trotzdem blieb Peter zumindest als Vizedirektor im Amt. Ferner war er immerhin noch Hauptanteilseigner des Unternehmens.
Hans war indessen bestens routiniert und der Lage durchaus Herr. Er kannte das Hotel wie seine eigenen Taschen und war sowohl erfahren als auch fleißig. Peter hatte schon nach kurzer Zeit bemerkt, dass der neue Direktor eigentlich gar nicht einen Vize an seiner Seite benötigte. Nicht nur Hans, sondern die meisten seiner Bekannten waren über Peters Entscheidung verblüfft gewesen, zum Teil wie vor den Kopf gestoßen, sogar irgendwie irritiert. Sara hatte sich ihrerseits zu seiner Entscheidung nicht geäußert. Weder eine Zustimmung noch eine Schelte kam ihr über die Lippen. Peter war seinerseits darüber kaum verwundert, da dies eine Haltung war, die sie ihm gegenüber seit mehreren Jahren angenommen hatte. Man gewann insgesamt den Eindruck, als ob sich eine unsichtbare Trennwand zwischen die beiden geschoben hätte. Verhalten und anmutig schien Sara samt ihren Gefühlen in unendliche Ferne entrückt.
Schweigsame Sphinx in der isländischen Wüste.
Doch galt diese Undurchdringlichkeit ausschließlich ihrem Ehemann. Ganz anders war sie mit den Hotelgästen und

besonders mit einigen Bediensteten, wie beispielsweise mit Juan, zu denen sie im Verlauf der Jahre besonderes Zutrauen gefasst hatte.

Das Schicksal – ein gewiefter Possenreißer – hatte das Leben der beiden kurzerhand auf den Kopf gestellt, und nun war stets sie es, die den Abend mit Büchern, Zeitschriften und auswärts mit Freunden verbrachte. Sara hatte ihn schließlich gar nicht nach dem Grund seiner Entscheidung gefragt.

Es wurde im Dorf gemunkelt, dass es ihm wegen der vielen Arbeit gesundheitlich nicht gut gehe und besonders seine Nerven ziemlich angeschlagen seien. Seit neuestem ging hingegen die Rede, dass er an psychischen Beschwerden leide. Es wurde sogar gemutmaßt, dass Hans ihn erpresst habe, wegen einer beträchtlichen Summe Schmiergeld, die er angeblich einigen Gemeindebeamten ausgehändigt haben soll, damit man ihn in seinen Erweiterungsplänen gewähren ließ.

Die fabulösen Elaborate der Dorfbewohner gewannen auch deshalb an Boden, weil Peter keinen handfesten Grund für seinen Rückzug angegeben hatte. Zwar brummelte er, dass er keine Zeit mehr für seine eigenen Interessen habe, die so genannten Hobbys, er wolle auch wieder mehr auf die Jagd gehen und das Hotel aus einer anderen Perspektive sehen. Ferner beteuerte er, dass es sich nicht unbedingt um eine definitive Entscheidung handle.

Kurz, nichts, was alpenländischen Dorfbewohnern erklären konnte, warum sich der reichste Mann im Tal in seinen besten Jahren aus dem Geschäft zurückzog.

Peter lehnte die Stirn an die kalte Fensterscheibe. Draußen regnete es in vielen, winzigen Tropfen. Überall war es grau und die Berge wurden von schweren Wolken erdrückt.

Er schenkte sich einen Whiskey ein. Kein Eis dazu, das milderte nur den Geschmack. Dann lehnte er sich wieder an die große Fensterscheibe und sah hinunter zur Gartenanlage, die hinter dem Hotel angelegt worden war.

In der Mitte der Rasenfläche befand sich ein großes Schachbrett aus hellen und dunklen Tuffsteinplatten. Die lebensgroßen Figuren standen darin unregelmäßig verstreut herum. Waren wahrscheinlich von Kindern verstellt worden, dachte Peter, ansonsten spielte selten jemand damit. Die geistige Anstrengung reichte den Strategen des kniffeligen Spieles vollkommen, da brauchte es keine sperrigen Klötze zum Herumbugsieren. „Das macht sicher Figur“, meinte Hans damals, bevor sie die Spielfläche angelegt hatten. Damit hatte er wohl Recht, zumindest auf dem Prospekt sah es nicht schlecht aus.

Es hörte nicht auf zu regnen. Am Rand der Rasenfläche blühten Tulpen in zwei langen, parallelen Reihen. Eine gelbe und eine rote. Zwischendrin lugten schüchtern ein paar Krokusse hervor. Die Tulpen schienen durch die graue Nebelwand künstlich wie Neonlichter hindurch. Das waren also die Farben der Natur. Gelb und Rot. Das Gras war natürlich grün. Alles war wie es sein sollte und hatte seine Farbe, die, wenn auch nur verschwommen, doch verschieden war als all die anderen. Dazu gab es wirklich nichts zu sagen. Er fühlte sich bei diesem Anblick in seinem Schweigen bestätigt, welches besonders in den letzten Monaten zu seiner Grundhaltung geworden war. Diese Zurückgezogenheit hatte letztlich wohl auch damit zu tun, dass viele seiner Vorhaben von seinen Mitarbeitern nicht verstanden wurden. Das galt auch für Sara und Hans.

Er nahm einen weiteren Schluck Whiskey. Feurig kroch er seine Kehle hinunter. Lippen und Mund hatten ihre Poren geöffnet, um sich vom glühenden Genuss betäuben zu lassen. Er steckte sich eine Zigarette an. Rauchen war für ihn inzwischen keine Tätigkeit mehr, sondern ein Zustand. Daher also der Vergleich mit dem Schlot. Die Ursache dafür lag in seinen Augen am Objekt der Lust selbst, nicht an der Unmäßigkeit seiner Person. Oder besser, an der kurzen Lebensdauer, knappe zwei Minuten, eines solchen Stängels. Er hatte dereinst in einem Buch gelesen, dass im Augenblick selbst die Ewigkeit und das Glück verborgen lägen. „Also geht es wohl darum, den Moment zu genießen", folgerte er.

„Das wird wohl einer von den Philosophen sein, die unverstanden und alleine krepieren", fistelte er säuerlich in sich hinein.

Auch diese Zigarette war bereits am Ende. Er steckte sich eine weitere an und begrub die Ewigkeit und den Philosophen unter der Asche. Schließlich wandte er sich vom Fenster ab und ging zum Schreibtisch auf der anderen Seite des Raumes.

Peter lebte bereits seit einigen Monaten hier im zwölften Sektor.

Alleine.

Die Schwierigkeiten, die im letzten Jahr im Hotel aufgetaucht waren, hatten dem Haushalt des Betriebs deutlich zugesetzt. Die Gesamtkosten der Erweiterung hatten außerdem seine Einschätzungen um einiges überstiegen. Peter hatte einen beträchtlichen Kredit bei der Bank aufgenommen und hierfür das Hotel zu einem nicht geringen Anteil mit Hypothek belastet. Um den Stock zu möblieren und einzugsbereit zu gestalten, fehlte momentan wahrlich das Geld. Mindestens zwei Saisonen hätten noch vergehen müssen, ehe man die neuen Zimmer gänzlich eingerichtet hätte. Er war allerdings als Pionier vorangegangen, um den Stock zumindest nicht ganz ungenützt zu lassen, wie er Sara erklärt hatte. Seine neue Behausung war ihrer Form nach letztlich keine Wohnung im eigentlichen Sinne des Wortes, sondern ein einziger ungegliederter und lang gezogener Raum. Die eine Seite war längs mit großen Fensterscheiben versehen, die ihm den üblichen Blick auf seinen Hausberg gewährten. Auf der anderen Seite befanden sich sein Bett, ein Schrank und mehrere Schreibtische. Hier arbeitete er gelegentlich an der Buchhaltung des Betriebs. Er hatte sich nämlich angeboten, diesbezüglich bei

Bedarf auszuhelfen. Man war seinem Vorschlag eigentlich einzig deshalb nachgekommen, weil man sich nicht getraut hatte, ihm eine Absage zu erteilen. In Wirklichkeit fühlten sich die Sekretärinnen durch seine Mitarbeit bei ihrer Tätigkeit auf unangenehme Weise überwacht.

Die Decke des Raumes war eine formstrenge Lichtdecke, die aus einem gleichmäßigen Raster aus Aluminiumplatten und hellblauen, mattierten Glasplatten bestand. Peter überkam manchmal das Gefühl, eine herabgestürzte Figur in einem auf den Kopf gestellten Schachbrett zu sein. Diese auffallende Beleuchtungseinrichtung war jene der Hotellobby gewesen, bevor man sie wegen der durchs Gewächshaus bedingten Veränderungen gegen eine neuere ausgetauscht hatte. Nun fand zumindest noch ein Teil der kostspieligen Lichtdecke ihre Verwendung. Es handelte sich nach Peters Worten ohnehin nur um eine vorübergehende Einrichtung. Die futuristische Atmosphäre, die dadurch erzeugt wurde, fand im zitronengelben Linoleumboden eine weitere Verstärkung. Auch dabei handelte es sich um ein übrig gebliebenes Stück. Es war der Boden des Fitnessraumes, der inzwischen gänzlich mit einem neuen Interieur ausgestattet worden war. Peters neue Behausung war folglich oben von einer hellblauen und unten einer zitronengelben Fläche eingeschlossen. Das vom Kunststoffboden reflektierte Licht leuchtete den Raum in einem grünlichen, aseptischen Ton aus. Der Plastikgeruch des Linoleums war so stark, dass Peter ständig das Gefühl hatte, einen Gummiball im Mund zu haben.

Wenn man den Raum betrat, hatte man ihn in seiner ganzen Länge vor sich. Der lichte Raster der Decke verlor sich perspektivisch nach hinten und wurde von einer Wand beendet, auf der sechsunddreißig große Kameramonitore befestigt waren. Die Flachbildschirme waren direkt aneinandergefügt, sodass sie eine imposante, quadratische Fläche inmitten der Mauer bildeten. Darin waren mehrere Ansichten der unterschiedlichen Hotelabteilungen zu sehen. Von einiger Entfernung aus betrachtet, erschien die große Bildschirmfläche samt den darin erkennbaren Menschen als einen bunter und zappeliger Raster.

Zivilisierter Ameisenhaufen.

Vor dieser eindrucksvollen Videoinstallation verbrachte Peter den Großteil seiner Zeit. Er hatte zunächst alle Räumlichkeiten, in denen es gesetzlich erlaubt war, mit einer Überwachungskamera ausstatten lassen. Auf Anraten der Kriminalpolizei hatte er etwas später auch die übrigen Bereiche mit derselben, diesmal aber versteckten Sicherheitsvorkehrung versehen. Dazu gesellte sich der politische Umstand, dass von Seiten des Innenministeriums zunehmender Druck auf lokale Sicherheitsbehörden ausgeübt wurde, um den internationalen Terrorismus mit allen Mitteln zu bekämpfen; um der größeren Sicherheit willen wurde anscheinend sogar unterschwellig empfohlen, die diesbezüglichen gesetzlichen Hindernisse flexibel zu interpretieren. Peter hatte umgehend den Empfehlungen Folge geleistet, als ob er nur auf solche Verfügungen gewartet hätte. Die Bildschirme waren ganztägig eingeschaltet und von jedem Blickwinkel des Zimmers aus gut in Sicht. Das Sicherheitssystem ermöglichte es mittels Abhörwanzen auch den Ton der verschiedenen Bereiche des Hotels zu hören. Mit einer Fernbedienung konnte Peter nach Belieben den Ton des erwünschten Raumes einschalten und anhören. Aus Jux hatte er auch den eigenen Wohnbereich mit einer Kamera versehen und den dazugehörigen Monitor den übrigen beigefügt. Er lenkte seinen Blick auf die flimmernde Wand und betrachtete sein eigenes Bild darunter: ein länglicher, dunkler Fleck auf zitronengelbem Hintergrund. Von der erhöhten Position der Decke aus gefilmt, nahm sich sein Kopf etwas zu groß aus und verlieh ihm nicht zuletzt wegen des futuristischen Ambientes das schrullige Aussehen eines Außerirdischen. Auf dem Bildschirm links davon sah man die Waschküche, in der drei Frauen beim Bügeln miteinander tuschelten, rechts die menschenleere Küche; oben der Eingangsbereich und unten der Parkplatz mit seinen funkelnden Wagen. Peter verließ den Schreibtisch und trat ans Fenster, ohne sein Bild an der Wand dabei aus den Augen zu lassen. Nun befand er sich darin am linken Rand des Monitors, in dem noch ein Teil des großen Schiebefensters zu sehen war. Nebenan das Bild der Waschküche. Ein Mädchen stand auf der rechten Seite der Bildfläche, im Profil zu sehen, und bügelte gerade ein weißes Hemd. Peter hatte den Eindruck, dass er in das anliegende Videobild eingetreten wäre, wenn er einen Schritt weiter nach links gegangen wäre. Das Mädchen war zu ihm, also zu seiner Darstellung im Bild hin gewandt. Sie musste um die zwanzig sein. Peter kannte sie jedenfalls nicht. Ihr schönes, wenn auch blasses Gesicht samt den tief liegenden Augen deuteten auf eine Abstammung aus einem Land der ehemaligen Sowjetunion hin; so zumindest in Peters Vorstellung.

Das Mädchen hob plötzlich den Kopf und schien ihm geradewegs ins Gesicht zu schauen. Zwischen ihnen lag nur der schlanke, graue Aluminiumrahmen der beiden Bildschirme. Er erwiderte ihren Blick, indem er sein Haupt zum Fenster hin drehte. Nun hatte er aber das Bild im Monitor aus den Augen gelassen und konnte die Szene nicht mehr verfolgen. Peter sah wieder zur flimmernden Fläche hin. Er verstand, dass er nicht gleichzeitig auf das Bild und in das Gesicht des Mädchens schauen konnte.

Entweder oder.

Sie blickte indessen weiterhin in dieselbe Richtung, als ob sie auf ihn warten würde. Seine Augen unbeirrt auf das Bild gerichtet, öffnete er langsam das Schiebefenster und trat auf den Balkon hinaus, ihr entgegen. Doch nicht vor ihrem Angesicht war er gelandet, sondern in der feuchten Kälte des Regens. Der Wind blies die kleinen Tropfen unter den Vor-

sprung des darüber liegenden Balkons herein und spuckte sie ihm ins Gesicht.
Eisig überkam es ihn. Angesichts der Kälte beschloss er, sich unters warme Wasser der Dusche zu begeben. Er kehrte ins Zimmer zurück und ging ins Bad, wo er die Kleider ablegte und in die Dusche stieg. Der kräftige Wasserstrahl prasselte ihm in den Nacken und in seinen Ohren rauschte es laut, während ein Brennen die ganze Länge seines Rückens durchzog. Heißer hätte das Wasser nicht sein dürfen. Auf Umwegen, durch fleischige Furchen hindurch, wo Ausdünstungen von Körpersäften schwelten, erreichte das Wasser seine Hoden. „Gar nicht schlecht", dachte, oder besser, fühlte er und entsann sich dabei des warmen Mundes von Elisabeth, einer Freundin aus früheren Jahren, die zu blasen verstand, wie keine andere. Er begann zu masturbieren und durchstöberte sein Gedächtnis auf der Suche nach Erinnerungen, die ihn erregten. Auch Sara mischte sich immer wieder unter die vielen Bilder. Doch seine Frau vermochte nicht, seine Lust zu entflammen. Auch die übrigen Bilder, die er auf seine innere Bühne bat, berührten ihn kaum. Eigentlich war ihm gar nicht danach, zu masturbieren. Er verspürte lediglich das Bedürfnis, vor dem Schlafengehen noch irgendein starkes Gefühl zu empfinden. Also machte er so lange weiter, bis es ihm gelang, sich einen Höhepunkt zu bescheren.
Ende der Via Crucis.
Er hatte, sozusagen, abgespritzt.
Der Dampf im Bad war inzwischen so dicht, dass ihm das Atmen schwer fiel. Er hörte wieder das Rauschen des Wassers, gewahrte einen Schmerz an seinem rechten Puls und an der Schulter. Die weiblichen Gestalten hatten indessen allesamt seine Gedanken verlassen. Weg, als ob sie niemals da gewesen wären, zurückgekehrt in ihre Familien, Häuser, oder in eine unendlich weit entfernte Vergangenheit, jede hinter ihrem eigenen Drachenflieger her. Selbst die vollbusige Cheerleader

war verschwunden; in Silikon aufgelöst und ins Nichts zurückgekehrt, dem sie entsprungen war.
Er drehte das Wasser ab und stieg aus der Dusche. Vor dem beschlagenen Spiegel stand er da und versuchte sich darin zu erkennen. Er streifte mit der Hand darüber und legte dabei einen waagrechten, etwas durchhängenden Streifen vom Dunstbeschlag frei.
Eine Fratze eines triefenden Seehundes, die vorgab, sein Spiegelbild zu sein, erschien darin.
Er näherte sein Gesicht dem Spiegel und entdeckte darin eine Unzahl kraterförmiger Poren, die jeweils mit Schmutz abgestöpselt waren. Zwischendurch ein Haar. Abgesehen davon, ein ziemlich blasses Gefilde. Die hohe Stirn hatte er wohl vom Vater. Trotzdem war der Haaransatz in den letzten Jahren von der Stirn überflutet worden. Oder nicht? Doch, das war das Alter. Dagegen war kein Kraut gewachsen. Selbst die Art, wie die Haare ansetzten, war anders. Ziemlich schütter. Man konnte die Kopfhaut durchsehen. Oder war es die starke Einstrahlung der Lichtröhre über dem Spiegel, die die darunter liegende Haut dermaßen zum Vorschein brachte? Er machte das Licht des Toilettenkastens aus. Besser so. Das Licht fiel nun quer von oberhalb der Tür ein. Durch die seitliche Beleuchtung seines Gesichtes zeichnete sich darin ein grämlicher Faltenwurf ab.
Jammertäler.
Namentlich an den beiden Seiten seiner Mundwinkel waren zwei sichelförmige Schatten zu sehen, die von den darunter liegenden Furchen verursacht wurden.
„Alt geworden“, meinte er stillschweigend. Die Stirn war selbst in nicht angespanntem Zustand nicht faltenlos. Er machte das zweite Licht wieder an. Einige Meter vor dem Spiegel blieb er stehen und hoffte damit, das Hervortreten seiner Kopfhaut zu vermeiden. Was auch gelang. Sein ganzer Rumpf war nun im Spiegel sichtbar. Eine ziemlich schlaffe Büste.

Nackter Kaiser.
Dazu noch Hängeschultern. Zu lange Arme. Konnte man überhaupt zu lange Arme haben? Jedenfalls waren sie sehr lang. Hatte vielleicht mit den Hängeschultern zu tun. Er versuchte eine einigermaßen würdige Haltung anzunehmen und hob die Schultern so gut es ging. Insgesamt gab er eine ziemlich groteske Marionette her, deren Puppenspieler allzu sehr an den Fäden zu ziehen schien. Er nahm erneut die ursprüngliche Pose ein.
Ein länglicher Käfer krabbelte derweilen auf dem weißen Sims unter dem Wandkästchen entlang. Zwei lange Fühler schwenkten erregt vor seinem winzigen Kopf hin und her. Er hielt plötzlich vor einer türkisfarbenen Haarbürste an. Dann verschwand er flink hinter dem Spiegel; hatte wahrscheinlich noch was vor. Es war eine Weile her, seit er das letzte Mal ein Ungeziefer gesehen hatte, besann er sich gleichgültig. Der Winter war ja bereits vorbei, stimmt. Also Frühling.
Er trocknete sich mit einem kirschroten Handtuch ab und zog seine Kleider wieder an. Hatte er überhaupt etwas gegessen? Und wie spät war es eigentlich? „Ungefähr drei Uhr nachmittags", mutmaßte er unsicher. Er war gar nicht hungrig, bemerkte er gleichgültig. Es fiel ihm schließlich ein, dass er ja zu Mittag gegessen hatte. Stimmt. Doch was? Egal. Zumeist verließ er dafür gar nicht sein Zimmer, sondern bestellte schlichtweg über Telephon oder Computer, was er wünschte.
Er ging wieder zu den Bildschirmen, nahm die Fernbedienung vom Schreibtisch und ließ sich im Sessel nieder. Dann begann er sie mit durstigen Augen abzutasten, auf der Suche nach Leben.
Safari auf Flachbildschirmen.
Die fünf Bildschirme links oben zeigten das Gewächshaus von innen. Seit die Heuschrecken die Pflanzen befallen hatten, versuchte man durch ständige Überwachung die Gewohn-

heiten der Schädlinge zu observieren, um effizienter gegen sie vorgehen zu können.
Auf einem Bildschirm links unten konnte man indessen einen der drei Esssäle des Personals sehen. Er war mit alten Tischen und Stühlen ausstaffiert, die im Hotel verwendet worden waren und nun entweder irgendwie lädiert oder außer Mode geraten waren. Der Raum befand sich im Untergeschoss, hatte keine Fenster und vermittelte trotz des an fortgeschrittener Zivilisation erinnernden Interieurs den Eindruck einer Höhle.
Vier Reihen von Neonlampen am Oberboden leuchteten den Raum aus. Das grünliche, zittrige Licht kam durch den Bildschirm noch stärker zum Vorschein. Ein Herr betrat den Raum, nahm aus dem Kühlschrank Brot, Butter und Marmelade und setzte sich ganz am anderen Ende des Saals hin, wo der Fernseher war, sodass er durch die Kamera nur von hinten sichtbar war.
„Heute ist er etwas früher aufgestanden, es ist ja noch früher Nachmittag. Muss irgendwie verwirrend sein, als Nachtportier zu arbeiten. Alle gehn sie zu Bett und du musst an die Arbeit. Na gut, vielleicht eine Zeit lang könnt man's aushalten. Immerhin wird er besser bezahlt als die anderen. Viel tut er ja nicht. Bekommt aber allerhand zu Gesicht. Die Frau vom Anwalt, wie heißt er? Romer? Egal, die soll um vier Uhr morgens ziemlich angetrunken eingetroffen sein, hat er gesagt. Könnt ihn eigentlich mal fragen, was sich da so tut in der Nacht. Mit seiner großen Jacke, so kalt ist es gar nicht da unten. Befindet sich schließlich neben dem Heizraum. Und dass der nie einen Kaffee trinkt, das ist ja auch komisch. Das mit dem Kaffeeautomaten war eine gute Idee. Bravo Sara! So was wissen die zu schätzen. Trinken ja bis zu zehn Kaffee an einem Tag. Umso besser, dann werden sie nervös und verspüren den Drang zu arbeiten, um sich zu beruhigen. Juan hat gestern sieben davon getrunken. Wahnsinn. Und gleichzeitig raucht

er. Hab nie verstanden, wie er das macht, mit der Zigarette im Mund Kaffee zu trinken und manchmal gleichzeitig etwas zu reparieren. Irgendwie steht's ihm gar nicht schlecht zu Gesicht. Sara hat's auch gesagt. Der trinkt auch den Kaffee, den Rosario nicht trinkt. Kann ich nicht verstehen. Gerade als Italiener. Rosario. Passt zu einem Nachtportier nicht schlecht. Klingt irgendwie weiblich. Sizilianer, aus Taormina. Oder Trapani. Weiß nicht mehr. In Taormina war ich mal mit Sara. Die wollte immer ans Meer. Ich eigentlich auch, immer wenn es mir gelungen ist, von da loszukommen. Nur der Start war immer schwierig. Ist doch verständlich, bis man alles abgeschlossen hat. Eigentlich hätte ich ihnen nicht sagen sollen, dass der Raum überwacht wird. Die interessantesten Dinge besprechen sie dann draußen. Nörgeln sicher über die Arbeit. Und über mich. Möchte ich echt mal hören, was die sagen. Alles nur Neid."

Eine kleine Rauchsäule stieg vor dem Nachtportier auf.

„Super! Er raucht wieder. Ich hab's gewusst, dass er damit nicht aufhört. Immerhin hat er zwei Wochen ausgehalten. Ich hab's gewusst! Der ist einfach nicht der Typ, der sich im Griff hat. Sieht man ihm schon im Gesicht an. Dackelgesicht. Das Rauchverbot war im Essraum tatsächlich umsonst. Könnte eigentlich mal was sagen. Einfach so. Die Videos ausstrahlen, wo sie unter dem Rauchverbotsschild mit ihrem ‚Tschick' rumschmusen. Das wäre der Hammer. Was würden die dann sagen? Das wäre gemein. Ich rauche ja selbst. Doch nicht wo es verboten ist."

Im Fernseher vor dem Nachtportier wurde ein Video gezeigt, wo einige Männer mit schwarzer Kapuze und Maschinenpistole auftraten. An ihren Füßen hing eine Fahne mit einer arabischen Schrift.

„Terroristen. Schon wieder. Sieht irgendwie nicht überzeugend aus. Künstlich. Zittrig. Das Video von Saras Eltern, auf dem sie ihr alles Gute zum Geburtstag wünschen, ist ähnlich.

Zumindest die Qualität ist die gleiche. Sara würde sich nicht über den Vergleich freuen. Frauen können über bestimmte Dinge einfach nicht lachen. Umso lustiger für uns. Aber ihr Vater könnte dem Aussehen nach wirklich ein Terrorist sein. Oder ein Mafiaboss. Mit seinem großen Schnurrbart und der Sonnenbrille. Den hab ich auch schon lange nicht mehr gesehen. Er sollte eigentlich stolz sein, was ich aus seiner Tochter gemacht habe. Scheiße, das ist ja das Video von gestern, nur eine Wiederholung. Genau, die Attentate in Sydney. Hab ich schon gesehen. Schade."

Peter schweifte mit dem Blick über die Bildschirmwand auf der Suche nach etwas, das seine Augen zu begeistern vermochte. Die fünf Bildschirme rechts oben zeigten verschiedene Ansichten der *Serra*. In einem davon war Herta Karz, die Abteilungsleiterin des Wellnessbereiches, zu sehen, die vor der Hütte der zwei Peruaner mit der kleinen Clara spielte. Peter schmunzelte mit spitzigem Mund.

„Schau, schau, die gute alte Herta. Spielt wieder mit Clara. So klein ist die gar nicht mehr, dass man so kindisch rumtun müsste. Oder doch? Hab da eigentlich keine Erfahrung. Doch Mamas sagen das. Sara wollte auch mal Kinder. Da stand das Hotel noch nicht. Ich glaub nicht, dass sie es ernst meinte. Später hat sie nie mehr was gesagt. Sie hat wahrscheinlich eingesehen, dass man nicht alles haben kann. Sonst hätte sie sich ja nochmals gemeldet. Herta hat ja auch keine Kinder. Ist ja nichts Schlimmes dabei. Doch die möchte welche, da bin ich mir ziemlich sicher. Wie sie die Kleine in den Arm nimmt, ihr Gesicht, so eine Miene schneidet die ansonsten nie, nicht mal wenn sie mit den französischen Fußballern geflirtet hat. Jeden Tag geht sie da hin, meine Güte, was sich die Peruaner da denken werden ... die soll selber eine Familie gründen. Irgendwie haben sie ja Recht, ich meine, an Männern würde es ihr sicher nicht mangeln, immerhin hat sie sich in den Jahren gut gehalten. Ist schon über vierzig, ein paar Falten im Gesicht hat sie schon, wenn sie lacht, sieht man sie. So wie jetzt, mit dem Kind, sonst lacht sie eh nicht viel. Ist eigentlich besser, steht ihr nicht so gut. Verzerrt nur ihr Puppengesicht. Lachen steht definitiv nicht jedem. Wenn mich Sara hören würde ... mit mir hat sie auch mal ihr Glück versucht, bei der Massage vor einem Jahr. Was die von mir wollte? Sie ist ja schon Abteilungsleiterin, soll ich ihr den ganzen Laden vermachen? Eigentlich hätte ich die Situation ausnützen sollen. Wie die mir über die Schenkel gefahren ist, Wahnsinn, kann mir keiner erzählen, dass das eine normale Massage war. Auf keinen Fall. Vielleicht ist es besser so. Das haben sie mir damals ordentlich eingetrichtert, dass man die Finger von den Bediensteten lassen soll. Na ja, Finger bräuchte ich gar nicht dazu. Besser so. Irgendwie ein elendes Bild, wie sie da spielt. Scheint sich fast zu schämen, und wie sie da jedes Mal hinschleicht, und doch geht sie täglich hin. Einsame Seele, vielleicht wollte sie auch von mir nur Zuneigung. Muss ja gar nicht sein, dass sie sich alle nach oben vögeln wollen. Das ist auch so ne Wunschvorstellung von den Männern, hat Sara immer gesagt. Irgendwie hat sie ja Recht. Warum Herta wohl keine Familie hat? Wenn sie sich jetzt nicht einen besorgt, dann wird's zu spät. Irgendwann wird auch die unattraktiv. Der Architekt aus Bremen ist ja total auf sie geflogen. Warum sie den nicht genommen hat? Ihr Problem, braucht sich dann aber nicht zu beklagen. Ich kann sie schon sehen; die wird dann sicher kommen und rumplärren und ihr Leben verdammen, und dann frisst sie irgendwann ein paar Pillen runter und tschüss."

Clara holte hinterm Haus einen kleinen roten Ball und warf ihn Herta zu. Die beiden spielten ihn sich einfach zu und lachten dabei. Manchmal schleuderte die Kleine am Ziel vorbei. Herta hüpfte dann der roten Kugel hinterher und setzte das monotone Spiel mit lachenden Augen fort.

„Was die daran findet? Ich hab das nie verstanden. Eigentlich ist es ja langweilig, mit Kindern zu spielen, wenn sie in ihren Bewegungen noch so linkisch sind. Wenn man selber Kinder hätte, wär's natürlich anders. Das sagte Sara auch immer. Stimmt wahrscheinlich. Dann würde man so was schön finden und so ein Schafsgesicht aufsetzen wie Herta. Ist eh gut eingerichtet von der Natur, sonst würde niemand mit den Kindern spielen. Gut, dass ich keine habe."

Auf einem Bildschirm in der Mitte war einer der vier Flügel der Hotellobby zu sehen. Peter erkannte darin Herrn Fleischmann, der zusammen mit seiner Frau und seiner Tochter an einem niederen Tisch saß. Der Amerikaner gestikulierte aufgeregt mit den Armen durch die Luft. Sofort wurde Peter aufmerksam und schaltete den Ton der Szene ein. Er erkannte bereits nach wenigen Sätzen, dass sich Herr Fleischmann darüber ereiferte, dass die inzwischen siebzehn Jahre alte Betty beim geplanten Familienausflug nicht mitkommen wollte. Wie üblich.

„Der Alte will's einfach nicht kapieren! Warum lässt er sie nicht in Ruhe? Ich wäre mit siebzehn auch nicht mit meinen Eltern mitgegangen. Aber, eigentlich waren das andere Zeiten. Kein Vergleich. Aber die Mutter ist köstlich. Wahnsinn. Die wiederholt wie ein Papagei, was ihr Mann sagt. Und die Kleine merkt das nicht. Noch nicht. Aber die Zeit wird kommen, dann wird ihr das vorgehalten werden. Irgendwann wird Betty den Verstand einschalten und merken, was die Alte daherfaselt. Beim Vater traut sie sich nicht. Der wirkt irgendwie autoritär. So wie Amerikaner eben sind, wenn sie viel Geld haben. Und das haben die sicher. Haben immer eine Suite bezogen. Jedes Jahr. So 'nen Fettwanst muss man sich auch erst leisten können. Der muss ganz schön verdienen."

Herr Fleischmann versuchte seine Tochter für den morgigen Ausflug zu begeistern, indem er ihr die aufwendige Trekkingausrüstung vor Augen hielt, die er für sie unlängst gekauft hatte.

„Als ob das ein Argument wäre! Hast ja du ihr gekauft das ganze Zeug. Sie hat dich sicher nicht darum gebeten. Aber warum sagt sie nichts? Kaum zu glauben, sie sitzt einfach da und sieht auf den Boden und hätte dabei die besten Karten in der Hand. Sara hat einmal gesagt, dass es heute keine Argumentationskultur mehr gibt, oder so ähnlich. Betty ist das beste Beispiel dafür. Wenn die nur etwas auf dem Kasten hätte, würde sie ihn in Grund und Boden reden. Ich könnt per Lautsprecher ihr die richtigen Antworten einsagen. Das wär's! Da würde er Augen machen. Seine Frau würde sowieso nichts sagen, wie immer. Mit ihrem Fischgesicht. Eigentlich ist sie gar nicht schlecht. Hat eine gepflegte Haut. Mit der haben wir ganz schön viel verdient. Was die an Zeit in der Beautyfarm verbringt, na ja, was soll sie denn sonst auch tun? Bitte sag doch endlich was. Ich mein, ist ja dein Leben und nicht das deines Vaters. Kaum auszuhalten, wenn die Leute so dumm sind. Dann geschieht es ihnen recht, dass sie aufs Dach bekommen. Die Sünde der Dummheit. Aber ich weiß, warum die Kleine so hartnäckig ist. Die trifft sich morgen wieder mit dem Skilehrer aus dem Dorf. Sicher, kein Zweifel. Ob die sich von ihm ficken lässt? Wie sie so angezogen ist, eigentlich schon. Immer im Mini. Ist erst siebzehn Jahre alt. Ich glaube schon. Vielleicht ist sie puritanisch erzogen worden. Dann tut er mir leid. Dann kann er seine Schneekanone anderswo reinparken. Die Amerikaner. Ein Volk für sich. Morgen darf ich auf keinen Fall vergessen, auf den Eingang zu schauen. Vielleicht taucht der Stecher auf. Da wäre ich glatt gespannt."
Ein anderer Bildschirm, zwei Reihen weiter rechts, leuchtete plötzlich auf. Es war ein Keller, in dem soeben das Licht angemacht wurde. Auch hier hatte Peter versteckt eine Kamera installieren lassen. Eigentlich nicht aus Angst, dass irgendwelche gelagerten Gegenstände entwendet wurden. Vielmehr konnte er so seinen Bediensteten auf die Schliche kommen,

wenn sie sich hie und da verkrümelten, zumeist um eine Zigarette zu rauchen. Tatsächlich hatte es sich eingebürgert, besonders bei Hausmeistern, dass man sich in diesen Raum begab, um eine kleine Pause zu einzulegen und ein wenig zu plaudern. Peter kannte inzwischen die Arbeitsrhythmen dieser Abteilung aufs Genaueste. Der Fleißigste von allen, also derjenige, der am wenigsten rastete, war nach wie vor Juan. Es war allgemein bekannt, dass er seinen Kaffee sekundenschnell verschlang und gelegentlich mit der Zigarette im Mund arbeitete, sofern er nicht mit Gästen zu tun hatte. Dann kam Robert, ein Junge aus dem Tal, dann Dragan, der Serbe, die beiden Rumänen, die manchmal bis zu zehn Minuten ihrer Arbeitszeit im Keller verplapperten, und schließlich ein Pakistaner, der seiner Trägheit wegen schon seit längerem auf der Abschussliste stand.

Doch zu seinem größten Erstaunen betrat gerade Juan den Kellerraum. Also handelte es sich gewiss um Arbeit, vermutete Peter leicht enttäuscht. Drei Sechzig-Watt-Birnen leuchteten den niederen Raum in einem satten, fast ockerfarbenen Gelb aus. Werkzeuge, alte Fliesen, Tische, große und kleine aufgestapelte Kartone, Gartengeräte und eine Menge alter Kram, der weiß Gott wie lange schon hier lag, waren im Bild zu sehen. Das Ambiente mutete dermaßen ältlich an, dass man seinen ranzigen Gestank fast am Bildschirm riechen konnte.

Sara erschien im Bild. Sie schloss die Türe hinter sich und sperrte sie mit dem im Schlüsselloch steckenden Schlüssel zu. Juan sah sich inzwischen um, als ob er etwas suche. Schließlich trat er zu Sara heran. Er sprach einige Worte.

Peter nahm blitzschnell die Fernbedienung zur Hand, um den Ton anzumachen. Verzweifelt entsann er sich, dass im Keller kein Abhörgerät installiert war. Sara war mit einem roten Pullover und einem knielangen, grauen Rock gekleidet. Dazu dezente Pumps. Elegant und weiblich, wie üblich. Juan trug ein weißes Hemd, dunkle Hosen, schwarze Schuhe und eine

Lodenweste im Tirolerstil. Die gewöhnliche Arbeitsmontur. Peters Augen weiteten sich. Er schluckte. Dann holte er tief Luft. So tief, dass er den ganzen Sauerstoff des Raumes aufzusaugen schien.

Sein entfesselter Herzschlag und seine unruhigen, schweißigen Hände.

Die Bildschirme ringsum zeigten jeweils das Innere des Gewächshauses von einer anderen Perspektive. Das Bild des Kellers mit Juan und Sara war sozusagen von einem kleinen, viereckigen Urwald eingeschlossen. Weiter waren ringsum das Hotelfoyer zu sehen, in dem Hans mit einigen Gästen plauderte, die Küche, in der inzwischen wieder die Köche eingetroffen waren, der Speisesaal samt den Kellnern, die auf den Tischen den weißen Leinenstoff bügelten, und all die übrigen Abteilungen, in denen der Arbeitsalltag selbstverständlich ablief.

Wie immer.

Es war genau fünfzehn Uhr und vierundzwanzig Minuten, als Peter auf einem der sechsunddreißig Bildschirme sah, auf einem Bild unter Bildern, vom gleichgültigen Rahmen weiterer fünfunddreißig Alltagsszenen eingefasst, wie Juan seine Frau Sara in die Arme nahm und küsste. Sara war von vorne zu sehen, Juan von hinten. Der Bolivianer drückte sie gegen die Wand, sie umschlang ihn mit ihren Armen. Dann hob sie ihr rechtes Bein und schlang es um seine Oberschenkel. Ihre zartgliedrigen Hände bewegten sich unruhig auf dem Rücken seiner grünen Weste auf und ab. Er küsste sie auf den Hals, sodass ihr Gesicht gut in Sicht war. Sie ließ den Kopf in den Nacken fallen und blickte schräg nach oben. Ihr Mund war einen kleinen Spalt weit geöffnet. Sie kniff ihre Augen zusammen und verzerrte ihre schmalen Brauen zu einer leidenschaftlichen Kurve. Man hätte meinen können, dass sie weinte. Tatsächlich schien Peter, an den Seiten ihrer aufeinander gepressten Augenlider das Glitzern einer Träne zu erkennen.

Mit einer saugenden Umarmung von Armen und Beinen zog sie Juan zu sich heran. Er fuhr mit seiner breiten Hand an der Außenseite ihres gehobenen Schenkels empor, bis unter den grauen Rock. Nun küssten sie sich wieder.
Es dauerte insgesamt nicht länger als fünf Minuten. Das Licht im Keller wurde wieder ausgemacht, die Türe geschlossen und Peter saß erneut vor dem dunklen Bildschirm. Genauso wie vor fünf Minuten. Gleichgültig setzten die Leute in den Bildschirmen nebenan ihre Arbeit fort. Als ob nichts geschehen wäre.
Und doch.
Peter saß wie versteinert in seinem Sessel. Er starrte auf die Bildschirmwand. Und doch nicht; durch sie hindurch, unendlich weit weg, suchte sein Auge den Fluchtpunkt, der ihm den Halt gegeben hätte, der den seelischen Sturzflug verhindert hätte, der sich in ihm anbahnte.
Er wusste selbst nicht, wie lange er da gesessen war, mit diesem byzantinisch-entrückten Blick, als er wieder zu sich kam und sich vom Sessel erhob. Er nahm mechanisch das Telefon zur Hand und wählte Hans' Nummer. Doch dieser antwortete nicht. Also suchte er ihn auf den Bildschirmen. Auch da war er nirgendwo zu sehen. Peter verließ den Raum und machte sich auf, seinen Freund aufzusuchen. Dabei hoffte er, nicht auf Sara oder Juan zu stoßen. Während er mit dem Aufzug nach unten in die Hall fuhr, überkam ihn ein flaues Gefühl. Dieser mächtige Blick von oben auf die Glaskuppel war tatsächlich nicht jedermanns Sache, gestand er sich eingeschüchtert ein. Als er in der Hall zwischen Couch und Tischen der Rezeption entgegensteuerte, hielt er plötzlich an. Er tastete die Umgebung mit den Augen ab und schwenkte seinen Blick aufmerksam über die Einrichtung und die Gäste, dann entlang der großen Glasscheiben, durch die man den künstlichen Urwald sah. Irgendwas stimmte nicht. Er hatte das Gefühl, als ob das Mobiliar ausgetauscht worden wäre. Oder waren es nur die

Farben? Auch die Leute erschienen ihm auf unangenehme Weise fremd. An der Rezeption wartete er hinter einem englisch sprechenden Paar auf seinen Turnus. Dann erkundigte er sich höflich, ob der Direktor zu sprechen sei. Obwohl er die Dame kannte, sprach er sie in einem Ton an, als ob er zum ersten Mal das Hotel betreten hätte. Die Sekretärin, durch Peters Art seltsam verblüfft, sagte, dass Hans im Untergeschoss sei, entweder im Schwimmbad oder im Skiraum. Wegen des unguten Gefühls, das ihm der Aufzug beschert hatte, beschloss er, die Treppe zu nehmen, um nach unten zu gelangen. Plötzlich überfielen ihn wieder die Bilder vom Keller, Sara, Juan, ihre zittrigen Hände und ihr schmerzlich wollüstiger Blick, sodass er für einen Augenblick sowohl seine Umgebung als auch das Ziel seiner verzweifelten Suche vergaß.
Peter befand sich im breiten Gang vor dem Eingang zum Schwimmbad und der Wellnessabteilung, als vor ihm ruckartig die Tür aufsprang. Eine Schar weiß bemäntelter Badegäste stob daraus hervor. Zwei Männer und sechs Frauen. Lauter braungebrannte Gliedmaßen.
Ohne ihr kurzweiliges Gespräch zu unterbrechen, gingen sie rechts und links an Peter vorbei, der nur mehr weiß und braun und „ha-ha-ha, das ist ja der Knüller“ vernahm. Die vorbeigezogenen Leute wirkten mit ihren weißen Umhängen auf ihn in ihrer Selbstsicherheit dermaßen überlegen, dass er das Gefühl hatte, soeben gottähnliche Wesen gesehen zu haben. Oder Engel, Engel ohne Flügel, die elektrischen Sonnen huldigten.
Er war dermaßen erschrocken, dass er einige Schritte nach hinten getaumelt war. Er fühlte sich wie ein unerwünschter Gast in einem fremden Haus. Nein, er wollte nicht den Haupteingang nehmen, um in den Wohlfühlbereich zu gelangen. Er kehrte zurück und öffnete links eine Türe und betrat einen Gang, der ebenso zum erwünschten Ort führte. Es war ein Seiteneingang für die Bediensteten und führte an Magazinen,

neben Heizräumen und Gefrierzellen vorbei. Der Kontrast vom Bereich, der für die Gäste zugänglich war, zum Arbeitsbereich fürs Personal fiel ihm komischerweise viel deutlicher ins Auge, denn je zuvor. Auch das Gefühl der Orientierungslosigkeit, das die ganze Zeit in ihm geschwelt hatte, brach nun vehement hervor. Tatsächlich war ihm, als ob er noch nie diese Orte betreten hätte. Er ging einen langen Gang entlang, der mit einem kalten Neonlicht ausgeleuchtet war. Ein Herr mit einem leeren Stapler eilte ihm entgegen und huschte lautlos an ihm vorbei. Peter atmete erleichtert auf, da der Arbeiter irgendwie bedrohlich wirkte. Der Durchgang, in dem er sich befand, war von einem süßlich-moderigen Geruch ausgefüllt, der ihn an Fleisch oder Blut erinnerte. Wahrscheinlich führten die dicken, weißen Türen an den Seiten mit ihren großen Henkeln in die anliegenden Fleischzellen. Er hörte murmeln und lachende Stimmen, die vom Ende des Ganges kommen mussten. Unheimlich überkam es ihn. Er wandte sich um, in die Richtung, von wo er gekommen war. Hier verzweigte sich der Gang nach rechts und nach links. Er hatte keine Ahnung, wie er hierher gelangt war.

Wo war er? Er drehte sich wieder um und ging einfach in dieselbe Richtung weiter. Er kreuzte am Ende des Durchganges schließlich einen engen Korridor, der leicht nach links abfiel, wo er zu einer breiten, abgegriffenen Holztüre führte.

Rechts von ihm saß eine Frau auf einem Hocker und rauchte. Er hatte sie noch nie gesehen. Ihrer weißgrünen Lodenmontur zufolge musste sie eine Kellnerin sein, etwa um die vierzig. Peter musterte sie aufmerksam. Saugend verzerrte sie ihr ebenmäßiges und blasses Gesicht, um die Zigarette zum Glühen zu bringen. Der Rauch kroch wie von selbst zwischen ihren Lippen hervor und verflüchtigte sich im Gang.

Dampfende Fleischhöhle.

Schließlich erschlaffte ihr Gesicht wieder zur ursprünglichen, wenn auch deutlich verschlissenen Schönheit. Ihre rechte

Hand lag rücklings im Schoß. Peter starrte in die zerfurchte Handfläche. Eine müde Bettlerhand, die nicht wusste, worum sie bitten sollte.
Peter hatte ganz vergessen, warum er sich hierher begeben hatte, und konnte seinen Blick von der Frau nicht mehr lösen. Die Erschöpfung – oder war es Schwermut? – stand ihr eigentlich gar nicht schlecht zu Gesicht. Schönheit war tatsächlich ein Geschenk, kann man nicht kaufen. Ganz anders bei Katherine aus Monaco, mit der Peter gelegentlich flirtete. Die hatte alles drangetan, was nur möglich war; aufwendige Bühnentechnik. Trotzdem blieb sie flach. Ein Briefmarkengesicht.
„Suchen Sie jämand?", fragte die Kellnerin gedehnt und schenkte ihm dabei ein freundliches Lächeln.
Peter erwachte abrupt aus seinem Tagtraum. „N-nein, ich wollte nur zum Ausgang, ich möchte wieder nach draußen ...", antwortete er aufgescheucht und trat einen Schritt zurück. Die Frau hob ihren Arm und wies mit dem Zeigefinger auf die Türe am Ende des Korridors.
„Das ist der hintere Ausgang, fürs Personal ...", antwortete sie mit einer merkwürdigen Betonung.
Er zögerte noch einen Augenblick lang, da er sich erkundigen wollte, wo er sich eigentlich befand, doch dann entschied er sich letztlich dafür, diesen Ort so schnell wie nur möglich zu verlassen. Während er auf den Ausgang zusteuerte, stieß er auf zwei dunkelhäutige und festfleischige Männer, die sich mitten im Korridor umarmten und sich dabei auf die Wange küssten. Von Vorbeikommen keine Rede. Selbst eine Maus hätte in dieser Fleischbarriere keinen Durchgang gefunden. Trotz der geringen Distanz zwischen den beiden Gesichtern meinten sie den gesamten Gang, wenn sie sprachen. Dann wieder Umarmungen. Die hatten sich wohl lange nicht mehr gesehen. Klopften sich knallend auf die Schultern, lachten und tauschten sonore, fremdsprachige Freundlichkeiten aus.

Schließlich trennten sie sich und zockelten in die entgegengesetzte Richtung den Gang entlang.
Peter erreichte endlich den Ausgang und öffnete die Türe. Als er wieder den Himmel und darunter die vertrauten Berge sah, holte er tief Luft. Doch ein scheußlicher Gestank schlug ihm jählings ins Gesicht. Zu seiner Rechten befand sich ein großer Haufen von schwarzen Müllsäcken. Ein feingliedriger Junge in der Arbeitsmontur der Hotelboys bugsierte die übervollen Säcke auf die Ladefläche eines alten Jeeps. Auch ihn kannte Peter nicht. Man hatte ihn wahrscheinlich erst kürzlich angestellt, dachte er verwirrt. Während der junge Hausmeister mit größter Mühe einen Sack auf den hinteren Teil des Wagens schwenkte, brach dieser plötzlich am Boden durch und ekelige Brocken breiteten sich zu seinen Füßen aus. Er sprang mit seinen funkelnden Schuhen augenblicklich zurück, um sich nicht zu beschmutzen. Große Kuchenstücke, Gemüse, Dosen, Verpackungen, Hummerzangen mit Kaviar verschmiert, nasse und aufgedunsene Zigarren waren in dem Haufen aufgetürmt. Der Junge schnitt eine verzweifelte und angeekelte Miene. Er versuchte, der Lage wieder Herr zu werden, indem er den abscheulich stinkenden Dreck mit einer Schaufel auf die Ladefläche Stück für Stück emporhievte. Dabei gab er sich größte Mühe, sein weißes Hemd nicht zu beschmutzen. Peter fiel ein, dass Hans kompromisslos darauf bestand, dass das Oberteil der Monturen weiß sein müsse. Ohne ein Wort zu sagen ging er am Jungen vorbei. Er folgte nun einfach der Straße, die am Hinterausgang begann. Nach wenigen Minuten gelangte er auf die breite Straße, die links ins Dorf und rechts zum Hotel zurückführte. Langsam dämmerte ihm, wo er eigentlich in der letzten halben Stunde gewesen war. Selbstverständlich kannte er die Orte! Umso mehr schrak er vor der Tatsache zurück, dass er sich zuvor ihrer nicht entsinnen konnte. Es stimmte, dass er sie in den letzten Monaten äußerst selten, wenn überhaupt, betreten hatte. Doch diesen

massiven Gedächtnisschwund konnte er damit nicht erklären. Erschöpft spazierte er wieder zum Hotel zurück. Schließlich war er ja losgegangen, um mit Hans zu sprechen. Mit zunehmendem Schmerz ätzten inzwischen die Bilder von Sara und Juan seine Seele. Fast nicht zum Aushalten. Er war so verwirrt wie noch nie und versuchte, seine Gedanken zu ordnen. Was genau wollte er eigentlich mit Hans besprechen? Genau! Er wollte sich verabschieden.

Segment IV.1

Osten

Welchen Vorteil hat der Mensch von all seinem Besitz,
für den er sich anstrengt unter der Sonne?
Windhauch, Windhauch, sagte Kohelet, Windhauch,
Windhauch, das alles ist Windhauch.

Koh 1,3.2

Er hielt mitten in der langen Geraden den Wagen an und stieg aus. Vor, hinter, rechts und links von ihm Flachland. Die Ebene blies ihm ihren großzügigen Atem durch die Haare und über die Kleider, die verzagt im Wind flatterten. Peter hatte einen leichten blauen Pulli um die Schultern gehängt. Auch dieser fügte sich den Launen des Windes und tänzelte waagrecht hinter seinem Rücken – eine Fahne, die mitten in dieser Einöde die Anwesenheit eines Menschen signalisierte. In kurzen Böen streifte der Wind über die Felder und massierte das lange, funkelnde Gras. Man konnte ihn sehen, den Wind, wie er übers grüne Land rollte und sich mit hoher Geschwindigkeit dieser ihr ausgelieferten Kreatur näherte. Peter schloss die Augen, holte Luft, als ob er durch eine Welle tauchen würde; ein ungestümes Rauschen und schon war die Böe vorüber.

Hierzulande war es keine Seltenheit, dass morgens ein so starker Wind blies.

Er entfernte sich vom Wagen und spazierte in die endlos scheinende Wiese hinein, die sich vor ihm ausbreitete. Dann wandte er sich zum Auto um. Die Straße, die die Ebene durchquerte, war von stämmigen Birken gesäumt. In der Ferne sah man nur mehr Bäume, die Straße schien indessen von der Weite verschluckt zu werden.

Hier, abseits der Straße, war es ein wenig stiller, da das Brausen der unzähligen Blätter der Birken nicht zu hören war. Im Wind wogte indessen das grüne Meer majestätisch hin und her. Auch Peter war, trotz seiner aufrechten, unbeirrbar strammen Haltung, als ob er unter den Windstößen leicht wankte. Ein kleiner Mast mitten im willfährigen Gras.
In einiger Entfernung war ein Sonnenblumenfeld zu sehen. Im Gleichtakt verneigten sich die sonnengekrönten Stiele nach allen Seiten, wie auch die übrige Landschaft sich den Anweisungen eines unsichtbaren Choreografen zu fügen schien.
Peter überlegte, ob er weitergehen sollte. Und auch wenn, wohin? Die Frage erübrigte sich, hier machte es nämlich keinen Unterschied, ob man zehn Schritte tat oder kilometerweit wanderte. Wozu also die Mühe? Er hob seinen Blick. In der Ferne war es ruhig; wie in einem Bild schien der Horizont gemalt, ein gekonnter Pinselstrich, bereits vergangen.
Nicht so wie hier, wo der heulende Wind die Landschaft geißelte. Doch handelte es sich um eine Täuschung, nichts weiter als eine Schwäche seines kognitiven Apparates. Das war ihm bewusst. Auch dort blies nämlich der Wind, vielleicht noch stärker als hier.
Trotzdem wollte er dorthin. Dorthin, wo es ruhig schien. Er kehrte also zum Auto zurück und fuhr weiter. Nachdem er bereits eine Weile gefahren war, gewahrte er in der Ferne die Konturen von Gebäuden. Genau in dieselbe Richtung schien auch die Straße zu führen. Tatsächlich gelangte er wenig später in eine größere Stadt.
Während er am Fuße der großen Blockgebäude langsam entlangfuhr, hielt er nach einem Restaurant Ausschau, da er Hunger verspürte. Vom Auto aus war es allerdings nicht leicht auszumachen, was sich hinter den Vitrinen der Läden abspielte; und die Schriften der Aushängeschilder verstand er ohnehin nicht. Er parkte also am Straßenrand und setzte sei-

ne Suche zu Fuß fort. Während er auf dem breit angelegten Bürgersteig entlangspazierte, fielen ihm die bunten Blumen auf den grauen Balkonen der klobigen Wohnblockhäuser auf. Wie zierliche Gewächse, die sich einen Riss in die Mauer geschlagen hatten, um ans Sonnenlicht zu gelangen, prangten die farbigen Blüten mitten in den übermächtigen Betonfassaden.

Er erkannte erstaunt, dass die Stadt bei weitem nicht die Größe maß, die er zuvor vermutet hatte. In der Tat hatte er sich von der Höhe der klobigen Bauten täuschen lassen. Es handelte sich um nichts weiter, als um einen weiteren Zementblock mitten in der Einöde.

Die Leute, die ihm entgegenkamen, waren auffallend bunt bekleidet. Darunter waren besonders viele Jugendliche. Viele hübsche Mädchen mit knallfarbenen, kurzen Röcken und zusammengebundenen Haaren. Viel Farbaufstrich auch im Gesicht. An den Beinen trugen mehrere davon hautfarbene Strümpfe. Letzteres war ihm bereits aufgefallen, als er zum ersten Mal diese Gegenden betreten hatte. Die Menschen schienen hier außerdem meistens guter Dinge zu sein, was in dieser Einöde durchaus keine Selbstverständlichkeit war.

Er gelangte zu einem etwas größeren Platz. Es musste sich um die Stadtmitte handeln, mutmaßte Peter. Busse und Lastwagen durchquerten von mehreren Seiten kommend die freie Fläche, die sich mithin als ein riesiger Kreisverkehr herausstellte. Und die üblichen Pferde mit ihren Kutschen, die den Anschein eines Autos hatten, nur ohne Motor. Die seltsamen Gespanne waren hierzulande wohl das häufigste Verkehrsmittel; besonders außerhalb der Städte. Autos mit eingebautem Motor waren indessen ziemlich selten.

Mitten auf dem Platz, also auf der Insel des Kreisverkehrs, war auf einem steinernen Sockel eine überlebensgroße Bronzestatue aufgestellt, die einen Herrn in Uniform darstellte, dessen Blick – ebenfalls aus Bronze – in die Ferne gerichtet war.

Wohin denn auch sonst?
Peter sah, dass am Fuße eines der Gebäude, am Rand des Platzes, einige Tische und Stühle verteilt waren, wo Leute aßen und tranken.
Er ging dorthin, setzte sich auf einen der Plastiksessel und bestellte ein Schnitzel mit Kartoffeln. Er hatte diese Wahl aus zwei Gründen getroffen: Erstens hatte er gelernt, den Namen des Gerichtes auszusprechen, und zweitens ging er dabei auf Nummer sicher. Bei nassen Speisen oder Saucen hatte er ständig den Verdacht, dass ihm weiß Gott was für altes Zeug reingemischt wurde. Sogar im *Hotel* war dies schließlich eine übliche Praxis gewesen, wenn fürs Personal gekocht wurde. Er trank ein Glas Rotwein dazu. Sein Alkoholkonsum hatte sich während der Reise keineswegs verringert, ganz im Gegenteil. Doch hatte er es sich zur Gewohnheit gemacht, vornehmlich abends zu trinken, bevor er zu Bett ging. Untertags wäre es verhängnisvoll gewesen, da er die meiste Zeit am Steuer saß. Während er aß, fiel ihm der letzte Brief an seine Frau ein, den er vor einer Woche abgeschickt hatte. Es handelte sich eigentlich dabei um nichts weiter als um einen ziemlich detaillierten Reisebericht. Trotzdem grübelte er, ob er dabei nichts Wesentliches ausgelassen hatte, und ließ den Brief nochmals in seinem Gedächtnis Revue passieren. Allwöchentlich schrieb er Sara und erzählte ihr, wo er sich umtrieb, was er aß, mit wem er gesprochen hatte und andere Details. Die Briefe waren sorgfältige und ausführliche Aufzeichnungen, als ob er ein Reisender aus anderen Zeiten gewesen wäre, dessen Erfahrungen eine entscheidende Rolle für die Zukunft seines Landes gespielt hätten.
Bevor er vom Hotel abgereist war, hatte er sich mit wenigen Worten von seiner Frau verabschiedet. Keine großen Parolen, keine Tränen, keine wirkliche Erklärung und besonders kein einziges Wort über sie und Juan. Nur: „Ich muss einfach mal weg, ich weiß nicht für wie lange."

Sie hatte ihrerseits die Situation deutlich weniger souverän gedeichselt. Selbstverständlich ließ sie ihn gewähren, schließlich hatte sie sich ihm bereits seit Jahren bei keinem seiner Vorhaben mehr in Quere gestellt. Trotzdem konnte sie ihren Gram und ihre Sorge nicht verbergen. Es war die erste Träne seit langem, die Peter bei seinem lakonischen Abschied in Saras Gesicht sah.
Mit Hans hatte er hingegen etwas klarer und ausführlicher über seine Abreise gesprochen. Oder besser, er hatte sich diesbezüglich ehrlicher geäußert. Trotzdem hatte Hans bis zum Schluss nicht wirklich verstanden, was das eigentliche Motiv dafür war. Peter schien es selbst nicht genau gewusst zu haben. Worüber Hans allerdings keinerlei Zweifel hatte, war seine Erkenntnis, dass es seinem Freund alles andere als gut ging. Peter erwähnte auch knapp den Vorfall mit Juan und Sara, selbst wenn er nicht von der Erschütterung sprach, die es in ihm ausgelöst hatte. Obwohl Hans nichts darüber wusste, schien er weniger überrascht zu sein, als Peter es erwartet hatte. Ferner unterhielten sich die beiden ausführlich über Anfälliges im Hotel, besonders über die beruflichen Termine, die Peter absagen wollte, indem er sie dem neuen Direktor überließ. Dieser hatte inzwischen vollständig Peters Rolle übernommen und besonders in den letzten Jahren seine Führungsqualitäten reichlich unter Beweis gestellt. In mancher Hinsicht, wie zum Beispiel, wenn es darum ging, sich zu besonderen Anlässen und in feiner Gesellschaft kulturell zu gebärden, war er ihm sogar überlegen. Trotzdem fühlte sich Hans seinem Freund seit eh und je unterlegen. Möglicherweise hatte es damit zu tun, dass Peter ihn schon kannte, als man sich noch in der Schule über seine betuliche Befangenheit lustig machte. Tatsächlich hatte ihm Peter, dessen selbstbewusstes Auftreten schon damals ins Auge fiel, in den unbarmherzigen Zeiten der Pubertät den notwendigen Rückhalt gegeben, um sich zu entwickeln. Nun war von seiner frühe-

ren Schüchternheit jegliche Spur verschwunden, er war sozusagen aufgeblüht. Doch er hatte die Jahre seiner Jugend nicht vergessen und erinnerte sich manchmal schmerzlich an die erlittene Schmach, als ob es gestern geschehen wäre. Am allerliebsten hätte er sie aus der Welt geschafft und seine jetzige Glorie mit der Vernichtung der peinlichen Vergangenheit gekrönt. Sie war tatsächlich sein intimstes Geheimnis und gleichzeitig das, wofür er sich am meisten schämte. Er war sich sozusagen selbst ein Tabu. Umso mehr schwelgte er in seiner jetzigen Position und genoss es wie kein anderer, wenn er Bedienstete befehligen konnte. Doch Peter wusste über die unheroischen Jahre seiner Jugend genauso gut Bescheid wie er selbst, auch wenn er nie etwas darüber verlauten ließ, was Hans seinerseits sehr zu schätzen wusste. Selbstverständlich beruhte Hans' Freundschaft zu Peter auch auf Dankbarkeit für den damaligen Schutz. Doch als Verwahrer seines größten Geheimnisses war der ehemalige Hoteldirektor gleichsam, wenn auch nur der Möglichkeit nach, sein mächtigster Feind.

Ein weiterer Grund, um eine Freundschaft zu pflegen.

Kurz, Hans hatte alles getan, was Peter sich von ihm erbat, bevor dieser abreiste.

Er nahm nach dem Essen die letzte Zigarette aus der Schachtel und rauchte sie gierig. Dann beglich er umgehend die Rechnung und trat nebenan in ein kleines Geschäft ein, um sich eine Flasche Wasser und weitere Zigaretten für unterwegs zu besorgen.

Der kleine Laden war spärlich mit vereinsamten Waren bespickt, die in stoischer Frugalität auf den Regalen aus Pressholz prangten, als ob es sich um wertvolle Kunstgegenstände handelte, die so gut wie nur möglich zur Schau gestellt wurden. Doch es war kein Bediensteter in Sicht. Peter nahm eine Flasche Wasser von einem Regal, stellte sie auf die Theke und betätigte das kleine Glöckchen, das darüber hing. Zu seinem

Erstaunen erschien hinter einem grünen Vorhang die Kellnerin des Gasthauses nebenan, die ihn zuvor bedient hatte. Er verstand, dass es sich um ein und denselben Betrieb handelte und lächelte zum zweiten Mal die Frau an.
Dieselbe Situation war ihm schon mehrmals widerfahren und er entsann sich jedes Mal jener billigen Filme, in denen eine Hand voll Schauspieler in alle möglichen Rollen schlüpfen. Er erkundigte sich, ob sie Zigaretten habe. Das war einer der wenigen Sätze, die er in der hiesigen Sprache gelernt hatte. Die Frau fragte etwas anderes zurück, von dem Peter nichts verstand, doch dessen Inhalt er vermutete: Sie wollte wahrscheinlich die erwünschte Sorte wissen und wie viele er davon haben wollte, da man die Stängel hierzulande gewöhnlich einzeln kaufte. Er zeichnete mit seinen zwei Zeigefingern ein Rechteck in die Luft und sprach den Namen der Marke aus. Sie hatte verstanden. Kurz nachdem sie hinter dem Vorhang verschwunden war, tauchte sie wieder mit der roten Schachtel auf.
Mit der Wasserflasche in der Hand stiefelte er über den Platz und geradeaus weiter, bis er wenig später sozusagen zur Peripherie der Stadt gelangte. Er war neugierig, ob sich die kleine Stadt, die eher einer Siedlung ähnelte, tatsächlich so geisterhaft und abrupt mitten aus der Einöde erhob, wie er vermutete. Die Häuserreihen waren auch hier nach ihrem Äußeren dieselben, doch nunmehr fast ohne Blumen und mit abbröckelnden Fassaden. Es waren auch weniger Leute auf den Straßen zu sehen. Eigentlich fast keine mehr. Zwischen den Häusern hindurch erspähte er bereits die Ebene, die die kleine Betonoase von allen Seiten einschloss.
Er ging weiter bis zu den letzten baufälligen Konstruktionen, deren Aussehen zunehmend abstoßend wirkte. Von mehreren Gebäuden konturiert, lag nun ein größerer Platz vor ihm. Wenn er weitergegangen wäre, hätte er sich wieder in derselben Ebene befunden, von der er gekommen war.

Also blieb er hier.
Er setzte sich auf eine Holzbank im Schatten eines der großen Gebäude. Vor seinen Augen breitete sich ein menschenleerer Platz aus. In dessen Mitte – nichts, sodass es schwierig war, ausfindig zu machen, wo eigentlich die Mitte lag.
Die gelbe Lackierung der Bank war nur mehr da und dort sichtbar und an den meisten Stellen abgeblättert. Das darunter liegende ungestrichene Holz war hellgrau und seine Maserung trat durch lange und tiefe Risse zutage.
Beharrliche Arbeit von Sonne, Wind und Regen.
Und Zeit. Davon schien es hier in Fülle zu geben. Hierher war sie also geflohen, die Zeit. Arbeitskräfte und Rohmaterialien wurden nach Westen exportiert, dafür erhielten diese Leute die Zeit der dort lebenden Menschen, überlegte Peter müde. Das war also der Tausch.
Der Platz bestand aus kleinen, rechteckigen Steinquadern. Ein großes Kreuzmuster aus Kieselsteinplatten gliederte den Boden in große Quadrate. Doch die Geradlinigkeit des Musters wurde durch weitläufige Dellen und Senkungen verzerrt. Da und dort war am Boden ein verrosteter Abflussdeckel zu sehen.
Es war sehr heiß. Überdies noch dunstig. Der Wind hatte gänzlich aufgehört zu blasen. Eine Ameise kroch über seinen dunklen Schuh. Er verfolgte mit dem Blick ihre kurvenreiche Überquerung. Ein paar Dutzend ihrer Artgenossen hatten inzwischen seine Füße umringt. Nahrung für andere zu sein war immerhin etwas.
Besser als gar nichts.
Man schien es eilig mit ihm zu haben.
Ungeduldige Natur.
Er sah, dass die Ameisen zwischen zwei Steinquadern rechts von seinen Füßen aus dem Boden hervorkrochen. Im Schmutz und zwischen den kleinen Steinen, die sich in den Fugen der Quadern abgelegt hatten, sah man die schmale Öffnung, durch die sie ans Tageslicht gelangten. An einigen Stellen des

Bodens wuchs indessen etwas Moos. Wo die steinernen Vierecke zerbrochen waren oder gänzlich fehlten, waren sogar einzelne Grasbüschel zu sehen. Keine Blumen.
Ein spartanischer Steingarten zwischen Beton und Quadern.
Auf der anderen Seite des Platzes waren zwei menschengroße Betonkegel aufgestellt, an deren Spitze bunte, wimpelförmige Anschlagtafeln befestigt waren.
Gelb, weiß und grün. Verblichen und verrostet.
Dahinter stand eine lange und niedere Ziegelmauer. Sie führte rechts zu einem imposanten, grauen Gebäude, das von unten bis oben aus Beton bestand und eingeschlagene Fensterscheiben hatte. An dessen Fuß war ein großer Haufen von den Quadern aufgetürmt, aus denen der ganze Boden des Platzes bestand. Allesamt waren sie zerbrochen oder angeschwärzt, möglicherweise angebrannt. Links von ihm stand ein ähnliches, doch deutlich niedrigeres Gebäude. Einige Teile des Mauerwerkes bestanden hingegen aus Ziegeln. Andere selbstverständlich aus Beton. Die Ziegel waren dieselben, wie die der gegenüberliegenden Mauer.
Beton, Steinquader und Ziegel.
Die Bestandteile dieser Landschaft.
Allem Anschein nach musste es sich um ein altes Universitätsgelände handeln. Oder um eine Fabrik. Jedenfalls von Menschen und für Menschen gebaut.
So zumindest die Absicht.
Der Schatten, in dem er saß, hatte inzwischen etwa ein Drittel des Platzes eingenommen. Er blickte auf die Uhr. Es war vierzehn Uhr und einunddreißig Minuten. Der Sekundenzeiger bewegte sich ruckartig und unbeirrt im Kreis fort. Es war eine silberne Uhr mit einem goldenen Zifferblatt. Sara hatte sie ihm zu seinem einundvierzigsten Geburtstag geschenkt.
Zwei Uhr und zweiunddreißig Minuten. Eine Minute war vergangen. So lange hatte er also den Sekundenzeiger beobachtet. Er erhob sich von der Bank und überquerte den Platz.

Einige flache Stufen führten zu einem weiteren Platz hinauf, der aber beträchtlich kleiner war. Im Übrigen hatte sich nichts geändert.
Steinquader und Beton, mit Moos bespickt.
Von hier aus hatte er aber einen weiteren Ausblick. Gleichmäßige Reihen von Blechhütten ragten vor ihm in die Ebene hinein. Dahinter standen in einer Reihe, in unterschiedlichen Abständen zueinander, Laubbäume. An deren Fuß huschte lautlos ein entferntes Auto vorbei. Also eine Straße. War es dieselbe, auf der er gekommen war? Wahrscheinlich schon, überlegte er, eine Straße genügte hier vollauf.
Kommen und wieder gehen.
Was sonst?
Peter lehnte an einer breiten Betonbrüstung und die Sonne brannte ihm in den Nacken. Wieder sah er auf die Uhr. Zwei Uhr und einundvierzig Minuten.
Sieben Minuten waren vergangen, seit er das letzte Mal seinen Blick darauf gerichtet hatte.
Nichts hatte sich geändert.
Er hob seinen Kopf und schaute zum Horizont. Doch dieser war von der entfernten Reihe der Laubbäume verdeckt. Schwer sank sein Haupt wieder nach vorne. Er blickte erneut zum Horizont auf, diesmal ohne seinen Kopf zu heben.
Bleigrauer Himmel.
Plötzlich schärfte er den Blick, schwenkte den ganzen Oberkörper nach hinten und lugte in aufrechter Position mit gerunzelter Stirn und gerümpfter Nase zwischen den Bäumen hindurch. Als ob er etwas entdeckt hätte. Hellblau zitterte es im fernen Dunst.
„Das Meer“, klang es staubig aus seinem ausgetrockneten Mund.
Er kehrte zu seinem Wagen zurück und verließ die Stadt – inzwischen mit einem Ziel vor Augen –, ohne einen weiteren Gedanken an sie zu verschwenden.

Er war es inzwischen gewohnt, diese Landschaft durch die Scheiben seines Wagens im Vorbeifahren zu betrachten. Auch auf die Eintönigkeit der Ebene hatte er sich inzwischen eingestellt. Es war schon lange her, wahrscheinlich handelte es sich um Jahre, seit er den letzten Berg gesehen hatte. Es war eigentlich ein bewaldeter Hügel gewesen und kein richtiger Berg. Umso mehr hatte Peter das Gefühl, dass es in einem anderen Leben gewesen sein musste, als er einst am Fuße der bleichen Felsen lebte. Er hatte im Laufe der Zeit auch kapiert, dass hier ganz andere Spielregeln galten. Tatsächlich stand er bei einem Grenzübergang über drei Stunden lang und wartete auf das Plazet der Finanzbeamten, um passieren zu dürfen. Erst später wurde ihm nahegelegt, in solchen Situationen umgehend die Brieftasche zu zücken, um sich die Polizei gefügig zu machen. Weiter hatte er pflichtbewusst am selben Übergang verschiedene Steuern gezahlt, deren Sinn er nicht begriff. Besonders die *Road Tax*, die Straßensteuer, erschien ihm im Nachhinein angesichts der furchtbaren Straßenverhältnisse vollkommen willkürlich. Obwohl er in früheren Jahren viel herumgereist war, hatte er sich mit solchen Situationen kaum abgeben müssen. Und auch falls er mal ungebührlich zur Kassa gebeten wurde, machte er keine Umstände, die lächerliche Summe, die gefordert wurde, zu bezahlen. Doch auf dieser Reise war die Korruption wie ein Schwarm von Aasgeiern, der ihn unablässig begleitete und besonders auf die Dauer mehr als nur lästig war. Er fühlte sich zuweilen wie der Fischer in *Der alte Mann und das Meer*, dem Stück für Stück seine Beute von gierigen Haien abgebissen wurde. Er hatte sich mithin eine ziemlich unwirsche Art angeeignet, wie er mit Leuten hierzulande umging, die an seinem Geld herumschnupperten. Bei besonders hartnäckigen Behörden, die nicht vom Gedanken abzubringen waren, dass sie ihm was entlocken konnten, feilschte er gekonnt um den zu bezahlenden Betrag. Besonders wenn er wegen erhöhter Geschwindig-

keit angehalten wurde – was keine Seltenheit war – bezahlte er stets nur die Hälfte des Betrags, den die Beamten nannten. Er verlangte dafür keinen Strafzettel und fügte überdies noch ein paar Scheine Trinkgeld hinzu und alle waren zufrieden. Peter interpretierte diese Strafen inzwischen schlichtweg als Straßengebühren, so wie bei ihm zu Hause zuweilen an Mautstellen vor Brücken, Tunnels und Autobahnen gezahlt wurde. Außerdem gab es hier keine Autobahn, auf der man schneller vorangekommen wäre. Folglich war er auf den unterschiedlichsten Straßen durch diese Länder gefahren. Stets mit hoher Geschwindigkeit.
In Richtung Osten.
Zuweilen ließ er einen der vielen Menschen einsteigen, die am Straßenrand darauf warteten, dass sie jemand ins nächste Dorf kutschierte. Besonders Mütter mit Kindern und ältere Leute fuhren mit ihm mit und überrumpelten ihn mit endlosen Gesprächen, von denen er kein einziges Wort verstand. Selbst diese Tatsache konnte er nicht zur Sprache bringen, und falls er versuchte, seine Beifahrer durch Einhalt gebietende Gesten zum Schweigen zu bringen, fühlten sie sich herausgefordert, das Gesagte genauer auszuführen und womöglich noch durch Beispiele unter Beweis zu stellen. Auch daran hatte er sich im Laufe der Zeit gewöhnt und ließ einfach seine Mitfahrer ungestört erzählen. Die Dörfer, die er durchquerte, bestanden zumeist aus kleinen Häusern mit unverputztem Ziegelmauerwerk und Blechdächern. Davor saßen Greise in dunklen Kleidern, die entweder rauchten oder strickten. Und Kinder. Davon gab es besonders in den Dörfern unendlich viele. Nicht selten wurde mitten in der Straße eine Feier, manchmal handelte es sich um eine Hochzeit, veranstaltet. Die Ziehharmonika schien dabei der unabdingbare Bestandteil der lebhaften Inszenierungen und bildete die Spitze der umherflanierenden Prozession. Der buntscheckige Schweif, den das Instrument hinter sich herzog, bestand aus Männern

mit erhobenen Armen, Kindern, dunklen Hüten, Kindern, bunten und weiten Röcken, die sich immerfort um die eigene Achse drehten, Kindern, Gänsen, räudigen Hunden, Kindern und Schweinen.
Doch seit er die letzte Stadt verlassen hatte, war er keiner Menschenseele mehr begegnet.
Nur Bäume.
Rechts und links der Straße standen die mächtigen Pappeln und versperrten die Sicht auf die Ebene. Nur wenn man geradeaussah, die Straße entlang, konnte sich das Auge in der Ferne ausruhen. Genau an dem Punkt, wo die Straße den Horizont berührte, schien das Flachland in den Himmel einzumünden. Dieser war bleigrau und entfärbte sich zum Horizont hin zunehmend.
Und genau dort, wo von seinem Blau nichts mehr übrig geblieben war, tropfte er schwer und grau, vom Trichter der seitlichen, großen Bäume in eine V-Form gezwungen, auf die Erde. Tatsächlich war der Himmel die eigentliche Kulisse dieser Ebene, die von seiner Übermacht erdrückt wurde. Weder Hügel noch Berge schienen es zu wagen, sich dagegen zu erheben. Peter fuhr mit hoher Geschwindigkeit die Straße entlang, dem grauen und zittrigen Schirm über dem Horizont entgegen – wie ein farbloser Stummfilm, der zwar Neues versprach, doch in Wirklichkeit längst vergangen war.
Licht und Schatten wechselten sich in schneller Abfolge ab, da zwischen den Bäumen, die alle in derselben Entfernung zueinander standen, jeweils die Nachmittagssonne durchschien.
Ab und zu überholte er einen beladenen Wagen, der von einem Pferd gezogen wurde und Autoreifen hatte. Die Straße schien genau für diese Transportmittel gebaut und nicht für eine höhere Geschwindigkeit geeignet. Allenthalben war sie von Steinen, Rissen und besonders Löchern verschiedenster Größen durchsetzt. Der Asphaltbelag bestand aus vielen zu-

sammengeflickten Teilen und das Alter des jeweiligen Teiles konnte durch seinen Helligkeitsgrad erschlossen werden. Je älter, desto verblichener und zerfurchter war der graue Asphalt. Insgesamt hatte die Straße das Aussehen eines verschlissenen, unregelmäßigen und in die Länge gezogenen Schachbrettes.

Anfangs konnte sich Peter nicht entscheiden, welchen Fahrstil er angesichts des misslichen Straßenzustandes wählen sollte. Inzwischen hatte er sich daran gewöhnt, ab und zu den Wagen hurtig zur Seite zu reißen, um größeren Hindernissen auf dem Weg auszuweichen. Ansonsten schoss er wie ein Pfeil durch die Ebene, ohne den straßenbedingten Erschütterungen weitere Beachtungen zu schenken. Gelegentlich überholte er einen Lastwagen, nur selten ein Auto. Die Gefahr beim Fahren lag nicht nur am schlechten Zustand der Straße: An den Seiten der Fahrbahn grasten Kühe, spielten Kinder, und auch kleinere Tiere wie Enten, Hennen und Hunde hielten sich dort gerne auf. Weder Leitplanken noch sonst ein Bord trennte sie von der Straße. Die Bahn ging schlampig wie ein ausgefranster Stoff ins anliegende Feld über. An ihren Seiten wuchsen Blumen und kleinere und größere Gewächse aller Art, die zum Teil auch den Teer sprengten. Sobald Peter an ihnen vorbeifuhr, wurden sie vom Fahrtwind brüsk zu Boden geschleudert, und erst wenn er schon zig Meter entfernt war, richteten sie sich wieder träge zu ihrer ursprünglichen Position auf. Auch die größeren Sträucher am Wegrand wogten im Wind des vorbeifahrenden Autos auf und nieder. Ihre Blätter flatterten dabei und glitzerten, als ob sie dem fremden Fahrer hinterherwinken würden. Bye-bye.

Plötzlich waren keine Bäume mehr da, die die Sicht versperrten. Kein bebautes Feld, sondern eine Weite aus hellbrauner Erde, die nur von niederem Unkraut bewachsen war, breitete sich vor seinen Augen aus. Zu seiner Rechten, in einiger Entfernung, sah er ein paar Pferde. Nur die Tiere in der Ebe-

ne, kein Haus, kein Mensch und auch kein Zaun, der ihre Bewegungsmöglichkeiten eingeschränkt hätte. Für Peter, der im Alpenland aufgewachsen war, ein ungewohnter Anblick. Weit hinter den Tieren, fast am Horizont, konnte man ein zum Himmel emporstrebendes, graues Gebilde sehen.
Eine Fabrik.
Der graublaue Rauch, der von ihren Kaminen in die Höhe stieg, war kaum von der düsteren Farbe des Himmels zu unterscheiden, sodass dieser ein Produkt der Fabrik zu sein schien. Von dieser Entfernung aus betrachtet, lieferten die industriellen Gebäude allerdings ein friedliches, fast märchenhaftes Bild. Riesige Strommasten mitten in der Ebene hoben dreiarmig durchhängende Kabel zum Himmel empor und wurden in der Entfernung perspektivisch kleiner, bis auch sie im Grau des Horizontes verschwanden. Der Richtung nach, in der sie angelegt waren, mussten sie zur Fabrik führen.
Peter spürte einen tauben Schmerz am Rücken, als ob dieser zu Stein geworden und am Sessel festgenagelt wäre. Er kannte dieses Leiden, da es ihn schon seit längerem auf seiner Reise begleitete. Es war die Folge des zu vielen Autofahrens, dessen war er sich gewiss. Doch hatte er sich inzwischen an die Unannehmlichkeit irgendwie gewöhnt und war sich ihrer kaum noch bewusst.
Weiter hatte er das dumpfe Dröhnen des Motors Tag für Tag in den Ohren, während er quer durch die Felder fuhr. Doch auch dieses bemerkte er kaum noch. Der museale Gestank im Wagen, das Gefühl des abgegriffenen Gummis des Lenkrads zwischen seinen Fingern und andere Impressionen vermischten sich zu einem Zustand, der eben sein süß-säuerliches Gesamtbefinden hier im Osten ausmachte. Etwas später gelangte er zu einem Maisfeld, das wie ein weitläufiger, beiger Mantel die Ebene bedeckte. Er sah an dessen Rand auch einige Bauern, die mit Schaufeln in der Erde herumstocherten.

Plötzlich erkannte er, dass die Straße nicht mehr in dieselbe Richtung weiterführte. Er gelangte zu einer Abzweigung: Eine Straße führte nach rechts, die andere nach links. Ein längliches weißes Schild mit zwei schwarzen Pfeilen, die jeweils in die entgegengesetzte Richtung wiesen, zeigte den Verlauf der beiden Straßen an.
Vor dem Schild hielt er den Wagen an und stieg aus. Rechts und links von ihm breiteten sich die ockerfarbenen Maisfelder aus. Die hohen Ähren waren an ihrer unteren Hälfte grün und oben gelblich-braun. Die langen Blätter hingen abgeknickt nach unten, wie abgewinkelte Arme. An der Spitze der Pflanzen taumelte jeweils ein helles Büschel im sanften Wind.
Es war bereits halb fünf Uhr nachmittags. Er hatte die Stadt verlassen, um ans Meer zu fahren. Doch so weit sein Blick reichte, war nichts in Sicht, was auf eine größere Wasseransammlung hindeutete. Peter drehte sich langsam um die eigene Achse, in der Hoffnung, irgendetwas zu erspähen, was ihm zur Orientierung verholfen hätte.
Nichts.
Außer Mais.
Ihm wurde allmählich bang ums Herz. Wo war er? Was wollte er eigentlich hier? Er kannte dieses Gefühl. Es war schon länger her, damals im Hotel, als er Hans aufsuchen wollte, um sich zu verabschieden, als es zum ersten Mal aufgetreten war. Doch damals war ihm die Umgebung einigermaßen vertraut gewesen, trotz des befremdlichen Gefühls. Seitdem hatte ihn das Unbehagen öfters befallen, auch wenn nicht so akut und mit derartiger Intensität wie beim ersten Mal. Plötzlich flog eine Möwe über ihm durch die Luft. Er schärfte seinen Blick. Die nach hinten abgewinkelten Flügel, die weiße Farbe und die schwerelose Fortbewegung; doch, es war eine Möwe, kein Zweifel. Also musste das Meer nicht allzu weit entfernt sein. Mit wiedergewonnenem Mut senkte er erneut den Blick auf

die Ebene. Doch hier waren keine weiteren Hinweise, kein Ortsname, keine Distanzangabe oder sonst was, die ihm weitergeholfen hätten. Er sah zur Sonne empor, die sich, von seiner Position aus betrachtet, auf der rechten Seite befand. Auf derselben Seite würde sie also einige Stunden später untergehen. Hier lag folglich der Westen. Von da war er gekommen; den Westen kannte er bereits.

Also Osten.

Er stieg in den Wagen und fuhr nach links.

Wo die Maisfelder bereits abgeerntet waren, ragten nur noch Stoppeln aus dem Boden heraus; struppig und goldig, wie das kurzgeschorene Haar eines Jünglings. Die Sonne sank immer tiefer und die Farben nahmen immer wärmere Töne an. Der Wind hatte den grauen Belag am Himmel zu einigen wenigen Wolken über dem Horizont zusammengekehrt. In ihren bauschigen Rundungen schienen sie phantastische Formen von Kriegern, Tieren und Fabelwesen angenommen zu haben. Rundherum der nunmehr blaue Himmel.

Er merkte, dass er sich auf einer kleinen Anhöhe befinden musste, da seine Aussicht nun so weit reichte, wie nie zuvor. Die gelben, rötlichen und braunen Felder wurden in der Ferne gleichmäßig schmäler und flacher, bis nur mehr waagrechte, farbige Striche erkennbar waren.

Doch vom Meer keine Spur.

Nach einer Weile erblickte Peter, mitten in die Maisähren versenkt, ein Haus. Tatsächlich schien es vom Feld überflutet worden zu sein, da fast nur das rötliche Dach sichtbar war. Dorthin führte auch die Straße. Er fuhr bis ans Haus heran, stieg aus dem Wagen und holte tief Luft.

Meeresluft.

In geringer Entfernung, der Richtung der Straße folgend, versperrte eine kleine, gleichmäßig abgeflachte Erhebung die Sicht zum Horizont. Zu seinem Erstaunen erblickte er am Boden hellen Sand. Einige Möwen zogen über ihm kleine und

ungleichmäßige Kreise, als ob sie sich gegenseitig verfolgen würden.
Er befeuchtete seine Lippen mit der Zunge und schmeckte das Salz in der Luft. Wieder hob er seinen Blick zum flachen Hügel, der sich vor ihm befand. Es musste sich um eine grasbewachsene Düne handeln, die wie gewöhnlich beim Gestade hinten zu einem Sandstrand abfiel. Neben ihm rauschte die erschöpfte Motorhaube seines Wagens. Er spürte wieder den Schmerz an seinem Rücken.
Ein schmaler, sandiger Pfad führte auf den Hügel hinauf. Unverzüglich nahm er den kleinen Aufstieg mit großen Schritten in Angriff.
Doch nicht das Meer, sondern eine weite Sumpflandschaft breitete sich vor seinen enttäuschten Augen aus. Neben ihm wogten spöttisch einige Schilfpflanzen samt ihren weinroten Büscheln an der Spitze in der zarten Brise. Auch das Gekreische der Möwen hörte sich wie ein höhnisches Feixen an. Die Landschaft bestand aus sandigen, schleifenreichen Inseln und Halbinseln mit einem rostbraunen Saum, der vom Schilf gebildet wurde. Dazwischen lagen große Tümpel und Seen. Das gesamte Moor war dazu von weißen Punkten durchsetzt.
Die Möwen.
Er kehrte dem Sumpf den Rücken und sah, dass hinter dem Haus gerade ein Mann etwas in einem Feuer verbrannte und mit einem längeren Stecken darin herumstocherte; wahrscheinlich, um die brennenden Gegenstände in Reih und Glied zu bringen, sodass sich das Feuer nicht ausbreite, dachte Peter gleichgültig. Er beschloss, sich nach dem Meer zu erkundigen.
Doch wie es ihm schon mehrmals hierzulande widerfahren war, gelang es ihm selbst nach zahlreichen Versuchen und durch einfallsreiche Gestik nicht, sich verständlich zu machen. Er meinte mit Händen und Füßen das Meer, während

der ältere Herr ihn ratlos anschaute. Das Gesicht eines Bauern, der nur seine eigene Sprache versteht.
Peter eilte erneut zur Anhöhe hinauf, um sich nochmals umzusehen. Hatte er sich schlichtweg getäuscht, war es nicht das Meer, das er in der Ferne erblickt hatte? Und die Möwen? Die gab es ja nur am Meer, dachte er verbissen. Und das Salz in der Luft, und der feine Sand am Boden ...
Er schrie seinen Zorn in die Sumpflandschaft hinaus. Einige Möwen flogen aufgeschreckt in die Höhe und kehrten unverzüglich wieder an denselben Platz zurück. Der Mann am Feuer hielt einen Augenblick lang in seiner Tätigkeit inne, hob den Kopf und stocherte anschließend weiter, als ob nichts geschehen wäre.
Peter schrie nochmals. Doch auch diesmal versank seine Verzweiflung im Moor.
Er sammelte seine letzten Kräfte und beschloss, zur Abzweigung zurückzufahren und die andere Straße zu nehmen. Als er wieder bei der Weggabelung angelangt war, hielt er kurz an, um einen Schluck Wasser aus der Flasche zu nehmen. Eigentlich wäre ihm ein Schluck Wein oder gar was Stärkeres lieber gewesen. Das war meistens so, wenn er innerlich aufgewühlt war, oder sich unter Druck gesetzt fühlte. Doch eigentlich liebte er es auch, glückliche Augenblicke mit einem Schnaps oder Whiskey zu krönen. Auch wenn ihm langweilig war, schlug er gerne die Zeit mit Alkohol tot. Kurz, jeder Gemütszustand war eine Einladung zur flüssigen Betäubung.
Er fuhr weiter.
Am linken Straßenrand türmten sich mächtige Pappeln in die Höhe, die in der Abendsonne funkelten. Auf der rechten Seite, wo sich die Sonne allmählich dem Horizont zuneigte, sah er unbebautes Land; hellbraune Erde mit niederem Unkraut. Das einzige Gewächs, das sich über dem Boden erhob, war ein entfernter Laubbaum mit seiner dunkelgrünen, windverwehten Krone.

Nachdem er eine Weile gefahren war, bemerkte er, dass die Ebene zunehmend einen rötlichen Farbton annahm. Es waren die schlanken Schilfpflanzen, die mit ihren rostbraunen Büscheln den Hauptton der Ebene ausmachten. Rötlich funkelten sie wogend in der Abendsonne. Ab und zu lagen größere Ballen derselben Pflanzen nebeneinander unweit der Straße.
Die Sonne war nun hinter ihm, was bedeutete, dass er nach Osten fuhr. Die Landschaft färbte sich immer rötlicher und Möwen flogen am Himmel umher, der inzwischen gänzlich vom Dunst gereinigt war. Weder Häuser noch Menschen hatte er seit der Abzweigung mehr gesehen. Doch in der Ferne bemerkte er die Umrisse einiger großer Gebäude. Die Straße führte genau in diese Richtung. Er erreichte den Ort und fuhr zwischen den mächtigen Gebäuden hindurch.
Ominöse Betonriesen mit eingeschlagenen Scheiben.
Wie immer.
Allem Anschein nach handelte es sich um eine Geisterstadt. Weder Menschen noch sonst eine Spur von Leben. Die Gebäude waren allesamt in einer Linie in größeren Abständen voneinander aufgestellt. Die Straße führte am Fuße der Häuser entlang. Peter konstatierte erstaunt, dass sich die Stadt tatsächlich nur in die Länge erstreckte, stets der Straße entlang.
Er bog plötzlich rechts ab und fuhr zwischen zwei der großen Konstruktionen hindurch, bis die Straße vor einem von Unkraut überwucherten Sandhügel endete.
Er hielt den Wagen an und stieg aus. Er musterte die grauen Fassaden rechts und links von ihm aufs Genaueste.
Verlassene Hotels.
Er befand sich in einem ehemaligen Ferienort. Alles deutete darauf hin.
Also Meer.
Er rannte zum Hügel und zerrte sich ungeduldig durch das hohe Unkraut empor. Es roch würzig und salzig in diesem

zähen und wilden Gestrüpp. Als er oben angelangt war, sah er vor sich einen blauen und funkelnden Balken, der sein gesamtes Gesichtsfeld ausfüllte und es auf beiden Seiten sprengte.

Das Meer.

Erst jetzt gewahrte er das unverkennbare Rauschen der Wellen. Möwen segelten den breiten, hellen Strand entlang. Er schmeckte das Salz in der Luft.

Nachdem er die stacheligen Pflanzen hinter sich gelassen hatte und sich auf den Strand begeben hatte, zog er die Schuhe aus und krempelte sich die Hose hoch. Dann stapfte er wackelig dem Wasser entgegen.

Die flachen Wellen leckten kühl seine nackten Zehen. Er spazierte den Strand entlang und genoss das anströmende Wasser, wie es rhythmisch seine tauben Füße überschwemmte. Er sah im Meer in geringer Entfernung ein rostiges Schiffswrack, dessen Bug schräg herausragte. Ein paar Möwen hockten gemächlich auf der rostigen Reling. Der Strand bestand gänzlich aus feinem und hellem Sand. Dahinter versperrten die großen Gebäude die Sicht auf die Ebene. Er drehte sich um und betrachtete seine Spuren im Sand, die langsam von den anschwemmenden und flachen Wellen ausgelöscht wurden.

Als ob niemals jemand da gewesen wäre.

Wo sich die Wellen zurückzogen, hinterließen sie jeweils dunkle Nassflecken im Sand, die kurz darauf verschwanden und die ursprünglich hellbraune Farbe zurückließen. Und schon kam die nächste Welle und versickerte abermals im Sand. Der Wind wehte weich vom Meer herein und spülte das Wasser so weit wie nur möglich über den Strand, wie ein Teig, der so weit ausgetrieben wird, bis er hauchdünn ist.

Ab und zu schafften es die Wellen über den äußersten Teil des Strandes hinaus, der in einem etwas steileren Winkel ins Wasser abfiel. Dann breitete sich das Wasser samt seinem Schaum in den seichten Niederungen aus, die hinter der stumpfen

Schwelle lagen. Hier war das Wasser etwas wärmer, bemerkte Peter, als er durch eines dieser Becken spazierte. Kleine Kadaver von Krebsen trieben bäuchlings umher und verbreiteten zusammen mit einigen toten Medusen, Muscheln und Algen einen salzigen Verwesungsgeruch.
Meeresluft.
Die Mücken ihrerseits wussten es zu schätzen. Nachdem er den seichten Tümpel durchquert hatte, sah er den Schatten seiner Beine, der sich in Richtung Meer ausstreckte und sich zwischen den Wellen und dem Schaum verlor. Weiß schimmerten Muschelsplitter im nassen Sand, wo sich das Wasser zurückzog.
Etwas weiter, ein verblichener, orangefarbener Plastikstöpsel in den hellen Körnern versenkt. Unzählige kleine und größere Holzstückchen, von Splittern bis zu rundgeschliffenen Brettern, lagen verstreut am Strand umher. Also keinesfalls nur Sand, wie man dem ersten Anschein nach vermutet hätte.
Er gelangte zu einer rostigen Eisenstange, die aus dem Sand senkrecht in die Höhe ragte. Sie trug einst wahrscheinlich einen Wimpel oder eine Flagge, mutmaßte Peter.
Seltsamerweise war der Himmel nicht dunkler, sondern heller geworden. Die Wolken hatten sich allesamt am Horizont versammelt und bildeten darüber einen ätherischen Schleier, der dem dürftigen Butteraufstrich auf einem Brot ähnlich sah.
Der Himmel war da und dort von einigen weißen Schrammen vorbeigezogener Flugzeuge zerfurcht, die bereits im hellen Blau verschmiert waren und sich wenig später gänzlich aufgelöst hätten.
Er hielt an und lugte in die Ferne, zum Horizont hin, wo sich der Strand verlor. Er schien sich in der Ferne gleich fortzusetzen wie hier und folgte einer großzügigen Rechtskurve. Peter spazierte zur Stelle zurück, von der er losgegangen war. Ein Schwarm von Möwen begleitete ihn dabei.

Als er wieder bei seinen Fußabdrücken, die zum Auto führten, angelangt war, setzte er sich im Sand nieder und blickte aufs Meer. Die niederen Wellen brachen sich kurz vor dem Strand, indem sich eine weiße Schaumkrone an ihrer Mitte bildete, die sich gleichmäßig nach beiden Seiten abfallend ausbreitete. Er bemerkte, dass er jede der sich brechenden Wellen einzeln heraushören konnte, wenn sie nicht zu weit entfernt waren. Besonders bei kleineren Wogen hörte er es ganz genau. Es war ein ziemlich hoher Ton, ein hechelndes Rauschen, das ihm entgegenströmte und einem Gelächter nicht unähnlich war.

Er lachte nicht mit.

Er legte sich auf den Bauch, drehte den Kopf zur Seite, um nicht den Sand direkt ins Gesicht zu bekommen, spreizte seine Arme und schloss die Augen.

Unter ihm, zwölftausend Kilometer Erde. Dann wieder Luft. Oder Wasser.

Vielleicht Menschen.

Es schien, als ob er den Planeten umarmen wollte. Als ob er sich konzentrierte, die Rundung der Erde in einem Meter und einundachtzig Zentimetern zu spüren, so groß war die Spannweite seiner Umarmung. Doch es fehlten noch vierzigtausendsiebenundvierzig Kilometer, siebenhundertzweiundvierzig Meter und zwei Zentimeter für eine wirkliche Umarmung. Also setzte er sich wieder auf.

Er versuchte den Sand von seinen Kleidern abzuklopfen. Doch die feinen Körner hatten sich in allen Falten und Furchen des Stoffes eingenistet. Bis in die kleinsten Knoten des Gewebes waren sie vorgedrungen, sodass der Versuch, den Strand wieder von sich loszubekommen, gleich aussichtslos schien, als ob er sich abgemüht hätte, das Wasser von nassen Kleidern abzustreifen. Er war, sozusagen, sanddurchnässt.

Es war inzwischen ein wenig dunkler geworden. Der Tag neigte sich ein für alle Mal seinem Ende zu. Der milchige Schleier über dem Horizont hatte einen rubinrötlichen Schimmer angenommen. Peter erblickte am Himmel die zarten Umrisse des Mondes auf dem immer noch verhältnismäßig hellen Hintergrund. Immer mehr Möwen zogen über dem Strand geschäftig ihre Kreise. Sie waren nicht nur zahlenmäßig gewachsen, sondern kreischten nun auch öfters und lauter als zuvor durch die Luft. Einer der Vögel schien etwas im Schnabel zu haben und huschte lautlos und mit kräftigem Flügelschlag einige Meter über dem Boden hinweg. Mehrere seiner Artgenossen verfolgten ihn plärrend.

Nachdem er die Vögel eine Zeit lang beobachtet hatte, bemerkte er, dass sie sich trotz des ständigen Wechsels ihrer Flugrichtung eigentlich stets am selben Ort aufhielten. Nur wenn sie zu einem größeren Schwarm versammelt waren, legten sie größere Strecken zurück.

Er schloss die Augen und hörte auf die Geräusche des Meeres, die den Unterton zum Lärm der zankenden Seevögel bildeten. Das kichernde Plätschern der kleinen Wellen war ihm bereits vorher aufgefallen. Es war unstrittig der Ton, der sich von all den anderen am deutlichsten abhob. Doch das lauteste Geräusch war das dumpfe Rauschen jener Wellen, die direkt am Strand zerbrachen und das schäumende Wasser darüber ausbreiteten. Er stellte nach einer Weile fest, dass dieses Rauschen alles andere als rhythmisch und regelmäßig war. Weiter erkannte er, dass das wohl damit zu tun hatte, dass, sobald das Wasser der Wellen über den abfallenden Sand ins Meer zurückfloss, es auf die nächste hereinströmende Welle auftraf und dieser nicht erlaubte, sich ordentlich zu brechen. Die Folge war, dass sich diese Welle durch den zurückflutenden Strom in sich selbst abrollte und in einem glucksenden Geräusch erstickte. Dieses Glucksen wurde schließlich von der nächsten Welle, die mächtig über den inzwischen entkräfteten Strudel hereinbrach, übertönt, und die Melodie wurde fortgesetzt. Außerdem war die Lautstärke der verschiedenen Wellen jeweils unterschiedlich. Ein weiteres Geräusch, das nur bei genauerem Hinhören vernehmbar war, war das der entfernteren Wellen. Es war ein leiser und durchgehender Zischlaut.

Trotz des scheinbar chaotischen Aufeinanderfolgens der Laute, beruhigte die Meeressymphonie den erschöpften Reisenden. Es war so wie bei den Möwen: Nach einem ersten Eindruck der Beliebigkeit in ihren Bewegungen, hatte er gewisse Muster und Gleichmäßigkeiten in ihrem Verhalten erkannt. Ähnlich verflocht sich das vielstimmige Rauschen des Meeres zu einer gleichbleibenden Rhythmik, die sich trotzdem unablässig zu wandeln schien und in die er schließlich mit seinem eigenen Atem einstimmte.

Er öffnete wieder die Augen und blickte aufs Meer hinaus. Die Sonne musste inzwischen schon hinter den Gebäuden verschwunden sein. Der Strand hatte einen etwas grauen Ton angenommen und der Mond leuchtete stärker als zuvor. Nur die Möwen waren noch von der Sonne beschienen, wenn sie sich im Flug über den Strand erhoben. Ihr weißer Körper leuchtete an der Unterseite golden in der bereits verschwundenen Sonne. Erst als alles andere am Strand seinen Sonnenuntergang bereits erlebt hatte, bestrahlte das Licht zum ersten Mal am Tag ihr Gesicht.

Peter erhob sich und ging wieder zum Wasser.

„Was nun?“, fragte er sich.

Weiter konnte er nicht gehen.

Er spürte, wie die Wellen, die ihm das Meer über die Füße warf, bei ihrem Zurückströmen den Sand unter seinen Füßen mitrissen, sodass er fast den Halt verlor. Ferner stellte er fest, dass das Wasser eigentlich gar nicht blau war, sondern grünlich, fast braun; zumindest hier in seiner unmittelbaren Nähe. Erst in einiger Entfernung hatte es eine bläuliche Farbe. Noch weiter draußen war es ein wenig heller und von einem gleichmäßigen, zittrigen und silbernen Schimmer

überzogen. Und erst knapp unterm Horizont war es gänzlich blau.
Und ruhig.
Doch auch hier flackerte es bei genauerem Hinsehen mal silbrig, mal grünlich. Dahinter war nur noch die dunkelblaue Linie des Horizonts zu sehen, die das gesamte Meer einzufassen schien. Vollkommen unbewegt und ruhig.
Ein Gedanke.
Peter entsann sich des Vormittags desselben Tages, als er im windigen Feld den unbewegten Horizont betrachtete.
„Ein Schein, der Horizont", stellte er schließlich fest. Wo immer man auch war, er schob sich unablässig vor einem her, verlockend und täuschend.
Ein Schwarm von Möwen flog über ihm gerade aufs offene Meer hinaus. Peter schaute ihnen hinterher, bis sie nur mehr schwarze Punkte waren und sich schließlich ins umfassende Blau des Himmels auflösten.
Wie auch Peter vor der Weite des Meeres resignierte, das ihm salzig aus den Augen quoll.
Er wandte sich ab, vom Osten.
Hinter ihm hatte die untergegangene Sonne inzwischen einen Wolkenbrand entfacht. Feurig rot loderten die bauschigen Wolken auf, wie die Berge seiner Heimat, die sich in derselben Richtung irgendwo befinden mussten.

Segment IV.2

Ikarus' Landung

Ich habe dich das Land mit deinen Augen schauen lassen. Hinüberziehen wirst du nicht.

Dtn 34,4

„Alles Gute für dich, alles Gute für dich, alles Gute, lieber Peter, alles Gute für dich!", sangen die fünf Geladenen, jeder von seiner persönlichen Tonlage überzeugt. Man applaudierte und gratulierte. Sara nahm den Kuchen vom Tisch und legte ihn auf Peters Schoß, der im Rollstuhl saß. Auch er hatte mitgeklatscht und gesungen. Doch spätestens jetzt, wo ihm der Geburtstagskuchen überreicht wurde, schien er zu merken, dass die Gratulationen, die lächelnden Münder und der ganze Rest einzig ihm galten. Der Kuchen war nicht besonders groß, von brauner Schokolade triefend und mit einer weißen Kreme dekoriert, die in der Mitte der Scheibe die Zahl *Vierundfünfzig* schrieb. Einige brennende Kerzen rundherum. Peter holte tief Luft und blies sie in einem einzigen Atemzug aus. Dann blickte er stolz in die kleine Runde. Wieder applaudierte man und gratulierte.

„Bravo!"

Sara hatte selbst den Kuchen gebacken und den Raum zum besonderen Anlass geschmückt. Über dem Eingang und an den Fenstern hatte sie bunte Luftballone befestigt und von der Decke hingen in spiralenförmigen Schleifen farbige Papierstreifen herunter. Sara hatte den Einfall gehabt, die Geburtstagsparty in diesem Stil zu arrangieren, als ihr eine Aussage eines Arztes einfiel, der Peter dereinst behandelt hatte. Ihm zufolge sollte sie sich ihrem Mann gegenüber so verhalten, als ob er ein Kind sei. Sie war anfangs fast schockiert gewesen, doch je länger sie darüber nachdachte, desto einleuchtender erschienen ihr die Worte des Mediziners. Also hatte sie versucht, dasselbe Ambiente einer Geburtstagsparty zu rekonstruieren, wie sie es auf einem Kindheitsfoto von Peter gesehen hatte.

„Hast du gesehen, wer gekommen ist, dich zu besuchen?", fragte Sara den Gefeierten, indem sie sich zu ihm herunterneigte und ihm die Hand auf die Schulter legte.

Peters Mund zog sich in die Breite und sein Blick ruhte unbeweglich auf Hans. Dieser stand vor ihm, in einen braunen, antik-taillierten Anzug gewandet, mit einem weißen Seidentuch um den Hals.

„Hallo Peter! Wenn du nicht nach Venedig kommst, um mich zu besuchen, dann bleibt mir nichts anderes übrig, als selbst mal vorbeizuschauen", foppte Hans seinen Freund. Er schritt zu Peter hin und umarmte ihn kräftig. Als er sich wieder aufrichtete und zu den anderen zurückkehren wollte, hielt er plötzlich an, da Peter seine Hand nicht losgelassen hatte.

„Stimmt, wir haben uns allerlei zu erzählen", fuhr er heiter fort.

„Vierundfünfzig! Wer hätte sich das jemals gedacht, dass wir so alt werden? Wir sind gleich alt, das weißt du ja, nicht wahr? Wir sind ja gemeinsam zur Schule gegangen."

„Hans", zögerte Peter grinsend.

Hans wartete auf die Fortsetzung des begonnenen Satzes, doch Peter schien das Lächeln dem Sprechen vorzuziehen. Er saß einfach im Rollstuhl, hielt Hans' Hand fest umklammert und schien sich über seine Anwesenheit und insgesamt über den besonderen Tag zu freuen.

„Du bist etwas aufgeregt, diese ganzen Leute und besonders Hans nach längerer Zeit wieder mal zu sehen. Das ist für dich etwas viel, alles auf einmal. Da hat es dir wohl die Stimme verschlagen, was?", sagte Sara einfühlsam zu ihrem Mann.

„Du, Giacomo, reich mir bitte den Stuhl rüber", bat Hans den Herrn neben ihm, indem er zu den Stühlen zeigte, die um den Tisch herum aufgestellt waren. Giacomo war Hans' Lebensgefährte, seit dieser sich vor einigen Jahren endlich zu seiner Homosexualität bekannt hatte.

„Danke", sagte Hans und setzte sich auf den Stuhl neben Peter.

„Das ist Giacomo, ein guter Freund von mir aus Venedig", fuhr er fort.

„Er hat mich hierher begleitet, da auch ihm unsere schönen Berge gefallen. Und natürlich, um deinen Geburtstag zu feiern!"

„Gi-acomo", stotterte Peter und hielt dem vor ihm stehenden Mann vom Rollstuhl aus die Hand entgegen. Der feingliedrige Italiener trat einen Schritt nach vorne, hob mechanisch den Arm und reichte Peter seine dunkle und behaarte Hand, die wie eine Kralle aus dem weißen Ärmel seines Hemdes herausragte.

„Piacere. E auguri", sagte der junge Geck resolut und lakonisch. Er war klein von Statur und schien nur aus Kleidern zu bestehen. Sein Gesicht war auffallend dunkel, auch wegen der unzähligen Bartstoppeln, die zwar allesamt sorgfältig gekappt waren, doch den Anschein erweckten, als ob sie jederzeit bereit wären, sein rassiges Gesicht zu überwuchern. Sobald Giacomo wieder zum Ausgangsort zurückkehren wollte – einen Schritt zurück – , erschrak er förmlich, als er merkte, dass Peter inzwischen auch seine Hand gefangen hielt. Das Geburtstagskind machte keinerlei Anstalten, die Hand wieder loslassen zu wollen. Selig lächelte der Gefeierte den dunklen Venezianer an. Dieser biss die Zähne zusammen, sodass an den Seiten seines kantigen Unterkiefers die Beißmuskeln zum Vorschein kamen, grinste so gut es ging und richtete unverzüglich seine verzweifelten Augen auf Hans. Dieser zuckte schmunzelnd mit den Schultern.

„Willst du Giacomo nicht loslassen? Er kommt ja wieder, Peter, versprochen“, bemühte sich Hans, indem er Peters Hand streichelte.
Es half.
Giacomo und Hans führten zusammen ein nobles Lokal in der Innenstadt von Venedig, nicht weit vom Markusplatz entfernt. Der junge Venezianer – er war noch keine Vierzig – hatte es vom Vater geerbt. Die beiden hatten sich vor Jahren auf der Biennaleausstellung kennen gelernt, wo Hans inzwischen heimisch geworden war und mehrere einflussreiche Leute kannte. Unter anderem Giacomos Vater, der ihn in sein Lokal einlud. Dort sah er zum ersten Mal Giacomo. Hans' häufige Reisen nach Venedig nahmen in den kommenden Jahren an Zahl und an Dauer ständig zu. Und was Hans in den feuchten Lagunen Venedigs fand, schien Giacomo auf den weißen Spitzen dolomitischer Türme entdeckt zu haben. Sie reisten beide hin und her, oder besser, auf und nieder, bis einer der beiden schließlich nachgab. Da Hans von seinem Posten als Hoteldirektor bereits seit längerem zurückgetreten war, hielt ihn hier nichts mehr zurück: Er verließ die Berge samt seiner grämlichen und glorreichen Vergangenheit, die ein für alle Mal in die bleichen Felsen eingemeißelt war, und zog nach Venedig. Und hier, eineinhalb Meter über dem Wasser, im Gewirr von Mücken und Asiaten, in der Stadt des ganzjährigen Karnevals, legte er seine Maske ab, verließ den Halbweltstatus der Homophilie – nicht praktizierende Schwule – und bekannte sich mit Leib und Seele zur Homosexualität.
„Peter! Ich hab dir was mitgebracht“, strahlte Hans feierlich. Er sprang vom Stuhl auf und verschwand in der Küche. Kurz darauf kehrte er mit einem langen, mit buntem Geschenkpapier verpackten Gegenstand unterm Arm zurück. Seinem schleppenden Gang nach, musste es sich um etwas Schweres handeln. Er stellte das sperrige Geschenk längs auf den Boden.

„Für dich, Peter. Zum Geburtstag! Von mir und Giacomo. Soll ich es für dich aufmachen?“, keuchte er mit strahlendem Gesicht.
Peter nickte erwartungsvoll. Hans schickte sich an, das gelbgrüne Geschenkpapier zu entfernen. Es kam allmählich ein langer, bronzener Schaft zum Vorschein, aus dem an einem Ende nach unten gebogene Blätter aus demselben Material entsprangen. Schließlich erkannten alle Anwesenden, dass es eine Palme aus Bronze war.
„Ein Kleiderständer! Ein französischer Künstler, den ich schon seit längerem kenne, hat ihn für mich entworfen und selbst hergestellt. Der war früher mal Maler, dann hat er irgendwann nur mehr Installationen und Skulpturen gemacht. Siehst du? An den Blättern kannst du Jacken und Mäntel aufhängen.“
„Danke“, stammelte Peter, während er stockend vor sich hinlachte. Er schien von der Idee, eine Palme im Haus zu haben, entzückt. Hans bugsierte das Designerstück zum Eingangsflur, der direkt ans Wohnzimmer angrenzte, und stellte den exotischen Baum auf. Doch zur Enttäuschung aller war das Kunstwerk zu hoch und berührte die Decke, bevor es in die Senkrechte gebracht werden konnte. Hans versuchte gar nicht einen zweiten Anlauf; es war vollkommen klar: Der Kleiderständer war für die Wohnung zu hoch. Sara schlug vor, die Palme auf dem Balkon aufzustellen, neben den anderen Blumen, es sei für sie doch schließlich die natürlichste Umgebung, witzelte sie diplomatisch. Man willigte ein, wenn auch mit etwas enttäuschter Miene, und zerrte den Kleiderständer auf den Balkon hinaus. Nur Peter schien den unerwünschten Zwischenfall gänzlich übersehen zu haben und erfreute sich mit seinem erlösten und aufgedunsenen Buddhagesicht des Umstandes, eine Kupferpalme auf seinem Balkon zu haben. Giacomo nickte und mithin hatte auch er der Installation einer Kupferpalme vor der alpenländischen Bergkulisse sein

künstlerisches Plazet gegeben. Zwei junge Frauen um die Dreißig, die auch mit von der Partie waren, schmunzelten vor sich hin und unterdrückten ihr Lachen. Es waren eine Mitarbeiterin von Sara und eine Frau vom mobilen Hilfspflegedienst, die mehrmals in der Woche der Familie Costa einen Besuch abstattete. Sie verrichtete zum einen verschiedene Hausarbeiten und kümmerte sich zum anderen um Peter. Sara hatte sie beide eingeladen, da sie seit Peters Rückkehr sozusagen ihre besten Freundinnen waren.
Mara, Peters Pflegerin, kicherte sich allmählich in ein Lachen hinein, das, den in sich abrollenden Meereswellen ähnlich, wie ein Glucksen klang. Sie versuchte, ihr Lachen zu unterdrücken, und prustete, gluckste und grunzte, bis sie ganz von der Situationskomik übermannt wurde und in ein schönes und schallendes Frauenlachen ausbrach.
Mara war ein Mädchen aus dem Dorf. Seit mehreren Jahren pflegte sie Peter und hatte sich darüber hinaus mit Sara gut angefreundet. Sie war eine begeisterte Bergsteigerin und Radfahrerin und hatte ein lockeres und unbefangenes Auftreten, wie es kaum noch bei den Bewohnern im Tal zu finden war. Die zwei Frauen hatten sich von Beginn an gerne leiden können und es verwunderte beide, dass sie nicht schon früher aufeinander gestoßen waren.
Mara verstand es, den Leuten stets mit gespannter Aufmerksamkeit zuzuhören, als ob sie gerade eine Geistergeschichte erzählen würden. Die jeweiligen Sprecher begannen allmählich ihre Worte genauer zu wählen, da sie bemerkten, dass jeder ausgesprochene Gedanke sorgsam von ihr aufbewahrt wurde, wie Blumen, die jede einzeln in die passende Vase gegeben wurden.
Nach ihrem Dienst verbrachte Mara lange Abende zusammen mit Sara und Peter, und die drei schienen nie genug voneinander zu bekommen. Besonders in dieser Hinsicht – der Gabe des Zuhörens – ähnelten sich die beiden Frauen. Was

folglich das Band der Freundschaft stärkte, war der Umstand, dass sie stets ganz Ohr füreinander waren. Somit fanden sie sich gemeinsam in der seltenen Lage, auch über das eigene Innenleben sprechen zu können und sich nicht ständig den Beschwernissen der anderen widmen zu müssen.

Im Übrigen hatte Sara zu vielen Personen, besonders aus der Hotelbranche, mit denen sie damals befreundet war oder zumindest Bekanntschaft pflegte, den Kontakt verloren. Sie wurde zwar des Öfteren von den Hoteliers in deren Gastbetriebe eingeladen, doch erschöpfte sich ihre Zeit zumeist zwischen Peter und der Arbeit. Und die Wirte und Hoteliers hatten ihrerseits während der Saison wahrlich keine übrige Zeit, um Bekannte zu besuchen. Außerhalb der Saison verreisten sie hingegen in andere, ferne Länder. Es sei allerdings angemerkt, dass auch Sara sich kaum der Aufrechterhaltung der alten Bekanntschaften befleißigte.

Ihr früherer Nachbar Manuel, jetzt der Besitzer eines großen Sporthotels, war allerdings die Ausnahme: Er kam ab und zu vorbei und brachte zumeist tiefgefrorenes Gemüse und einen ganzen Lachs mit. Der Fisch war zum Teil frisch, manchmal hingegen geräuchert oder mariniert.

Doch Sara war aus gesundheitlichen Gründen den tiefgefrorenen Speisen insgesamt abgeneigt. Der Lachs hingegen mundete sowohl ihr als auch Peter, doch wusste sie nicht, wohin mit dem ganzen Fisch, und somit verteilte sie ihn stets eilfertig zwischen dem Kühlfach, ihren Freundinnen, den Besuchern, die jeweils erfreut und befremdet zugleich das Haus mit einem beträchtlichen Fischstück verließen, der Katze, einem Obdachlosen, der sie gelegentlich besuchte, dem Altersheim, Ausländern, die vor ihrer Haustüre erschienen und Socken, Unterhosen und allerlei Kleinkram anboten und wenig später um einen halben Kilo Lachs schwerer zur nächsten Wohnung zogen, allen Nachbarn im größeren Umkreis, mit denen sie durch den Fisch nähere Bekanntschaft gemacht hatte, sowie zwischen sich und Peter. Auch einigen der wenigen Bauern, die es noch im Tal gab, hatte sie das rosa Geschenk angeboten. Dabei musste sie sie aber erst mit dem aufdringlich riechenden Fisch vertraut machen, da ihnen nie zuvor in den Sinn gekommen war, dass man außer Schweinen und Gämsen auch dic schmackhaften Meeresbewohner räuchern konnte. Manchmal hatte sie sich gezwungen gesehen, ein Stück davon wegzuwerfen, da sie die umgehende Verteilung vernachlässigt hatte. Doch Letzteres geschah immer seltener, da sie einerseits den Vertrieb optimiert hatte und außerdem inzwischen viele Rezepte kannte, um den Fisch zu verspeisen: Lachsnudeln, Lachsreis, geröstete Knoblauchbrötchen mit Lachs, Lachsterrine, Lachspastete, Lachstatar, Lachscarpaccio, Gravedlachs mit Meerrettichschaum, Liebstöckelcremsuppe mit Lachswürfeln, Königssteak, Lachsfilet, Lachs in Zitronenmarinade und gebeizter Kräuterlachs.

Kurz, Lachs war ein wichtiger Bestandteil ihres kulinarischen und sozialen Lebens geworden.

Zwar hatte sie Manuel, dem Hotelbesitzer, mit einfühlsamer Zurückhaltung mehrmals versucht einzuprägen, dass sie zwar sehr dankbar für das köstliche Mitgebringe sei, doch dass er guten Gewissens auch mal mit leeren Händen eintreffen könne.

Keine Chance.

Der Fischlieferant ließ sich vom Glauben nicht abbringen, dass selbst eine vom Schicksal so hart getroffene Familie wie die Costas das Anrecht auf einige Luxusgüter hätte. Saras höfliche Ablehnung interpretierte er als Bescheidenheit, die Tugend der Armen, als ungerechtfertigte Meinung, dass sie des überschwänglichen Wohlstandes des Tales nicht würdig seien.

Nein, nicht solange er lebte!

Sara hatte sogar festgestellt, dass ihre Zurückhaltung und die sachten Ablehnungen als Ermutigung verstanden wurden, ih-

re Bescheidenheit zu belohnen und folglich den Fischmarkt weiter anzukurbeln. Schließlich resignierte sie vor dem Ansturm der Lachse und konzentrierte sich einfach darauf, mit der Situation zu Rande zu kommen und die Fische so gut wie möglich zu verteilen.
Der Auslöser der gesamten Geschichte lag bereits einige Jahre zurück, als Manuel sie und Peter zum Abendessen in sein Hotel eingeladen hatte. Sara beging den ausschlaggebenden Fehler, die köstliche Vorspeise – Lachsnudeln mit Lauch – mit Lobesworten zu ehren. Weiter beteuerte sie nichtsahnend, dass sie bereits seit längerem keinen Lachs mehr gegessen habe, dass sie auch mal Lachsnudeln kochen möchte usw.
Auf die vorsichtige Frage, die sie ihm zuweilen stellte, was sie mit dem ganzen Fisch anfangen solle, meinte er kurzerhand: „Folls wos übrigbleibt, kennt is jo a Stick verschenken“, und spielte damit, wenn auch nur unbewusst, auf Saras zweiten Beruf des Lachsverteilens an.
Auch von den unzähligen Gästen des *Hotels*, die sie über die vielen Jahre hinweg kennen gelernt hatte, waren wenige übrig geblieben, zu denen sie noch eine Beziehung pflegte. Hie und da tauchte einer der ehemaligen Stammkunden auf und erkundigte sich nach dem Befinden der Familie. Sara konnte sich aber nicht des Gefühls erwehren, dass sich eine unsichtbare Wand zwischen ihr und ihren ehemaligen Gästen eingeschoben hatte: als ob sie selbst von einer ansteckenden Krankheit befallen wäre und man sie nur mehr mit Handschuhen anfassen wollte. Sie verstand allerdings nicht, ob die daraus hervorgehende Befangenheit von ihr selbst oder von den Besuchern ausging.
Für sie gehörte der Zustand ihres Mannes bereits seit Jahren zum Alltag. Die Ärzte hatten schon ein Jahr nach seiner Rückkehr von der Reise in den Osten eine so genannte alkoholtoxische Enzephalopathie diagnostiziert. Die Hauptfolge dieser durch uneingeschränkten Alkoholkonsum bedingten

Krankheit war eine Verringerung des Gehirnvolumens. Zur damit einhergehenden Demenz war Peter bereits veranlagt, doch der Alkohol hatte ihr Auftreten zum einen ausgelöst, zum anderen ihre rasche Entwicklung unterstützt. Bereits seit Jahren litt er an Zerstreutheit, Amnesie und allgemeiner Orientierungslosigkeit. Sobald er vom Osten zurückgekehrt war, war er mitnichten mehr in der Lage gewesen, das sich ohnehin schon in einer äußerst vertrackten Lage befindende Hotel zu übernehmen. Er begann umgehend eine Alkoholentziehungskur in einem Zentrum, das am Ende des Tales vor einigen Jahren errichtet worden war. Das ZS, Zentrum für Suchterkrankungen, war eine moderne Einrichtung, die sich abseits der Hauptstraße, mitten in einer größeren Lichtung des anliegenden Waldes befand. Der Ort war idyllisch und das Gebäude, größtenteils aus Holz und Glas bestehend, vermittelte einen warmen und einladenden Eindruck.
Doch für die Familie Costa war es die Hölle. Oder besser, das Fegefeuer, durch das hindurch sie zum Paradies eines neuen, unbeschwerten Lebens gelangen wollten. Doch der Traum blieb ihnen verwehrt. Zwei Mal hatte Peter den Ausstieg aus der Suchtspirale des Alkohols versucht. Beide Male scheiterte er schmerzlich. Sara hatte ihn in dieser Zeit begleitet, ermutigt, getröstet und gestützt. Mehrmals die Woche fuhr sie zum Therapiezentrum, um an Gruppengesprächen teilzunehmen und in anderer Form ihrem Gatten beizustehen. Sowohl für sie als auch für Peter war es eine äußerst schwere Zeit gewesen, an der Grenze des Erträglichen. Auch die Schmach, die das Paar vor der gesamten Dorfgemeinschaft erlitt, lastete auf ihr. Doch das war bei weitem nicht ihre größte Bürde. Wenn Peter es nur geschafft hätte, diese Sucht hinter sich zu lassen und mit ihr ein neues Leben zu beginnen, wäre es ihr vollkommen egal gewesen, wie und wer sich über sie das Maul zerrissen hätte. Leider ging ihr Wunsch nicht in Erfüllung. All die Gespräche mit Peter, den Therapeuten und den Ärzten,

die langen Spaziergänge der beiden im Wald, ihre Gebete und ihre Tränen.

Nichts half.

Die Ärzte meinten nach dem zweiten gescheiterten Versuch, dass sein Krankheitszustand bereits so weit fortgeschritten sei, dass man sich mit der Situation abfinden müsse und dass Peter bis an sein Lebensende weitertrinken werde und irgendwann, in nicht allzu ferner Zukunft, an Leberversagen oder sonst einer alkoholbedingten Erkrankung sterben werde. Für Sara der härteste Schlag ihres bisherigen Lebens.

Es war schon lange her, Peter war noch Direktor des Hotels, als sie seine Neigung zum Alkohol zum ersten Mal bemerkt hatte. Anfangs waren es die langen wein- und whiskeydurchtränkten Abende mit den Gästen in der Lounge, die sie aufhorchen ließen. Dann begann er zunehmend in der Wohnung selbst zu trinken.

Leere Weingläser mit einem rötlichen Satz standen auf Regalen und Tischen umher. Jedes Mal, wenn sie eines davon bemerkte, fuhr sie wie vom Blitz getroffen in sich zusammen. Weinrote Dornen in ihren schöngrauen Augen.

Mehrmals hatte sie es sich schon überlegt, das Thema vor Peter anzusprechen. Sie hatte allerdings auch in allen übrigen Belangen ihrem Mann gegenüber eine Haltung des Schweigens angenommen, die aufzugeben sich alles andere als leicht erwies. Es war das Schweigen einer nicht erwiderten Liebe, eines verausgabten Sängers ohne Stimme, dessen Publikum stumm und taub zugleich zu sein schien.

Der erste Anlass, das Alkoholproblem zur Sprache zu bringen, war der Besuch altbekannter Gäste aus Frankreich. Sie hatten der Familie Costa einen deliziösen Rotwein als Geschenk mitgebracht, den Peter von Juan umgehend in die eigene Wohnung bringen ließ. Sara, die bei jeglichem Anblick von Alkohol in ihren vier Wänden von bitterem Gram durchzuckt wurde, leerte in einer Geste der Verzweiflung den Wein

ins Abspülbecken. Kurz darauf erschien Peter und erkundigte sich, wo Juan den Wein hingestellt habe, da er gedachte, zusammen mit den französischen Gästen sich sogleich den erlesenen Tropfen zu Gemüte zu führen.
Sara wäre am liebsten im Boden versunken, oder besser, durchs Waschbecken hinuntergespült worden, dem Wein hinterher.
Mit niedergeschlagenem Blick blieb ihr nichts anderes übrig, als ihre Tat zu gestehen.
Peter schnob verächtlich aus der Nase und schüttelte den Kopf. Er sagte kein Wort und verschwand aus der Wohnung.
Genau dasselbe Schweigen war es, das auch in den kommenden Jahren ihre größte Pein darstellte. Sie hatte es nie mehr übers Herz gebracht, das Thema auch nur zu erwähnen; obwohl sie über die Situation ihres Mannes Bescheid wusste. Auch er war sich nach dem Vorfall im Klaren, dass sie diesbezüglich im Bilde war.
Jeder wusste um des anderen Wissen und niemand sprach davon.
Die Sucht.
Wenn es auch nur unbewusst geschah, doch Sara begann den Alkohol in der Wohnung im Auge zu behalten. Inzwischen war es nicht mehr nur Rotwein, sondern auch Whiskey, Martini und manchmal schlichtweg klarer Schnaps. Sie wusste einerseits, wie viele Flaschen da waren, andererseits hatte sie auch die jeweils darin enthaltene Menge im Kopf. Schmerzlich konstatierte sie Tag für Tag, wie sich die Behälter einer nach dem anderen leerten und neue nachkamen. Peter brauchte sie nur vom Weinkeller und den verschiedenen Magazinen heraufzuholen oder zu bestellen. Sie hatte weiter festgestellt, dass, wenn der Alkoholspiegel in der Wohnung nicht sank, ihr Mann normalerweise an einer Bartheke im Hotel lungerte. Außerdem war ihr aufgefallen, dass nach dem Vorfall mit der Weinflasche keine Gläser mehr in der Woh-

nung verstreut waren. Wahrscheinlich wollte er seine Sucht irgendwie verbergen, dachte Sara. Doch selbst dann kam sie seinem Laster hinter die Schliche, da sie wusste, wie viele Gläser in der Abspülmaschine standen. Und die Flaschen behielt sie ohnehin im Auge. Diese Mühe, die Gläser wieder zurück in ihren Schrank zu stellen, hatte er sich dann doch nicht angetan. Saras aufmerksame Buchhaltung über den Alkoholhaushalt war allerdings keine wirkliche Entscheidung und erst recht kein Zeitvertreib für sie, sondern sie war auf seltsame Weise von dem Kontrollwahn gefangen. Schmerzlich bestätigten sich Tag für Tag ihre inzwischen zur Gewissheit gewordenen Vermutungen.

Was sollte sie tun? Sie konnte die Gläser und Flaschen in der Wohnung nicht mehr ertragen; sodass sie eines Abends einen der schönen Kristallkelche mit aller Gewalt gegen die Wand schleuderte. Zumindest konnte sie im Zerschellen des Glases ihrer Pein Ausdruck verleihen, wenn sie schon nicht schreien konnte.

Splittertränen.

Sie fühlte, dass sie alles ertragen hätte, was Peter ihr je gebeichtet und eingestanden hätte, nur nicht dieses alles verschlingende Schweigen, denn das war für sie das Schlimmste.

Peter hatte sich seinerseits von ihr abgewandt und war ganz mit seinen Plänen beschäftigt. Es war genau in der Zeit ihrer größten Verzweiflung, als die Affäre mit Juan begann. Der Hausdiener begehrte sie, das war ihr stets bewusst gewesen. Ob auch sie ihn begehrte, das bezweifelte sie immer noch, besonders jetzt, wo die ganze Geschichte vorbei war. Doch eines wusste sie ganz gewiss: Ihre Anziehung für ihn war ihr stets zweitrangig gewesen. Es ging ihr vor allem um das Gefühl, sich noch als Frau wahrzunehmen und dementsprechend von einem Mann ersehnt zu werden. Darüber hinaus bedurfte sie besonders in dieser kummervollen Zeit körperlicher Nähe, oder, mit anderen Worten, jemanden zum Ku-

scheln. Dass Juan die Sache vollkommen anders sah, war ihr bewusst. Doch sie sprachen nie darüber. Jeder holte sich, was er brauchte.
Einsamkeit zu zweit.
Die Einöde des Fleisches.
Juan und Sara hatten im Übrigen seit jeher eine sympathische Freundschaft zueinander gepflegt, und dazu war der Bolivianer auch ein stattliches Stück Fleisch.
Trotzdem hatte sie ihn kein einziges Mal mehr gesehen, seit sie das *Hotel* verlassen hatte.
Nachdem sie sich damals von der ersten Niedergeschlagenheit infolge der aussichtslosen Prognosen der Ärzte wieder aufgerafft hatte, überkam sie eine ungeahnte Heiterkeit. Sie verstand nicht, was mit ihr geschah. War sie selbst dabei durchzudrehen? War sie über die Jahre hinweg derart seelisch belastet worden, dass ihr nun alles egal war? Schließlich hatte sie einerseits ihr Hab und Gut verloren und andererseits schien ihr Traum eines harmonischen Ehelebens mit dem einzigen Mann, den sie je geliebt hat, ein für allemal ins Wasser gefallen zu sein.
Und doch.
Das Leben ging weiter und sie passte sich mit einem Frohmut, über den sie selbst nur staunen konnte, der neuen Situation an. Das Leben schien ihr trotz allem wohlgesinnt und auch sie machte ihm schöne Augen.
Anfangs half sie ihrem Mann vor allem in der Alltagsplanung. Obwohl er nicht mehr arbeitete, gewann man den Eindruck, als ob er allerhand zu organisieren hätte. Dessen wurde sich Sara bewusst, als sie merkte, wie viel dabei schief laufen konnte. Nachdem er mehrmals die Herdplatten eingeschaltet vergessen hatte, übernahm sie zusammen mit Mara, der Pflegerin, die Kocherei.
Durch die vom Alkohol verursachten neuronalen Schäden litt Peter zunehmend an Stand- und Gehproblemen. Einmal

hatte er sich eine ernsthafte Kopfverletzung an der Stirn zugezogen, als er im Rausch von der Küche ins Schlafzimmer zurückschwankte. Sara versuchte zwar seinen Alkoholkonsum einigermaßen zu regeln und einzuschränken, doch wurde ihm der regelmäßige Verbrauch gewährt und man konnte sich darauf gefasst machen, dass er sich ab und zu betrank. Die Folge war nicht selten ein Sturz samt entsprechenden Verletzungen.
Der arme Peter.
Schließlich setzte man ihn auf einen Rollstuhl.
Eine Sorge weniger.
Auch Sara, die stets ein Gefühl für Situationskomik hatte, stimmte zusammen mit ihrer Arbeitskollegin in Maras Lachen ein. Nachdem die drei Frauen ausgelacht hatten, ermutigte Sara die Gäste, sich zu erheben und sich auf den Balkon hinauszubegeben. Sie hatte nämlich gedacht, angesichts des schönen Wetters im Freien zu feiern. Peter gab den Kuchen an Mara ab und fuhr langsam auf den Balkon hinaus. Auch hier leuchteten bunte Luftballone und Papierstreifen. An den Ecken des Balkons hingen von oben farbige, runde Laternen herab. Peter hatte während der Zeit der Therapie gelernt, die bunten Leuchter selbst herzustellen. Es gehörte im Therapiezentrum zum Genesungsprozess dazu, sich mit irgendeinem Handwerk oder einer Fertigkeit abzugeben. Inzwischen war die Produktion dieser Gehäuse sozusagen zu Peters Hauptbeschäftigung geworden. Sara besorgte das Material und er klebte, malte und bastelte mit all den Kräften, die ihm geblieben waren. Wenn ihn jemand um eine Laterne bat, nahm er sich des Auftrags mit kaum zu übertreffendem Pflichtbewusstsein an.
Hans befand sich bereits auf dem Balkon, als die übrigen Gäste erschienen, da er nicht zurückgekehrt war, nachdem er die Palme hinausbefördert hatte. Er lehnte an der hölzernen Brüstung und blickte ins Tal. Die übrigen Geladenen setzten sich an den Tisch und man schnitt feierlich den Kuchen an.

Peter war begeistert. Hans rührte sich nicht von der Brüstung und streckte in vornüber abgewinkelter Position den übrigen Anwesenden seinen durchtrainierten Hintern entgegen. In einer gleichmäßigen Abstufung von unten nach oben lösten sich die hinteren Bügelfalten seiner Hosenbeine ins pralle Rund seines Hinterns auf, wo der braune Stoff schmerzlich gestrafft war.
Vor seinen Augen breitete sich im Tal, am Fuße des Hanges, eine Lawine von Häusern und Fahrzeugen aus. Die umliegenden, bewaldeten Hügel und Hänge waren von den breiten Skipisten durchzogen.
Die Landschaft ähnelte einem schlecht rasierten Bart.
Bedrohlich sich aus den Hängen erhebend, das karge und eiserne Unkraut der Sesselbahnmasten, die gleichsam einen zweiten Wald bildeten, der den hölzernen mächtig überragte. Wo einst das *Hotel* stand, prangte nun ein riesiges, vieleckiges Gebäude aus Beton und Glas: das monumentale Einkaufszentrum des Tales.
Nachdem Peter damals verreist war, verschlimmerte sich die Situation des Betriebs bedrohlich. Die Chemikalien, die im Tropengewächshaus eingesetzt worden waren, um die Heuschreckenplage in den Griff zu bekommen, hatten bereits damals die gesamte Attraktion in ein schiefes Licht gerückt. Besonders einige Puristen des alternativen Permaanbaus hatten eine Kampagne gegen solche „lukrative Vorhaben, die sich unter dem Deckmantel des Alternativanbaus verbergen", wie es in einem Artikel hieß, gestartet. Die *Serra* wurde hierfür als Vorzeigeprojekt in einem negativen Sinn verwendet. Tatsächlich kannte man das Gewächshaus inzwischen mehr wegen der öffentlichen Empörungen, die es heraufbeschwor, als für seine Verdienste.
Auch mehrere Menschenrechtsorganisationen zogen wegen der Peruanerfamilie, die als Schauobjekt im Gewächshaus lebte, gegen den Betrieb zu Felde. Dazu befiel die Durchwur-

zelung, die einst die unterirdischen Bewässerungsschläuche durchbohrte, nun auch das Drainagesystem. Letzteres war für das Funktionieren des künstlichen Ökosystems von immenser Wichtigkeit, da einige Meter unter der Erde ein Betonboden eingelassen war. Dieser befand sich als Fundament fürs gesamte Gebäude bereits dort, bevor man mit dem kleinen Urwald begonnen hatte. Da das Wasser folglich nicht auf natürlichem Wege weiter nach unten sickern konnte, hatte man als Lösung ein Abflusssystem errichtet. Sobald nun auch dieses den Wurzeln der tropischen Bäume anheim gefallen war, staute sich das Wasser knapp unter dem Boden an. Die unmittelbare Folge war, dass sich an der Oberfläche ein moderiger Fäulnisgestank verbreitete, der den Besuchern den Aufenthalt im Garten vermieste.

Zur selben Zeit wucherte der Übersetzervirus, ein sogenannter *Trojaner*, im Verwaltungsprogramm des Hotels weiter. Es gelang nach nicht allzu langer Zeit, die ganzen Daten wieder in die Originalsprache zurückzuübersetzen, abzuspeichern und auf ein neues Programm zu laden. Doch ereilte das Missgeschick den Betrieb gerade im Januar, mitten in der Hochsaison. Viele Gäste zogen auf Grund der Verzögerungen bei den Vormerkungen sicherheitshalber ein anderes Hotel vor, in der Angst, kein Zimmer mehr zu bekommen.

Der Verlust war immens.

Um den zwölften Sektor zu errichten, hatte Peter das Hotel mit einer Hypothek bei der Bank belastet. Es fehlte wegen der genannten Schwierigkeiten das erforderliche Kapital, damit der neue Bereich in Betrieb gehen konnte, und erst recht das Geld, das man der Bank schuldig war.

Ein weiterer magerer Winter mit wenig Schnee, ein verregneter Sommer, und dann war's vorbei.

Bankrott.

Das Hotel wurde von der Bank übernommen, abgerissen und ein Einkaufszentrum wurde an seiner statt errichtet.

Da Peter bei der Errichtung des Hotels zusammen mit der Firma *Legio* eine Kapitalgesellschaft gegründet hatte, haftete er nur mit dem Einsatz des Betriebs selbst und nicht mit seinem persönlichen Eigentum. Mit anderen Worten, er verlor schlicht das Hotel an die Bank, bei der er den Kredit aufgenommen hatte.

Nicht mehr und nicht weniger.

Zu seinem Unglück hatte er aber alles ins Hotel investiert und besaß darüber hinaus gar nichts.

Mit einer Ausnahme: Tungo, der Alkoholiker des Dorfes, war bereits vor fast zehn Jahren verstorben. Man fand den Dreiundsiebzigjährigen an einem kalten Wintermorgen erfroren auf einer Bank unter glasklarem Himmel.

Die Morgensonne schien auf sein friedliches Frostgesicht.

Tungo betrank sich seit Jahren fast nur mehr auf der Straße, da die Wirtshäuser inzwischen ihre „Klientel gewechselt" hatten, um es mit den Worten ihrer Inhaber zu formulieren. Die sonntäglichen Kirchgänger, die Kartenspieler, Bauern und Arbeiter und allen voran die Alkoholiker wurden folglich als Stilbruch in den luxuriösen Interieurs der Hotels und Gasthäuser angesehen. Im Allgemeinen gelang es, sich der plebejischen Meute durch schwindelerregende Preise zu entledigen. Obwohl Tungo vornehmlich im Freien lebte, besaß er einen kleinen Hof über dem Dorf, mitten im Hang. Das war allgemein bekannt und wurde ihm von den Dorfbewohnern auch mehrmals vor Augen geführt, wenn er abends am Rande des Bürgersteigs einschlummerte. Den Hof hatte er nicht geerbt, sondern bereits in jungen Jahren gekauft. Es war der gesamten Dorfgemeinschaft ein Rätsel, woher er, ein unvermögender Taugenichts, das ganze Geld hatte, um ein solches Haus zu erstehen. Einige Jahre nach seinem Tod gestand ein ehemaliger Freund von ihm der Polizei, nachdem er auf frischer Tat bei einem Diebstahl ertappt wurde, dass er damals zusammen mit Tungo in das Haus des Herrn Giuvani Costa, Peters Vater, eingebrochen war und das gesamte Geld, das der gierige Imbissbetreiber in einigen Holzkisten im Dachboden verwahrte, entwendet hatte. Aus Angst, die gesamte stattliche Beute zu vertrinken, beschloss Tungo einige Jahre später, eine Investition zu tätigen und einen kleinen Hof zu kaufen. Diesen benutzte er eigentlich nur, um seine Habseligkeiten darin zu lagern. Er zog zeit seines Lebens vielmehr den freien Himmel vor, unter dem er in jener kalten Winternacht nach einem Kapitalrausch entschlummert war. Besonders durch den Wandel, den das Tal über die Jahre hinweg erfuhr, wurden Alkoholiker, zumindest sofern sie unvermögend waren, in Lokalen kaum noch toleriert. Mit einer Ausnahme: das Hotel von Peter Costa. So wie der Obdachlose im früheren Gasthaus von Peters Onkel Christian jederzeit willkommen geheißen wurde, geschah es auch im neuen und prunkvollen *Hotel*. Selbst wenn Tungo in stark alkoholisiertem Zustand das Hotel betrat, wurde er niemals vor die Tür gestellt, sondern allenfalls in den Speisesaal des Personals gebeten, wo er es sich gemütlich machen konnte und ihm eine warme Suppe serviert wurde. Nur Zeit zum Plaudern hatten Peter nicht mehr. Im Gegenzug verhielt sich Tungo ruhig und belästigte niemanden, was bei ihm keine Selbstverständlichkeit war. Peters Wohlwollen Tungo gegenüber entsprach allerdings keineswegs seiner üblichen Haltung in Bezug auf Leute aus diesem Stand. Tungo war eine Ausnahme. Trotzdem reichte diese Geste des Hoteldirektors aus, um Tungo zu bewegen, sein ganzes Hab und Gut, also seinen kleinen Hof, Peter zu vermachen. Das Haus oberhalb des Dorfes war zwar bereits ziemlich alt, zum Teil sogar baufällig, doch der Grund war ein beträchtliches Vermögen wert. Tungo hatte sein Testament bereits vor mehreren Jahren verfasst und darin kurzerhand verfügt, dass er das Haus Peter Costa vermache. Es wurde im Dorf diesbezüglich viel gemunkelt, doch trotz der zahlreichen und kühnen Vermutungen blieb seine Entscheidung letztlich ein Rätsel.

Tungos Begräbnis ging zu Recht anonym vonstatten: eine Hand voll Trauerbeamte und einige unbekannte Gesichter. Es waren die Verwandten, die bereits seit längerem aus dem Tal ausgewandert waren. Mit gemischten Gefühlen waren sie angereist, um sich zum einen vom Verstorbenen zu verabschieden, und zum anderen, um ihre Erbschaft willkommen zu heißen.
Kommen und gehen.
Womit aber niemand gerechnet hatte, war Tungos Testament. Man verstand den Grund seiner letztwilligen Verfügung nicht, oder wollte ihn nicht verstehen. Doch Tungos Beweggrund war für die Verwandten des armen Alkoholikers letztlich nicht von entscheidender Bedeutung. Vielmehr war es der unumstößliche Fakt seiner Entscheidung, der sie in Rage geraten ließ. Ihre Tränen der Trauer wurden zu Tränen des Zornes, ihre Gebete zu Flüchen, die sie ihm hinterherschickten, doch zu spät, da der Richter der Richter bereits sein Wort über den Entschlafenen gesprochen hatte, der nun, ob im Himmel oder in der Hölle – egal –, sich den Bauch vor Lachen hielt.
Sara und Peter lebten nun in diesem Haus. Es war alles, was ihnen geblieben war; und es war genug.
„Dass sie den Golfplatz weggemacht haben, kann ich nicht verstehen“, sagte Hans, ohne sich dabei umzudrehen.
„Na ja, vielleicht ist es wieder Zeit für was Neues. Doch gegen Norden hin haben die mächtig weitergebaut ... ist das einer der beiden Mailänder, der da den Reitstall aufgebaut hat?“, fragte er gleichmütig.
Es kam keine Antwort. Sara war damit beschäftig, Peters Hand zu führen, um den Kuchen zu schneiden. Die anderen sahen ihm gespannt zu.
„Wie ist es so, im Einkaufszentrum zu arbeiten, Sara?“, fragte Hans weiter.
„Oh, geht schon. Gar nicht so schlecht, oder?“, wandte sich Sara an das Mädchen links von ihr, die zusammen mit ihr arbeitete.

Diese zuckte mit den Schultern, als ob sie die Frage nicht verstanden hätte oder gar nicht dort angestellt wäre. Hans winkte seinen Freund herbei, der wie ein Schweizergardist vor dem Kuchen stand, zeigte mit der Hand aufs Einkaufszentrum und erläuterte ihm, wie er dorthin gelangen konnte. Giacomo nickte interessiert. Dann warf der Italiener einen Blick auf seine Armbanduhr, schrak vor den Zeigern zurück – nicht allzu sehr –, verabschiedete sich Hand für Hand – jeweils einmal Schütteln mit Lächeln –, lehnte den Kuchen mit dreifachem Dank ab, dann die Begründung seines frühzeitigen Abschieds – Geschäftliches – und abschließend nochmals die Synthese: „Grazie, auguri e arrivederci."

Und dann waren's nur mehr fünf.

Nachdem jeder ein Stück vom Kuchen verspeist hatte, tischte Sara eine hübsche, kalte Vorspeise auf, die sie – in Form von lieblich gewundenen Wurstscheibchen – hergerichtet hatte. Auf einem anderen Teller: Lachs.

Sie überreichte dann Peter ihr Geschenk, das mit einer goldfarbenen Schleife versehen war. Er nahm es mit beiden Händen entgegen, legte es in den Schoß und streckte anschließend mit strahlendem Gesicht die Arme nach seiner Frau aus. Sie neigte sich zu ihm herunter und umarmte ihn. Nachdem sie fast eine ganze Minute lang in dieser Haltung verweilt waren, sagte Sara vorsichtig: „Willst du nicht sehen, was da drin ist? Bist du nicht neugierig?"

Peter nickte. Er schälte ungelenk das Geschenkpapier ab und eine Mappe mit einem Stoffumschlag mit hausbackenen Verzierungen kam zum Vorschein. Er schlug sie auf und blätterte sie durch. Es war ein Fotoalbum, das Bilder von ihm in seinen verschiedenen Altersstufen enthielt, von Sara, von ihnen beiden zusammen, von seinem Vater Giuvani, von seiner früh verstorbenen Mutter u. a.

Tränen schossen ihm in die Augen und er streckte abermals die Arme nach Sara aus. Es war inzwischen keine Seltenheit, dass Peter in Tränen ausbrach. Die Ärzte hatten Sara erklärt, dass es eine Folge der Demenz sei; der Patient habe seine Emotionen nicht mehr ganz im Griff, das komme öfters vor, sie brauche sich deshalb keine Sorgen zu machen, usw.

Doch Sara war alles andere als besorgt.

Nach der zweiten Umarmung setzte sie sich neben ihm auf einen Stuhl und ging mit ihm zusammen einzeln die Bilder durch. Auch die übrigen Anwesenden sahen dabei interessiert zu. Peter konnte mit auffallender Genauigkeit Personen und Orte identifizieren. Auf der ersten Seite hatte Sara zwei Bilder nebeneinandergefügt: Das eine war eine etwas vergilbte Abbildung von Peter, als er noch ein Kind war; er stand halbnackt im Garten, nur mit einem langen, weiß-rot gestreiften T-Shirt bekleidet. Dabei hielt er mit ernsten Kinderaugen eine Steinschleuder aus Holz in der Hand. Das andere Bild war schwarz-weiß und zeigte Peters Mutter als Kind mitten unter ihren Geschwistern und Eltern.

Streng und dürftig kostümiert lugten die verhärmten Bauerngesichter aus einer anderen Zeit in die Augen der Betrachter. Die Ähnlichkeit zwischen seinem Gesicht und dem seiner Mama sprang förmlich ins Auge.

„Wusstest du, dass ihr euch so ähnlich seht?“, fragte ihn Sara.

Peter schüttelte abwesend den Kopf, als ob er von den Abbildungen aufgesogen worden wäre.

Er blätterte weiter.

An der Seite eines jeden Fotos hatte Sara mit schöner Handschrift eine Anmerkung, manchmal auch einen Spruch hingeschrieben.

Es leuchtete plötzlich hell auf. Mara hatte die beiden fotografiert, wie sie im Album blätterten. Während die Gäste interessiert Peters Bilderreise in die Vergangenheit verfolgten, schoben sie sich ab und zu eines der kleinen, sattsam beknoblauchten Lachsbrötchen in den Mund, die Sara auf ei-

nem großen Teller in der Mitte des Tisches angerichtet hatte. Es waren auch einige Fotos des Hotels zu sehen, von gemeinsamen Ausflügen mit den Gästen und schließlich auch das Original jenes Bildes, das mehrere Jahre lang das Hotel auf verschiedenen Prospekten vertreten hatte:
Darauf waren Peter, Sara und ein flaumiger Bernhardinerhund – man hatte ihn sich anlässlich des Fotos von einem Bekannten geliehen – am Eingang des Hotels zu sehen. Jovial lehnten sie an den gegenüberliegenden Seiten der Eingangspforte. Der Hund lag zwischen ihnen auf dem Boden. Ihr Lächeln zeigte insgesamt achtundzwanzig funkelnde Zähne. Zweiunddreißig, wenn man die des Hundes dazuzählte. Alle waren sie gleich weiß, nur in der Form unterschieden sich die des pelzigen Vierfüßlers. Sara trug einen großzügigen rosa Wollpullover, der sie in weiche Falten hüllte. Darunter Jeans und Samtlederstiefel.
Kess.
Peter war streng mit einem dunklen Anzug gekleidet und nur sein Schlips scherte aus, indem er auf eine legere Art schief hing. Beide waren sie in ein glamouröses Licht getaucht. Zwischen dem Paar, also genau über dem Hund, nur etwas weiter im Hintergrund, erkannte man ziemlich unscharf Juans Konturen. In üblicher Arbeitsmontur lehnte er nachlässig an den funkelnden Messingstangen eines vollbepackten Kofferwagens.
Alle lehnten sie irgendwo.
Sollte schließlich Komfort ausdrücken. Im unteren Teil von Juans verschwommenem Gesicht war ein länglicher weißer Fleck zu sehen. Ein Lächeln, das repräsentativ die Anteilnahme des gesamten Personals an der unternehmerischen Lebensfreude der Familie Costa an den Tag legte. Sich jeweils ausgleichend, stellten die abgebildeten Personen eine dreifaltige Allegorie der Lebensfreude, des Fleißes und der Demut dar.

Peter flüsterte Sara etwas ins Ohr, worauf sie nach innen verschwand und kurz darauf wieder mit einer Zigarette auftauchte.
„Aber da stehst du lieber auf, wenn du rauchen willst. Die Leute essen gerade", sagte Sara zu ihrem Mann.
Dieser stützte sich an den Armlehnen des Rollstuhles ab und bugsierte sich mühsam und mit Saras Hilfe auf die Beine.
Geschafft. Er nahm die Zigarette und das Feuerzeug zur Hand und trat einen Schritt nach vorne, um an der Brüstung lehnend sich den flüchtigen Genuss zuteil werden zu lassen.
„Das ist heute schon die fünfte", tadelte ihn Sara halb im Witz und halb ernst.
„E-es ist Geburtstag", antwortete Peter, nachdem er gemächlich den Rauch hinausgeprustet hatte.
Man lachte und stimmte zu.
Der schlaue Peter.
Auf Anraten der Ärzte verabreichte Sara ihrem Mann all die Suchtmittel, die er konsumierte, also Tabak und Alkohol, nach eigenem Gutdünken. Dass er sowohl des einen als auch des anderen bedurfte, um einigermaßen über den Tag hinwegzukommen, war inzwischen kein Geheimnis mehr. Sara hatte sich einigermaßen damit abgefunden. Sie verspürte beim Umgang mit Alkohol zwar immer noch eine gewisse Gedrücktheit, doch die Droge war ihr nicht mehr wie früher ein externer Feind, der sie um ihr gemeinsames Eheleben brachte, sondern versinnbildlichte ihr gemeinsames Schicksal im flüssigen Zustand; und es war dasselbe Schicksal, das sie gelehrt hatte, das Leben neu zu genießen. Peter paffte genüsslich und musterte die Blumen am hölzernen Bord. Er zeigte plötzlich mit einem Finger darauf und suchte dabei Saras Augen. Sie erhob sich vom Stuhl und trat zu ihm heran.
„Ein Zitronenfalter, Peter. Der ist wirklich schön, da hast du Recht", stimmte sie ihm zu. Die gelben und grazilen Flügel des Falters wogten gleichmäßig auf und ab, bis er sich schließ-

lich in die Luft erhob und das Blau des Himmels aufsuchte. Peter sah ihm nach, wie er sich entfernte, und als er schließlich verschwunden war, blies er ihm eine kleine Rauchwolke hinterher.

Es wurde langsam kühl und Sara schlug vor, sich wieder nach innen, in die Stube, zu begeben.

Die Gäste plauderten noch eine Weile über die Bewohner von Venedig, den Unterschied zwischen der Bevölkerung des Flachlandes und den Alpenländlern und schließlich entleerte man das ganze Gespräch seines Sinnes im Namen der üblichen Ausnahmen. Der Tag ging langsam zu Ende und man wurde schließlich des völkerkundlichen Karussells überdrüssig. Die Gäste verabschiedeten sich mehrmals von Peter und Sara und verließen ohne Eile, jeweils mit einem in Silberpapier verpackten Stück Lachsfilet unterm Arm, das Haus.

Sara bemerkte, dass Peter sehr müde war. Er gähnte und raunte unverständlich und zerrte sich im Rollstuhl hin und her.

„Ich bring dich ins Bett, das war heute wohl etwas zu viel für dich“, sagte Sara, während sie sich aufmachte, Peter ins Schlafzimmer zu befördern.

Doch dieser schüttelte missmutig den Kopf und gab ihr zu verstehen, dass er noch etwas fernsehen möchte.

„Hast ja Recht, es ist erst halb acht“, stimmte sie zu, reichte ihrem Mann die Fernbedienung und versicherte, dass sie sich bald zu ihm gesellen werde, nachdem sie den Abwasch erledigt habe.

Als sie eine halbe Stunde später ins Wohnzimmer zurückkehrte, schlief Peter bereits vor dem laufenden Fernseher, in dem ein krakeliger Zeichentrickfilm einen lachenden Eskimo zeigte, der auf den Iglu seines Nachbarn pinkelte und ihm dabei ein Loch in die Hauswand schmolz. Den Kopf im Nacken, saß Peter mit geschlossenen Augen und leicht geöffnetem Mund im Rollstuhl. Sie fuhr ihn zum Bett und versuchte, ihn behutsam zu wecken.

„Komm, hilf mir. Ganz alleine bekomm ich dich nicht hoch, du bist einfach zu schwer", keuchte sie angestrengt, während sie ihre Hände unter seine Achseln hineingrub. Er lastete bleischwer in ihren Armen und sie fühlte unter dem laschen Fleisch seine Knochen durch, als ob sie eine Holzpuppe herummanövrieren würde, die in einen weichen Stoff gewickelt war.

„Heute willst du mir gar nicht helfen, was? Na ja, es ist dein Geburtstag, meinetwegen ...", tadelte sie ihn sanft, während sie seinen starren Körper aufs Bett hob.

Besonders in den letzten zwei Jahren, seit sich sein Zustand deutlich verschlechtert hatte, sah sie sich genötigt, ihm täglich beim Aufstehen zu helfen, ihn abends zu Bett zu legen und ihm in vielen weiteren Situationen auf die Sprünge zu helfen, wo seine Kraft und Konzentration nicht mehr ausreichten. Die beiden hatten folglich in den letzten zwei Jahren mehr körperlichen Kontakt gehabt, als in all den vergangenen Jahren ihrer Ehe. Wenn Sara ihn emporhob, breitete sich stets eine warme und wohlige Empfindung in ihrer Brust aus. Er umarmte sie seinerseits zumeist mit seinen schwachen Armen und zog sie zu sich heran. Genau dieses Gefühl, das aus einer ganz und gar aus körperlichen Nähe bestehenden Art der Zuneigung entsprang, war ihr tägliches Brot, von dem sie sich in den letzten Jahren ernährt hatte.

Manna in der Wüste.

Besonders wenn sie ihn in ihren Armen hielt, schwante ihr zuweilen, dass ihre Liebe zu ihm wie die einer Mutter zu ihrem Kind sei. Vielleicht wünschte sie in Wirklichkeit, ein eigenes Kind zu haben. Gelegentlich hatte sie auch Mara ihre diesbezüglichen Bedenken geäußert. Waren derartige Gefühle ihrem Ehemann gegenüber nicht fehl am Platz? Und außerdem war er ja dement und seine Zuneigung zu ihr vielleicht nur die Folge seiner zerebralen Schwäche ... Doch auch diese Sorgen verdampften angesichts der Wärme, die in ihrer Seele

hochstieg, wenn sie den Mann, den sie liebte, in die Arme nahm.
Kalt und bleich entglitt sein Leib ihren warmen Händen und fiel rücklings mitten in die weißen Federn.

Segment IV.3

Das Absolute

Eine eitle Dame sucht in ihrem Schrank mit unbeugsamer Akribie ein Kleid, das ihr das angemessenste für ihr erhabenes Wesen zu sein scheint. Doch keiner der erlesenen Stoffe scheint ihren Ansprüchen Genüge zu tun. Trotzdem setzt sie ihre Suche unbeirrt fort, da der Drang, sich der Öffentlichkeit zu zeigen, ihr keine Ruhe lässt. Dieses Bedürfnis gehört genauso zu ihrem Wesen, wie der Widerwille, sich für eines der vielen Kleider zu entscheiden. Es sind die zwei Gesichter ihrer Eitelkeit.

Ähnlich verhält es sich mit dem Absoluten, dessen Gliedmaßen – das Unendliche und das Unbedingte – sich jeglicher Gewandung durch einen Begriff zu widersetzen scheinen, wie die eitle Dame keines der vielen Kleider für ihre wohlgeformten Beine als passend erachtet.

Stets kann nämlich nach einer Fortsetzung des Unendlichen, sowohl im Raum als auch in der Zeit, und nach der Bedingung des Unbedingten gefragt werden.

Es ist aber unmöglich, etwas prinzipiell Unabgeschlossenes durch einen Begriff zu bestimmen, und folglich zu wissen, ob es existiert.

Diese Widersprüche können vermieden werden, indem das Absolute, und mithin auch das Unendliche und das Unbedingte, lediglich als Ideen oder Forderungen der menschlichen Vernunft erachtet werden, denen kein Gegenstand in der Wirklichkeit entspricht. Eine Funktion unserer Vernunft, die keinen objektiven Gehalt hat, sondern allenfalls als regulatives Prinzip die Einheit unserer Erfahrungen ermöglicht.

Die Sehnsucht nach dem Absoluten zwirbelte über die Jahrhunderte hinweg schwindelerregende Türme mächtiger Ka-

thedralen zum Himmel empor, zum Spott der räumlichen Begrenzungen. Pharaonen ließen Pyramiden errichten, der Vergänglichkeit alles Zeitlichen zum Hohn. Napoleonen und Gottessöhne allerlei, die auf Meeren des Schweißes ihrer Gefolgschaft segelten, der Bedingtheit ihrer eigenen Existenz zum Trotz, dem Willen zur Macht folgend und dem Traum der unendlichen Freiheit entgegen, die, wenn sie nicht die gesamte Geschichte der Menschheit bestimmt haben, so zumindest einen beträchtlichen Teil davon.
Das Absolute, nur eine Idee der Vernunft? Wohl kaum.
Im Gewand des Endlichen und Bedingten zeigt es sich als Größenwahn. Im Gewand des Unendlichen und Unbedingten heißt es Gott.